拾珍译丛

阳台故事集

〔美〕赫尔曼·麦尔维尔 著
张明林 译

The Piazza Tales

Herman Melville

漓江出版社

图书在版编目(CIP)数据

阳台故事集 / (美) 赫尔曼·麦尔维尔著；张明林译. —桂林：漓江出版社，2018.12
(2019.5重印)
(拾珍译丛)
ISBN 978-7-5407-8546-8

Ⅰ.①阳… Ⅱ.①赫… ②张… Ⅲ.①中篇小说-小说集-美国-现代 ②短篇小说—小说集—美国—现代 Ⅳ.①I712.45

中国版本图书馆CIP数据核字（2018）第251351号

阳台故事集

YANGTAI GUSHI JI

[美] 赫尔曼·麦尔维尔 著
张明林 译

出 版 人：刘迪才
出 品 人：符红霞
策划编辑：陆 源
责任编辑：陆 源
助理编辑：孙静静 林培秋
装帧设计：周伟伟
责任监印：周 萍 黄菲菲

出版发行：漓江出版社有限公司
社　　址：广西桂林市南环路22号
邮　　编：541002
发行电话：0773-2583322　　010-85893190
传　　真：0773-2582200　　010-85890870-814
邮购热线：0773-2583322
电子信箱：ljcbs@163.com
网　　址：http://www.lijiangbook.com

印　　制：香河县闻泰印刷包装有限公司
开　　本：880×1230　1/32
印　　张：9　　字　　数：180千字
版　　次：2019年1月第1版　　印　　次：2019年5月第2次印刷
书　　号：ISBN 978-7-5407-8546-8　　定　　价：45.00元

目录

阳台

“有美丽的鲜花相伴，

整个夏季，我住在这里，菲黛尔”

我搬到乡间，要住进一座老式的农舍，房子没有阳台——这是一个极让人遗憾的缺点。我喜欢阳台，它兼具室内的舒适和户外的自由，而且，在阳台上检视寒暑也是一件极为美妙的事情；不仅如此，周围的乡间风景如画，在黑莓结果的季节，跋山涉水的小伙子总会看到支在各个角落的画板和晒得黑黝黝的画家。那真是画家的天堂！那是群山刻出的一圈星空！至少，从房子这里看过去就是这般风景，而一旦上了山，你再也看不到那一圈繁星。倘若这房址偏离一二十米，这迷人的星圈将不复存在。

房子很旧，七十年了，坐落在炉石山的腹地，过去感恩节香客们朝圣的圣堂或圣石堂的石材就取自山中。很久很久以前，为了开挖圣堂的地基，在这座硬杂木树林里，工人们用铁锹和斧头同盘踞在地下的树根搏斗。当年他们扎营的地方，如今是一片沉睡的草场，从我的罂粟花坛那里沿着山坡直铺下去。那片茂密的树林，如今只剩下一个幸存者——一棵榆树，孤寂而坚韧。

不知是谁建起了这座房子，但房子造得肯定比他预料的要好，或许，在一个星光灿烂的夜晚，天穹的猎神俄里翁用达摩克利斯之剑指着他说："就建在这里。"否则，他怎么可能想得到，在这片空地上造一座房子，他就拥有这片恢弘的景观？在群山环抱之中，这里就如众臣簇拥下的查理曼大帝山，一点儿不比傲视群山的格雷洛克山①逊色。

唉！对于那些期望饕餮这美景，在美景中享用安闲的人而言，如此美丽的乡间房子却没有阳台，岂不等于画廊没有椅子吗？难道这一座座石灰岩群山构成的大理石大厅不就是一座座画廊吗？月复一月，这一座座画廊张挂出一幅幅图画，旧的时时褪去，新的时时挂出。美就是虔诚，你不能走马观花；安宁和恒久，还有一把舒服的椅子，在如今这些都必不可少。诚然，过去讲究的是虔敬而不鼓励懒惰，崇拜自然的人无疑必须站立以示虔诚，一如在旧时教堂里那些崇拜上苍的信徒。然而，在这个信仰式微、膝盖虚软的时代，我们得有阳台，还得有椅子。

我住在那里的第一年，为了更加惬意地出席查理曼大帝的加

① 格雷洛克山，位于美国马萨诸塞州西部的伯克希尔县，海拔 1064 米，为全州最高点。——译注

冕典礼（只要天气许可，众山每到日出和日落都给他加冕），我在附近的斜坡上为自己选了一片豪华的草坪客厅，那是一片绿色天鹅绒铺就的客厅，后面有一道长长的盖满苔藓的草地；在前方那片银色的野草莓地上，竟然奇怪地——我想不是为了纹饰美的缘故吧——长出三条蓝色天鹅绒的草坪；上方是忍冬棚架，那就是我的华盖。这的确是一座华丽神奇的客厅。它是如此地神奇，在这里，就像在花园休憩的丹麦国王陛下一样，我感到一阵怪异的耳痛。如果威斯敏斯特大教堂因为古老而往往太过潮湿的话，为什么不来这群山构造的大教堂呢？这一座更为古老啊。

房子很大，而我的钱袋很小，所以，要造一个全景式的阳台、绕房子一周的阳台，这是不可能的。木匠们只管用直尺和直角尺来考虑问题，非常热心地、迫不及待地要满足我最离谱的愿望，以至于我都忘了每一英尺的造价了。

谨慎地讲，房子有四面，而我的钱只够我在一面造阳台。问题是，造在哪一面好呢？

在东面，是炉石山那长长的野地，朝向基多[1]伸展开去。每到秋天凉丝丝的清晨，峰顶会突然飘出一小片白色的东西——那是这个季节新生的羊羔刚刚长出的胎毛；然后是圣诞节的黎明，那些暗褐色的高地穿上了红条纹的格子花呢——从阳台看过去是壮观的图景。多壮观的图景啊，只不过，查理曼大帝山在北

① 基多，厄瓜多尔首都，气候宜人，四季如春，是理想的避暑胜地。——编注

面——面对炉石山就看不见查理曼大帝山了。

再说南面。那一面是苹果树林。在五月温暖的早晨，坐看那吐出白苞的果园，如同婚礼的殿堂，是多么惬意的事情。到了十月，又变成了一座绿色的艺术宝库，那一堆堆红色的图画何等壮观。是不错，我承认，不过，北面有查理曼大帝山哪。

再瞧瞧西面。那是一片高原牧场，延伸到最高处的一片枫树林。在生机勃勃的春天，到最古老的小径去走走，经过那一道道新绿，那是多么甜蜜的事情。的确很甜蜜啊，我不否认，但是，北面有查理曼大帝山哪。

查理曼大帝山，源自查理曼大帝[①]的名字。这是在一八四八年后不久，那个年代，世界各国的君主们都要投下决定性的一票，他们把这一票投给了自己[②]。

刚刚破土动工，所有的邻居都哄堂大笑，特别是邻居戴维斯。什么？朝北的阳台！冬天还用阳台！我猜，他想在冬天的半

---

① 查理曼大帝（Charlemagne 或 Charles the Great，742—814），法兰克王国加洛林王朝国王，神圣罗马帝国的奠基人。他建立了囊括西欧大部分地区的庞大帝国。公元 800 年，由罗马教皇加冕“罗马人的皇帝”。他在行政、司法、军事制度及经济生产等方面都有杰出的建树，并大力发展文化教育事业。他引入了欧洲文明，被后世尊称为“欧洲之父”。——译注

② 1848 年欧洲革命，也称民族之春（Spring of Nations）或人民之春（Springtime of the Peoples），是在 1848 年欧洲各国爆发的一系列武装革命。这一系列革命波及范围之广、影响国家之多，可以说是欧洲历史上最大规模的革命运动。此处似乎是将查理曼时代统一的欧洲和 1848 年革命时期动荡的欧洲相比较。——译注

夜看北极光吧，但愿他准备好足够多的极地暖手筒和连指手套！

那是在狮子月[①]三月。至今还忘不了木匠们冻得发紫的鼻子，他们是何等鄙视我这个幼稚的城里人，居然只要造一道阳台，还要朝北。不过，三月总会过去嘛，要有耐心，八月到了。这时，站在我朝北的阳台这凉幽幽的福地上，我这个亚伯拉罕怀中的拉撒路，以怜悯的目光，俯视着山下那可怜巴巴的老戴福斯[②]，他在他家那朝南的阳台炼狱里饱受煎熬。

不过，即使在十二月，这朝北的阳台也并不让人难受——虽然冰冷刺骨、寒风猎猎，北风像磨坊一样刮起细如面粉的雪粉。此时，胡子冻成了冰，我在冻得梆硬的甲板上踱步，这是在驶过合恩角[③]啊。

到了夏天，坐在阳台上，就像卡努特王[④]一样，你会想到大海。低伏的麦浪在一道道长长的缓坡上翻滚，青草的碎浪朝向阳台泛起一条条涟漪，就像微波爬上海滩，蒲公英绒毛宛如浪花一样飘动，紫色的山如同紫色的波涛，宁静的八月正午覆盖着深沉的草场，如同沉寂覆盖着赤道。但是，这份辽阔和孤

---

① 狮子月，出自英国谚语“三月仿佛狮子一般来临，像羔羊一样离去”。——编注

② 拉撒路，《圣经》中被耶稣救活的乞丐；亚伯拉罕的怀抱，喻舒适的地方；戴福斯是《圣经》中的富翁。——译注

③ 合恩角（Cape Horn）为世界五大海角之一，由于此处风暴异常，海水冰冷，亦有“海上坟场”之称。——编注

④ 卡努特王（Canute，Cnut the Great，995—1035），英国、丹麦、挪威（合称北海王国）国王。——译注

寂、宁静和单纯就如大海一样，只要向绿树后面那座陌生的房子看上一眼，你绝对会联想到在北非的沿岸发现了一条神秘的帆船。

这使我回想起去仙境的内陆航行。一次真正的航行，虽然就像编造的一样，因为它是那样有趣。

从阳台上，我看到了一个模糊的东西，神秘地蜷伏在一个紫色的很像胸袋的地方，高挂在西北方群山上漏斗状的空洞或者凹下的角落里——然而，无法确定那到底是在山腰还是在山顶上。这是因为，从合适的角度看过去，从群山背后显现的一座蓝色山峰分明要隔着座座山峰告诉你，明白地告诉你，它（那座蓝色的山峰）虽然看似在那些群山之中，却不是它们的一员（老天爷！）。而的确，它会让你明白它这样说自有其道理——它要比它们高那么几尺，尽管有些山脊，不时像士兵一样排成两列，有的肩并着肩，有的一个接一个，形状各异，高低不同。所以，在大多数大气条件下，从阳台看过去，较近较矮的山会埋没在较远较高的山中；所以，较近的山顶上的一个东西会看似蜷缩在较远的山的山腰。可以说，这些山是在玩捉迷藏，而且就在我的眼皮底下。

话说回来，由于那个地方的位置，它总的来说清晰可见，只是在有些魔幻的光影条件下才朦朦胧胧。

确实，有一年多，我不知道有那样一个地方，要不是一个令人着魔的下午，也许我永远不知道那个地方。那是深秋时节一个疯狂的诗人的下午，我下面那个广阔的山谷中已然变色的枫树林褪下第一抹朱红，蒙蒙地冒着烟，就像大火过后正在闷烧的城市。听人说，空中的这种烟气不是晚秋应有的现象——晚秋时节的烟气虽然很温和，却没有这样苍白——多半是从遥远的森林吹过来的，那是佛蒙特烧了几周的山火。难怪天空就像巫术女神海克提的大锅一样不祥——两个远足的人穿过留着残茬的红色荞麦地，一个像有罪的麦克白，另一个像料事如神的班戈。住在亚杜兰洞[1]小茅屋的隐士般的太阳，正当南方，在这个季节，它专注地把一道道狭窄的光束从云朵中射向一道辛普朗山口[2]般的豁口，刚好在西北山丘那苍白的面颊上勾画出一只小小的、圆圆的草莓鼹鼠。这是如同蜡烛的信号。这是一个亮点，而周围都在暗影中。

那里有仙女啊，我想，那是一个仙女跳舞的魔圈。

时间过去了，第二年五月，山上下了一场小小的阵雨，一场从蒙蒙阳光海洋中的孤岛上落下的阵雨。这样一场远方的阵雨——有时两场，有时三场，有时四场，在不同的地方都能同时看见——我喜欢从阳台上看这样的阵雨，一如我过去喜欢看暴风雨，暴风雨像西奈山一样裹住了苍老的格雷罗克山，直让你想到一定是黝黑的摩西在伤痕累累的梅树中爬行。我是说，那场小小的阵雨之后，我看到了一道彩虹，它的远端就落在去年秋天我看见阳光勾画出鼹鼠的地方。那里有仙女啊，我想，我记得，彩虹

---

① 亚杜兰洞（The Cave of Adullam），《圣经》地名，亚杜兰城附近，大卫王躲避扫罗王时避难于此。——译注

② 辛普朗山口（The Simplon Pass），瑞士一山口，高 2005 米。——译注

会带来鲜花，一个人只要能走到彩虹的一端，他就能得到一袋金子。彩虹的那一端，但愿我能走到那里，我想。我还是有那个愿望，因为我第一次注意到山腰上似乎有裂口或者洞穴；不管是什么吧，透过彩虹看过去，那地方放着光芒，就像波托西金矿。不过，一个没品位的邻居说那不过是一个谷仓，一个废弃的马厩，长的那边坍塌了，背后是一道斜坡。不过，尽管我没去过那里，我就是比他懂得多。

几天以后，欢乐的日出照常在同样的地方点燃了一道金色的光芒。这光芒是那样鲜亮，似乎只有玻璃上才能射出如此的光。那座建筑——好歹也算建筑物吧——至少不可能是一座马厩，更不可能是废弃的，否则里面的草料霉烂了十年。一定不是，倘若是凡人造的东西，那一定是座农舍；也许已经闲置很久而拆除了，但这年春天奇迹般修理好了，装上了玻璃窗。

还有，一天中午，在同样的方向，越过层层叠叠的树木朦胧的树梢，我注意到一道更宽的微光，俨然角斗士朝天举起的圆形银色小盾牌反射的光。从过去的经验可知，这光一定来自新盖的屋顶。在我看来，这确切证明了远处仙境中的吊床最近有人用过。

这之后，出于对这发现的十足的关注，日复一日，在阅读《仲夏夜之梦》之余，我时时满怀希望地凝视着山坡那个方向，希望看到仙后泰坦尼亚，但是什么也没看到。一对对军队和皇家卫士的影子，迈着缓慢而庄严的步伐，时而排成单行走过峭壁，时而在光线的追逐下退却，这些光影由东向西划过——这是撒旦和圣迈克尔之间古老的战争场景。还有群山，虽然没有受到天空中这些幻影的影响，但是，无论是这些光影还是群山都与仙境的氛围格格不入。我很遗憾，我更遗憾的是还得在这间卧室里住一些日子——这间卧室没有朝向那些群山。

最后，九月的一个早晨，我病后初愈，在阳台上沉思着。这时，农夫的一大群孩子跟在一小群羊后面，他们要去采拾坚果，他们说，“多美好的一天”——其实，他们的父亲知道这不过是暴风雨前的沉静。病后的我对这样的天气格外敏感，我禁不住看了看自己栽培的中国爬山虎，我高兴地发现，藤蔓爬上了阳台的一根柱子，已经绽放出星星点点的花朵。但此刻，拨开一些叶子，暴露出成千上万奇怪的、霉菌般的虫子，这些虫子以花为食，于是沾了这色彩的光却永远玷污了这色彩——这些虫子的病菌无疑已经潜入我满怀希望种下的球茎。于是，我坐在阳台上，在病后的康复期，身心疲惫、心情烦躁，这时，一下子转过头去，我看到了山上那扇金黄的窗，像深海的海豚一样熠熠生辉。那里是仙女，我想，仙后终于来到了美丽的窗前，那是某个快乐的山乡姑娘；看看她是我的幸事，能治愈我疲惫的身体。再也没有疲惫，我要启动我的双桅小帆船——起航吧，我的宝贝，我的心肝！——我要驶向仙境，驶向仙境中的彩虹那一头。

怎样去仙境呢？走哪条路？我不知道，也没有人告诉我，就连那个叫艾德蒙·斯宾塞的人也没告诉我，他写给我的信中说他去过那里，只是说去仙境必须走水路，还要有信念。我心中已经有了仙山的样子了，接下来第一个晴朗的日子，力气也恢复得差不多了，我上了我的小帆船——船头高高翘起的皮帆船——解开缆绳，我起航了，我是秋叶般自由的航海者。黎明时分，转向西方，朝清晨追赶而去。

几英里之后，我靠近了那些群山，此时却看不见山了。我不会迷路，路边的一枝黄花就是路标，我毫不怀疑它指向那金色的窗口。沿着这些路标，我来到了一处孤寂荒凉的地方，这里的草径只有困倦的牛群走过，白天也没有把它们唤醒，它们似乎在睡梦中走路。至少堂吉诃德说过这样的话，他是智者中的智者。

我继续往前，终于抵达了仙山山脚，但是没有看到仙女跳舞的圆圈。一个牧场在我前方凸起。一只戴假发的老白羊，发出五根腐朽的光柱——湿漉漉、绿森森的，好似从沉船上打捞起来的——它长着长长的脸、弯弯的角，呼呼地喷着气走过来，然后又往后退，庄严地沿着藿香草银河带着路，经过勿忘我花编成的暗淡的昴星团和毕星团，它要沿着它的星路继续把我向前引领。可是，我看到了一队金色的黄鹂鸟，它们一定是到达金色窗口的向导，它们在我的左前方飞着，越过一丛丛灌木，飞向密林深处——密林本身也很诱人——密林这道篱笆阻断了一条暗黑的路，这条路虽然暗黑，确实是通的，这本身就令人神往。一路往前，这时，老白羊抛却了我这迷失的灵魂，驾着马车继续走着它更加明智的路。那是它禁止别人通行的禁地。

一条冬天的林道，铺满了冬青树叶。沿着布满卵石的河岸——河流因寂静而更使人振奋，钻过头顶上摇动的杉树枝，尽管不受任何季节的眷顾，它依然四季常青，我继续前行——我和我的马，一路往前，路过一个被藤蔓缠起来的旧锯木厂，再也听不见它刺耳的声音；一路往前，经过一条深邃的水道，它穿过泛着春天色彩的、雪白的大理石，在这里，猛涨的河水的漩涡在水道两边的岩石上钻出一个个空空的壁龛；一路往前，路过印度南天星——得名于布道坛旁的杰克——对着荒野布道的地方；一路往前，路过一段硕大的纹理歪斜的木头，不知多少年来，一个又一个人企图把它劈开，而都以痛得连楔子都拔不出来而告终，如今打进木头的楔子锈迹斑斑；一路往前，路过一道小瀑布，在它台阶一样突出的岩石上，世世代代以来，一块不断旋转的燧石在岩石上磨出了一个个骷髅般的空洞——空洞不断消磨，而燧石永不磨损；一路往前，路过汹涌的湍流跌进神秘的水潭，在潭里旋转之后安静下来，然后安详地流向前方；一路往前，路过一个较为平坦的地方，那里有个小小的圈，说真的，仙女一定在这里跳过舞，要么就是有人在这里加热过轮胎——因为圈里光秃秃的；我继续走啊，来到一片梯田上的果园，早晨的新月温柔地俯视着我。

我的马一下子低下了头。红艳艳的苹果在它前方扑面而来——这是夏娃的苹果啊，见了就迈不开腿的苹果。它尝了一个，我也尝了一个，带着泥土的味道。还没到仙境啊，我想，把缰绳扔向一株驼背的老树，它弯下一根枝条接住缰绳。这个地方已经没有路可走，谁也不会去，只有我会去，也只凭了勇气才会去。穿过一蓬蓬的黑莓，它的尖刺企图把我拉回来，但我只担忧那一丛丛不结果的山月桂，我走上滑溜溜的峭壁，爬上光秃秃的高地，那里没有人来迎接我。还没到仙境啊，我想，虽然清晨就在我前面。

脚酸了，人也累了，我还没有赶到旅程的终点，好在不久之后，我来到一个险峻的关隘，那羊肠小道通向更开阔的地方。一条弯弯曲曲的路，差不多满是茂盛的黑莓丛，在此处转了向，爬上峭壁。峭壁的腰上有一道裂缝，穿过裂缝是一条小道，逶迤爬上那道短短的险关，又在上方轻快地钻出来，一直通往山顶，山顶的北面有一部分被更高的山所遮挡，过了山顶是一段缓坡，然后陡然折向黑洞洞的山下。在此处，羊群一样挨在一起的壮观的岩石中，有一条略加夯实的羊肠小道，通向一座低矮的灰黑色小屋，上面盖着修道院那种尖尖的屋顶。

屋顶的一面由于日晒雨淋而严重褪色，草扎的屋檐排水槽旁边满是绒绒的白毛，毫无疑问，修道士蜗牛们在那里建起了自己的隐修院。屋顶的另一面是新盖的。在北面，没有门窗，墙板没有刷漆，却呈现出布满青苔的松树的北面那种绿色，就像搁浅的日本小船那无铜钉船体。整个地基石的边缘都包裹着一道道阴湿的、厚厚的草皮，就像近旁的岩石一样；如同仙境中的炉边石，自然的岩石虽然用来造了房子，却最为耐久，正如在开阔的田野中，它可以令土地保持肥沃；现在人们只会把它搬到没有石头的草坪上使用。至少奥博森这位仙境学问方面的权威说过这样的话。且不说奥博森，即使在凡人世界中，可以肯定，如同草场上岩石附近的土壤一样，农舍附近的土壤即使不加疏松而较硬，也比几步之外的土壤肥力要厚——这种温和、滋养的能量同样散发到这里。

但是，那一道道阴湿的、厚厚的草皮在小屋的正面和门口的地基处最为厚实，门口的地基横木，特别是门栏木，日深月久，就静静地安放在这地基上。

没有栅栏，没有围墙。附近，是羊齿，羊齿，依然是羊齿；远处，是树林，树林，依然是树林；再远处，是群山，群山，依然是群山；再过去，是天空，天空，依然是天空。天空下面，是山月下的牧场。除了房子，只有自然；一座低低的交叉堆叠的银桦柴垛，堆在露天，供下一个季节使用；从银桦柴块顶端的缝隙里，如同从某个人迹罕至的坟墓的栅栏的缝隙里，长出了随性的山梅灌木——它们是在故意宣示对这块地盘的权利。

那条小径，窄得就像羊肠小道，在高高的羊齿中穿过。终于到达仙境了吧，我想，尤娜和她的羊羔就住在这里。错不了，一座小屋——只有轿厢一样大，坐落在山巅一道两个世界之间的隘口，没有人烟。

心急火燎的一个小时之后，我带上了一顶黄色草编便帽，一条白帆布裤子——这两样东西都是我热带航海时留下来的。我跌跌撞撞地穿过密密匝匝的羊齿，膝头染上一大片海绿色。

在门槛或者在曾经有过门槛的地方前面，我停下脚步，透过敞开的窗户，看见一个孤寂的姑娘，在孤寂的窗前做针线。一个面颊苍白的姑娘，一扇沾满苍蝇屎的窗户，修补过的窗棂上部飞着几只黄蜂。我开口说话。她羞怯地吃了一惊，像一个藏匿起来作为祭品的塔希提姑娘，透过指缝第一次看到库克船长。镇静下来后，她把我让进屋里，用围裙擦了擦一张凳子，然后坐回自己的凳子。道了谢，我坐了凳子，但在此时，有一阵子我也沉默了。难道，这就是仙山的房子，这就是坐在仙境窗前的仙后。

我走到窗前。顺着那条隧道般的隘口，一如透过一架平放的望远镜，朝下看，我看到了远方一片柔和的、蔚蓝色的天地。我几乎不认得那个地方了，尽管我从那里来。

"你一定觉得这里风景很美吧。"我终于开口说。

"嗯，先生，"她的眼里现出泪水，"我第一次从这窗口看出去时，我说，'我决不会厌倦这里'。"

"那你现在厌倦它什么了？"

"我不知道，"一滴眼泪掉了下来，"不是风景，是玛丽安娜厌倦自己了。"

几个月前，她的弟弟，只有十七岁，从山那边走了很远的路，来这里砍柴烧炭，而她是姐姐，就陪着他过来了。许多年前，他俩就是孤儿了，就这样，他们成了山上唯一的房子的唯一住户。没有客人拜访，没有行人路过。那条曲曲弯弯的险道只在烧炭的季节才有运炭的推车经过。弟弟整个白天都不在，有时整个晚上都不回来。而在傍晚他疲惫不堪地回到家，一会儿就从椅子上起身，可怜的小伙子，爬到床上，疲惫得连床也用不着的样子，沉沉地睡过去。那椅子，那床，那坟墓。

她讲这些事情的时候，我在那仙境的窗前默默地站着。

“你知道吗，”她终于又开口说话，好像从她的故事里醒过来，“你知道谁住在那边吗？——我从来没有去过那里——我是说离开这里。那座房子，那座大理石房子，”她用手指着山下一个很远的地方，“你看到了吗？就在那里，在那个长长的山腰上——它前面是田野，后面是树林，白中带蓝。看到了吗？那里只有一座房子。”

我朝那边看过去，过了一会儿，不是从它的样子和玛丽安娜的描述，更多的是从它的位置，我惊讶地认出了，那是我的房子，它闪烁着微光，就像我从自己的阳台上看到的这座山顶上的房子一样。透过变幻的雾霭，它看起来不像一座农舍，倒更像白马国王的宫殿。

“我一直想知道是谁住在那里，肯定是个幸福的人，今天早晨我还想过呢。”

“一个幸福的人，”我吃惊地反问道，“你凭什么这样想呢？你断定那里住的是个富人？”

“是不是富人我从来没想过，但是那房子看起来令人开心，我不知道为什么，它那么远。有时我以为知道为什么，但在梦中那是个幸福的地方。你该在日落时分看看那房子。”

“落日的辉映下那房子是好看，但或许还比不过日出时的这座房子呢。”

“这座房子？太阳是美，可从来也不会辉映这座房子呀。怎么会呢？这旧房子正在朽烂，所以上面那么多青苔。早晨，阳光倒是从这道旧窗子照进来——我们搬来的时候还有窗条；这窗子我就是擦不干净，什么办法都试了——在窗前做针线很热，眼睛都差不多晃瞎了，阳光还惹得苍蝇和黄蜂乱飞——这样的苍蝇和黄蜂只有孤立的山区房子里才有呢。瞧这帘子——我的围裙——我想用围裙把阳光挡住。你瞧，围裙都褪色了。太阳辉映这座房子？玛丽安娜从来没见过。”

“那是因为太阳把屋顶照得最亮的时候，你待在屋里。”

“你是说一天最热、最乏味的时候？先生，阳光不会辉映这房子的屋顶，它还漏得厉害，弟弟不久前翻盖了一面屋顶。你看见了吗？是北面，在那一面屋顶上，雨水浸湿的地方，太阳烤得最狠。太阳是漂亮，但是这屋顶，先是给烤焦了，然后就朽烂了。这座旧房子。有人说，造这房子的人归西了，死了好多年了。这是山区的房子。在冬天，狐狸也不来做窝。那烟囱给雪堵死了，就像一段空心的木头。”

“你的想象很奇怪啊，玛丽安娜。”

“我说的就是这些事情。”

“那么，我不该说，‘你的想象很奇怪’，我应该说，‘这些事情很奇怪’。”

“你随便吧。”她拿起了针线活儿。

这些平静的字眼，这平静的动作，使我又一次沉默了；透过那仙境的窗户，我看到一道宽阔的阴影悄然钻进来，就像伸展双翅沉思着悬浮在空中的巨大秃鹫投下的阴影。我看到，这道更广、更深的阴影把稍浅的岩石和羊齿都扫进了自己的暗影之中。

“你在看云。”玛丽安娜说。

“不是，一道阴影，云的阴影，我肯定——尽管我看不见云。你怎么知道的？你的眼睛看着针线活儿啊。”

“光变暗了。这不，这会儿云没有了，特雷又回来了。”

“什么？”

“那条狗，一条毛长得乱蓬蓬的狗。中午，它自己悄悄跑了，换了一副模样——又跑回来，在门口躺一会儿。你没看见它吗？它扭头看着你，你来的时候，它看着前面。”

“你眼睛看着手中的针线活儿，你在说什么啊？”

“窗口边，对面。”

“你是说这道乱蓬蓬的阴影——近处这道阴影？哦，是的，现在我注意到了，还真像一条巨大的黑色纽芬兰犬。进攻的那条走了，受到攻击的那条回来了。不过，我没看到是什么投下的阴影啊。”

“要看到那个，你得到外面去。”

“长满青草的岩石那边，那当然。”

“你看到它的头，它的脸了吗？”

“那影子的？听你这么说，好像你看见了似的，你的眼睛一直看着手里的活儿啊。”

“特雷在看着你，”她还是没有抬头，“这是它的房子，我看见它了。”

“你久久坐在窗边，这里只有云和水汽飘过，对你来说，阴影就是东西，尽管你说起这些东西，就像说起幻觉；就凭第二视觉一样的经验，你看也不用看就知道它们在哪里，虽然它们长着老鼠一样灵巧的脚，无声无息地跑来跑去；对你而言，这些没有生命的影子就像活生生的朋友，它们虽然不在视线中，却在心里，甚至就像面对面一样——是这样的吗？”

“我倒没这么想。不过，我最亲近的一个朋友，总在我疲惫的时候来安慰我，它在羊齿上静静地摇，它走了，再也没有回来，就像特雷现在这样。那是一颗白桦树的影子。那树遭了雷劈，弟弟把它砍倒了。你看到门外的柴垛了吗——它的树根还埋在下面，但影子没有留下来。它被吹走了，再也不会回来，再也没有晃动的东西了。”

又一朵云悄然飘过，又一次抹黑了那条狗，让整座山都暗了下来。静谧是那样浓，聋子也会忘了自己的耳聋，也会相信无声的阴影在说话。

“鸟儿，玛丽安娜，唱歌的鸟儿，我没听见，我什么也没听见。男孩们和食米鸟，他们从来不来采摘浆果吗？”

“我很少听见鸟儿的声音。男孩嘛，从来没来过。浆果大多熟了又掉了——只有我还去采摘一点儿。”

“不过，是黄鹂给我指的路——至少一段路。”

“接着又飞了回去。我猜它们在山腰玩耍，但绝不会在山顶安家。你肯定认为，孤独地住在这里，什么也不知道，什么也听不到——除了雷声和树木倒下的声音——从不看书，很少说话，所以我才有了那些奇怪的想法——这是你所说的——这种乏味，这种敏感。弟弟在旷野里干活儿，但愿我能睡得像他那样沉；但是，我的事情无非就是女人的那些乏味的事情——坐着，坐着，烦躁地坐着。”

“难道你不时而出去走走吗？树林很大啊。”

“寂寞，寂寞，就因为这样大。有时，真的，在下午，我也出去走一下，但不一会儿就回来了。在岩石边感受孤独，还不如在家里。这一带的阴影我都熟悉——那些树林中的阴影我不认识。”

“那晚上呢？”

“就跟白天一个样。想啊，想啊——一只我停不下来的轮子，是缺乏睡眠推着这轮子不断旋转。”

“我听说过这种事，又累又睡不着，念念祷告，然后把头放在新鲜的蛇麻草枕头上——”

“你看！”

透过那仙境的窗户，她指着坡下一块小小的土地——那就是一钵翻过的肥土，遮挡的岩石把它围了半圈——在那旁边，几步开外，两株受过挤压的、瘦瘦的蛇麻草爬上两根杆子，爬到杆子顶端以后，本来会在上方会合，合抱在一起的，但那两根不知何去何从的藤蔓在空中摸索一会儿之后，又原路退了回去。

“你试过那枕头吗？”

“试过。”

“祷告呢？”

“枕头和祷告都试过。”

“就没有别的办法了，咒语呢？”

“唉，要是我能去那边的房子，哪怕就一次，去看看住在那里的到底是哪个幸福的人，那该多好啊！这是个很蠢的想法，为什么我这样想呢？难道这是因为我离群索居，什么也不知道吗？”

“我也什么都不知道，所以不能回答；但是，为了你的缘故，玛丽安娜，我真心希望我就是住在你梦想要拜访的那座幸福的房子里的那个幸福的人；倘若这样，你此时就能见到他了，如果这样，如你所说，寂寞就会离你而去。”

够了。再也不用驾起帆船驶向仙境，我就坚守在阳台上好了。这是我的豪华包厢，这个环形露天剧场，我的圣卡罗大剧院。是啊，布景很神奇——幻想也够完美。美度·拉克夫人，我的首席女歌手，在这里表演着她豪华的订婚仪式；喝着美酒，倾听她日出的歌声，那曼妙的歌声好似来自那金色的窗户，它后面的那张寂寞的脸离我多远啊。

但是每天夜晚闭幕之后，黑暗中真实随之而来。那边的山上没有灯光。我在阳台走来走去，挥之不去的是玛丽安娜的脸，还有许多像故事一样真实的事情。

巴特比

我是一个上了岁数的人。过去三十年从事的职业，使我比一般人更多地接触到一个有意思也有些与众不同的群体，据我所知，还没有人记述过这个群体，我讲的是法律文书抄写员或者书记员。无论在业务上还是在个人交往中，这样的人我认识颇多，倘若我愿意，他们的历史我可以写出好几部，看了他们的历史，生性快活的先生们会笑，多愁善感的人们会哭。不过，别的抄写员的传记我就不写了，只写几段有关巴特比生活的事情，他是我见过或者耳闻过的最奇怪的抄写员。如果是别的法律文书抄写员，我可以写出他们完整的生平事迹，而有关巴特比，我就做不到了。我相信，还不存在这样的材料，供人写出这个人完整而满意的传记。这对文学是无可弥补的损失。巴特比这种人，除了最基本的资料外，其他都难以确定，而巴特比的原始资料又少之又少。我所了解的巴特比的一切，无非是我惊讶的眼睛所亲眼看到的，此外，本文末尾还有一份语焉不详的报告。

在介绍这位抄写员第一次出现在我面前的情形之前，有必要谈一谈我自己、我的雇员、我的职业、我的事务所以及大的环境——因为若要充分理解我将要陈述的主角，这是必不可少的。从青年时代开始，我这个人就一直被灌输一种坚定的信念：最平淡的生活才是最好的。因此，尽管我从事的职业是人尽皆知的消耗体力、紧张，有时甚至很动荡，但我从来没有让这种事情侵扰我的安宁。我属于那种没什么抱负的律师，从不在陪审团面前滔滔不绝，也绝不以任何方式博得公众的喝彩；我只是安于清净安宁、轻松淡泊，做一份安适的业务，处理富人的债券、抵押和所有权证书之类的业务。所有认识我的人都认为我是一个特别稳妥的人。已故的约翰·雅克布·阿斯特，一位鲜有诗意热情的人，毫不犹豫地宣称我的最大长处就是审慎，其次就是有条理。我说这个不是出于虚荣，只说事实，在我的职业生涯中，我从来没有被已故的约翰·雅克布·阿斯特解雇过，我乐得重复这个名字，它听起来圆润而浑厚，余音好似金条之铿锵。我再随便加上一点儿，已故的约翰·雅克布·阿斯特对我的青睐，我是颇为感激的。

就在这一小段历史开始前不久，我的业务有了很大进展。当时的纽约州衡平法院[①]（现在纽约州已经没有这个机构）主事官把一间老牌的事务所转给了我。所里的业务不算很艰巨，但收入颇为丰厚。我很少发脾气，也更难得对别人的错误和暴行而愤

① 衡平法院，又称“大法官法院”，英国15世纪正式确立的与普通法院平行的法院。衡平法院不实行陪审制，由大法官独自审理。——译注

慨，因为这样做很危险；但是在此刻，得容我斗胆说一句，我认为，新宪法有一条款太不成熟，它突然而粗暴地废除了衡平法院主事办事处；我本来指望一辈子靠它赚钱，而实际上我只赚了短短几年。不过，我不过是顺便说说而已。

我的事务所位于华尔街X号的楼上。办公室的一头对着一面宽敞的、从底楼通到顶楼的天井的白墙，这样的景观可以说是相当乏味，缺少风景画家称之为“生机”的那种味道。但是，办公室另一头的景观至少可以说是对比鲜明。这一头的窗户一无遮挡地径直对着一堵高耸的砖墙，年代久远，终日不见天日，所以黑乎乎的；无须望远镜，此墙的潜藏之美便可一览无余，不过，对于近视眼倒是颇为便利，此墙距离我的窗户仅三米之遥。由于四周的楼房很高，我的办公室又在二楼，这堵墙和我的办公室之间的空间活脱脱像个巨大的方形蓄水箱。

在巴特比来之前，我雇了两个抄写员，还有一个很有前途的打杂的伙计。第一个，火鸡；第二个，钳子；第三个，小姜饼。这些听起来像人名，但在电话黄页里一般是找不到的。事实上，这些都是绰号，是我这三个伙计互相取的，而且大家都认为相当符合他们各自的性格或个性。

火鸡是英国人，个子不高，胖胖的，年纪和我差不多，就是说，快六十了。整个上午，可以这么说，他红光满面，但一过正午十二点——他的午餐时间——他那张脸就像圣诞节加足了木炭的壁炉一样熊熊燃烧——也有点儿逐渐减弱的趋势——一直烧到下午六点，大概六点吧，那之后，我就再也见不到这张脸了。这张脸的红光随着太阳达到顶点而变得最红，随着日落而变浅，第二天照样升起，达到顶点，然后又落山，节奏基本相同，光芒永不熄灭。

我的一生中见识过许多奇特的巧合，其中相当奇特的就是，一旦火鸡的满面红光达到最为辉煌的时刻，我发现，从这关键时刻开始到一天结束，他的办事能力就严重失常，每天如此。倒不是说他很懒，讨厌干活儿，完全不是这回事。麻烦的是，他精力充沛得过分了。他的行为变得乖张、暴躁、混乱、疯癫而莽撞。他在墨水瓶里蘸墨水时相当粗暴。我的文件上的墨水点都是他在正午十二点后搞的。确实，下午他毛手毛脚，往往搞得文件上墨迹斑斑，有时候他更加过分，相当吵人。在这样的时候，他的脸燃烧得熠熠生辉，仿佛炉膛的无烟煤上又添加了烛煤。他把椅子弄得嘎嘎作响；把吸墨沙盒打翻在地；清理钢笔时，极不耐烦地把笔拆得稀烂，又勃然大怒地扔在地上；他起身靠着桌子，极为野蛮地用拳头砸着文件。看他这岁数的人这般模样，真让人难过。话说回来，在许多方面，他对我都极有价值，只要是正午十二点之前，他是个最麻利、也最可靠的人，他能完成大量的工作，其质量很少有人能与之比肩——因为这些缘故，我乐得容忍他的怪癖，虽然有时候，我也会对他表示不满。然而，我会表达得很温和。这是因为，虽然他在上午是个最文明、最温和、最彬彬有礼的人，而到了下午，一旦受到招惹，他必定有点儿出言不逊，甚至可说是蛮横无理。所以，看在他上午工作质量的分儿上，我决定不要失去他。虽则这样，下午十二点以后，我又被他令人冒火的种种怪癖搞得很不舒服。我是一个喜欢安宁的人，不愿意因为我温和的责备而招致他伤人的回敬。在一个礼拜六的下午（礼拜六他的情况更糟），我斗胆极温和地暗示他说，现在他年纪也大了，还是少干点活儿为好；总之我的意思是，十二点后他不必到所里来了，午饭之后，最好回家去休息到下午茶。但是，他的回答是不，他坚持下午也要忠于职守。他的脸色涨得通红，在办公室的那一头，他挥舞着一只长长的尺子，滔滔不绝地反驳我，既然他上午的工作那么有用，那么下午又如何离得开他呢？

“大人明察，”火鸡接着说，“我认为我就是您的左膀右臂。上午，我指挥操练我的方队，到了下午，我带头勇敢地向敌人发起攻击，就这样！”——他用尺子猛然朝前一刺。

“不过，瞧那些墨点啊，火鸡。”我提醒他说。

“不错——先生明察，看看我这头白发！我是老了。确实，先生，看在这白发的分儿上，暖洋洋的下午洒一两滴墨点不至于这么严重吧。即使把一页纸都搞脏了——长者为大啊。先生明察，我们俩都老了。”

这使人感同身受的观点倒也很难反驳。总之，我明白了，他是不会走的。于是，我决定让他留下来，同时也打定主意，下午只能让他处理不是很要紧的文件。

钳子，我的第二个雇员，是个大约二十五岁的年轻人，满脸络腮胡子，脸色蜡黄，长相总体来说像个海盗。我总觉得他是野心和消化不良这两种邪恶力量的受害者。他的野心表现在不安于做一个抄写员的本分，总要在非常严谨的专业问题方面越俎代庖，譬如起草法律文书这种事情。消化不良似乎表现为时常精神紧张，龇牙咧嘴地暴躁发火，抄写出了错，牙齿磨得咯咯直响；做事情最忙的时候，他会莫名其妙地咒骂连天，嘴里嘶嘶作响，而不好好说话。他尤其对他写字的那张桌子的高度一直心怀不满。这桌子调节高度的结构非常精巧，钳子无论如何都不能使桌子的高度合自己的意。他在桌子下垫木片，垫各种各样的石块，垫一张又一张的硬纸板，最后甚至尝试过用折叠的吸墨纸纸片做最终的微调。然而，无论任何新花样都不管用。如果想让自己的背放松一点儿，他会让桌面翻成锐角，一直抵住下巴颏，就这样趴在桌子上写字，简直就像拿荷兰尖屋顶当写字桌一样——然后，他又抱怨这使他的双臂血脉不通了。要是他把桌子降到腰部的高度，弓着腰在上面写字，又说是腰酸背痛。简言之，这事情的实质就是，钳子不知道自己到底要什么。换言之，如果说他要什么东西，那就是把抄写员的桌子扔出去。他病态的野心有多种表现，其一就是喜欢接待一些样子可疑、外套脏兮兮的家伙，他称这些人为客户。的确，我知道，他不仅是一个相当活跃的城市选区政客，而且还不时在初级法院揽些活儿，他还在纽约市托姆斯监狱的台阶上留下过脚印。有个来我事务所找他的人，虽然派头很大，钳子也坚持说是他的客户；然而，我有充分理由相信，这人分明是个讨债的，而所谓的所有权证书，其实就是账单。不过，尽管有这些毛病，还有他带给我的这些烦恼，钳子就像他的同事火鸡一样，对我是个很有用的人。他书写工整、快速，只要他乐意，倒也不乏一种绅士仪态。除此之外，他的衣着也总是绅士一般，这也顺便反映了我的事务所的信誉。而火鸡则不一样，我得费很大力气让他不给我丢脸。他的衣服油乎乎的，一股饭铺的味儿。他的灯笼裤松松垮垮，夏天则鼓鼓囊囊。他的外套品质低下，帽子质地粗糙。我觉得，对于一个仰仗别人吃饭的英国人而言，帽子倒无所谓，因为出于天然的礼貌和恭敬，他一进门就得脱帽，而外套就是另外一回事了。有关他的外套，我给他讲过道理，但没有结果。我以为，这里的原因是，一个收入如此微薄的人，不可能既养得出一张如此光鲜的脸，而同时又买得起光鲜的外套。钳子有一次说过，火鸡的钱主要用在填补赤字了。有一个冬天，我把自己一件相当体面的外套送给火鸡，这是件灰色带衬里的外套，非常温暖舒服，纽扣从膝盖一直排到脖子下。我以为火鸡会感激我的恩惠，收敛下午的莽撞和吵闹。但结果不是这样。我真的相信，把他裹在如此软和舒适的外套里对他有害无益，这和燕麦多了对马不利是同一个道理。千真万确，燕麦多了，桀骜不驯的马就会自命不凡，而有了好外套，火鸡就会忘乎所以。这外套使他傲慢无礼。他是个经不起富贵的人。

虽然对于火鸡放任自己的习惯我只能私下猜测，但说到钳子，我完全相信，虽然他在其他方面有弱点，但他至少是个有节制的年轻人。事实上，是自然这个酿酒师亲自把他酿造了出来，在他出生时就给他灌满了一种白兰地般的脾气，所以以后别的酒都不必要了。有时候，我的办公室很安静，这时，钳子会烦躁地从座位上站起身，弓腰伏在桌上，双臂左右张开抓起整张桌子，又是摇，又是甩，狠狠地在地板上磨来磨去，好像那桌子是个任性、捣蛋的家伙，存心要阻挠他、惹他生气似的。每想到这事，我都明明白白地感觉到，对于钳子，就连白兰地和水都是多余的。

值得庆幸的是，由于消化不良这一特殊原因，钳子的暴躁和随之而来的神经质主要在上午发作，而在下午，他倒相对温和。幸好火鸡的发作在十二点左右，所以我不必同时对付他们俩的怪癖。他们俩的毛病发作此起彼伏，就像卫兵换班似的：钳子发作时，火鸡消停了，反之亦然。这倒是此种情况下挺不错的自然安排。

小姜饼，我的第三个伙计，是个大约十二岁的小伙子。他父亲是个马车夫，一心想着在自己死之前亲眼看到儿子坐上法官的宝座，而不是车夫座。于是，他把儿子送到我的事务所，做律师学徒、跑腿伙计、清扫工，每周一美元。他单独有张办公桌，却很少用它。倘若检视他的桌子，会发现抽屉里陈列着一大堆各种各样的坚果壳。说真的，对这个机灵的年轻人而言，法律这门高尚的科学就装在一个坚果壳里头。小姜饼的任务很多，其中他最喜欢执行的就是为火鸡和钳子跑腿买糕点和苹果。抄写法律文书是众所周知的枯燥和繁重的事情，我的两个抄写员很喜欢时不时地用可口香苹果来润润嘴巴，这种苹果在海关和邮政局大楼附近无数的小摊上都能买得到。他们还经常使唤小姜饼去买那种特别的糕饼—— 一种薄薄的、味道很重的小圆饼——他们给他取的绰号就得自此物。事情最枯燥的时候，一个寒冷的上午，火鸡就能吞进几十块小姜饼，拿它当圣饼吃——这东西一便士能买六到八个——这时，他笔尖的沙沙声和嘴巴里那脆蹦蹦的玩意儿嘎吱嘎吱的咀嚼声便响成一片。火鸡每到下午必犯暴躁的错误和毛手毛脚的过失，其中有一次，他把一块姜饼放进嘴里打湿，然后拿它当印章敲在了一份抵押文书上。当时我差点儿就把他解雇了。但是，他对我来了一个东方式的鞠躬，安慰我说："先生大人，还是我自己破费、亲自找上门给您当文书的呀。"

我原来的业务是产权转让、产权取得和各种法律文书的撰写，在接手了主事官事务所的业务之后，业务量大大增加。抄写员的工作量巨大。我不仅要督促已有的抄写员加快速度，还必须雇更多的帮手。广告发出之后，有天上午，有个动作呆呆的青年人来到办公室的门口，门是开着的，当时是夏天。至今他的形象还历历在目——面色苍白而衣着整洁，可怜巴巴又不失体面，无药可救的凄凉无助！这个人就是巴特比。

问了几句有关他的资历的话之后，我雇了他，很高兴在我的抄写员班子中又添了一个样子如此沉稳的人，以为这有利于调和火鸡的冲动脾气和钳子的火爆脾气。

我该早点儿说一说，我的事务所办公室由磨砂玻璃推拉门隔成了两间，抄写员占一间，我占另一间。至于这玻璃门开着还是关着，这由我的心情而定。我决定在玻璃门边给巴特比指定一个角落，而且是在我这边，这样，如果我有什么小事要办的话，就可以比较方便地召唤这个安静的年轻人。我把他的桌子摆在房间里的一道小小的侧窗旁，以前，从这道窗还能看到阴暗的后院的侧面和砖墙，后来窗子加高了，就什么也看不到了，不过还能透一些光线进来。窗外一米开外就是一堵墙，光线就是从这上面很高的地方、两座高楼之间的狭缝里透过来的，就好像从圆顶上一道很小的开口透过来一样。做了这样满意的安排之后，我还搞到了一张高高的绿色折叠屏风，这样就把巴特比和我的视线完全隔开，他也能听到我的声音。如此安排之后，隐私问题和交流问题都解决了。

起初，巴特比做了格外多的抄写工作。好像饥饿了很久的人见到了食物，而抄写活儿就是食物一样，他把我的文件狼吞虎咽进去，而且还不停下来消化。他干起活儿来没日没夜，晚上还点上蜡烛夜以继日。如果他努力又开心的话，我会为他的勤奋而高兴。可是，他只是安静地、默默地、机械地抄写个不停。

当然，保证抄件每一个字的准确是抄写员责无旁贷的工作。如果办公室有两个或两个以上抄写员，他们就可以相互验证，一个念抄本，另一个拿着原件对照。这件事非常枯燥乏味，使人昏昏欲睡。我完全能够想象，对于一些多血质性格的人，这个工作绝对不堪忍受。譬如说，我决不相信精力充沛的诗人拜伦会平心静气地坐下来，和巴特比一道校对一份法律文件，五百页，而且写得密密麻麻、弯弯拐拐。

事情多的时候，我也时不时叫上火鸡或钳子，和他们一起校对比较简单的文件。我把巴特比安排在屏风后面这样顺手的地方，就是为了在遇到这样零碎事情的时候，便于我叫他过来帮忙。我记得，他跟了我的第三天，当时他没有自己抄写的文件需要校对，我又急于完成手边的一件小事，我生硬地叫了一声巴特比。当时很忙，也期望对方立即听命，所以我坐在椅子上，埋头看着桌子上的原稿，右手向旁边伸出，多少有些着急地递出抄件，便于巴特比从那个角落走出来，就可接过稿子，刻不容缓地开始干活儿。

我就是以这样的姿势坐着叫了巴特比一声，飞快地说明了要叫他做的事情——和我校对一份短短的文件。巴特比并没有从他那个小天地走出来，而是以特别温和而坚定的声音回答道："我不愿意。"想想看，当时我是多么惊讶，不对，我是多么目瞪口呆啊！

有一阵子，我一声不响地坐着，极力恢复受到震惊而失常的官能。我立刻想到，是我的耳朵听错了，要不就是巴特比完全误会了我的意思。于是我尽力以最清楚的声音重复了我的要求。但是，得到的是同样清楚、和先前一模一样的回答"我不愿意"。

"不愿意。"我应声重复道，非常激动地站起身，大踏步跨过房间，"你什么意思？你疯了吗？我要你帮我比较一下这张纸——拿着。"我把纸朝他塞过去。

“我不愿意。”他说。

我目不转睛地看着他。他的脸很瘦削，灰色的眼睛暗淡而平静。他没有丝毫的激动。如果他的态度有哪怕丝毫的不安、愤怒、烦躁或者傲慢，换句话说，如果他身上有丝毫正常人的表现的话，我无疑会狠狠地把他从这座房子里赶出去。不过当时的情况是，我想要扔出去的简直就是我那尊灰白的西塞罗石膏像。我站着瞪了他好一阵子，他仍然继续手中的抄写。于是，我坐回自己的椅子。我想，这太不可思议了。该怎么办呢？所里的事情又耽误不得。我决定忘了眼下这件事，留待以后闲暇了再来解决。于是，我从另一个房间叫来了钳子，文件很快就校对好了。

几天以后，巴特比完成了四份很长的文件，这是在大法院一周内当我的面所做的证词，一式四份。必须仔细校对。这是一份重要的文件，必须准确无误。一切都准备好了之后，我把火鸡、钳子和小姜饼从另一间屋子叫了过来，我想让四个伙计一人拿一份抄件，我来读原件。火鸡、钳子和小姜饼都听话地坐成一排，每人手拿一份文件，然后我叫巴特比过来加入这个有意思的小组。

“巴特比！快点儿，我等着呐。”

我听见他的椅子腿慢慢地刮擦着光秃秃的地板的声音，不久后他出现了，站在他那领地的入口处。

“要做什么？”他温和地问。

“抄件呐，抄件呐，”我急匆匆地说，“我们要校对抄件。拿着。”——我把第四份抄件递给他。

"我不愿意。"他说，随后轻轻地消失在屏风后面。

一时间，我就像化作了一根盐柱，立在坐成一排的伙计们面前。回过神来之后，我朝屏风走过去，要他对如此过分的行为给出理由。

"你为什么拒绝？"

"我不愿意。"

要是换了别人，我会当场勃然大怒、破口大骂，毫不留情地把他从我面前扔出去。但是，巴特比身上有一种东西不仅奇怪地解除了我的武装，而且触动了我，使我不知所措。我开始和他讲道理。

"我们要校对的是你自己抄写的文件。这是为了减轻你的工作，因为只做一次就把你抄写的四份文件校对完了。这是分内的工作。每个抄写员都要帮忙检查自己的抄件。对不对啊？你怎么不说话了？回答我！"

"我不愿意。"他的回答像笛声一样干脆。我觉得，我给他讲话的时候，他在仔细地掂量我的话，完全明白我的意思，无法反驳我无可辩驳的理由，但同时，某种压倒一切的想法使他做出了那个回答。

"那么，你是决意不答应我的要求——一个按惯例和常理做出的要求？"

他直截了当地让我认识到，在这一点上我的判断是对的。不错，他的决定不可更改。

当一个人被某种前所未有的、毫无道理的粗暴方式所吓倒之后，他往往会对哪怕是最明白无误的信仰产生动摇，事实上，他会暗暗猜测，自己的信仰也许是好的，但所有的正义和道理都在别人那一方。因此，如果有不相干的人在场，他往往会求助他们，以支撑自己正在动摇的想法。

“火鸡，”我说，“这件事你怎么看？难道是我不对？”

“先生在上，”火鸡说，声音非常温柔，“我认为您是对的。”

“钳子，”我说，“你怎么看这件事？”

“我认为我该把他踢出办公室。”

（理解力强的读者应该明白，这是在上午，火鸡的回答表述得礼貌而平静，而钳子的回答则火气十足。用已经讲过的一句话来说，钳子的坏脾气上班了，火鸡的坏脾气则下班了。）

“小姜饼，”我说，哪怕是最小的支持也要争取，“这件事你怎么看？”

“先生，我觉得他有点儿发疯。”小姜饼答道，咧嘴一笑。

“你听见他们说的话了吗？”我对着屏风说，“出来干活儿。”

但是，他一声不吭。我痛苦而困惑地思考片刻。但是，生意耽误不得啊。我再次决定等以后空闲时再来解决这个麻烦事。克服了不用巴特比所产生的一点儿麻烦，我们四人继续校对文件。每一两页，火鸡都要恭敬地发表看法说这种干法实在有点儿不合规矩；而钳子则由于消化不良而紧张地在椅子上扭来扭去，时不时锉着牙齿朝屏风后那个顽固不化的笨蛋发出咝咝的咒骂。对于他（钳子），这是第一次，也是最后一次不拿报酬而替别人干活儿。

与此同时，巴特比待在他隐居的那个角落，做着自己的事，对别的充耳不闻。

几天过去了，那个抄写员又在做一个很长的抄写活儿。他最近行为颇不寻常，所以我密切地观察起他来。我注意到，他从来不去吃午饭，事实上他哪儿也不去。就我所知，他就从来没有出过办公室。他永远是那个角落的卫兵。大约十点钟，当然是上午，我注意到小姜饼会走向巴特比那扇屏风的开口处，似乎悄悄地做了个从我这个角度看不见的姿势。然后这孩子手里会拿着几个叮当作响的便士离开办公室，回来时把一把姜饼送到那隐士的角落，得到两块姜饼作为自己跑腿的回馈。

原来，他是靠姜饼填肚子啊，我想。准确地说，他从不吃午饭，那他准是只吃素食。可是不对呀，他甚至连蔬菜也不吃，他就吃姜饼。于是我便开始遐想起来，思考完全只吃姜饼会对人的身体产生哪些可能的影响。顾名思义，小姜饼含有生姜，是其独特成分之一，而且是决定其风味的主要成分。那么什么是生姜呢？一种辛辣的东西。巴特比辛辣吗？一点儿也不。这么说，生姜对巴特比不起作用。也许他不喜欢姜饼里有姜。

最让一个认真的人恼火的莫过于消极抵抗。倘若受到抵抗的人非常仁慈，而抵抗的人因消极而完全无害，那么在前者心情好的时候，只好仁慈地努力用想象来解释用判断力解决不了的问题。即使是这样，在大多数情况下，我还是尊重巴特比和他的习惯的。可怜的家伙！我想，他不是存心要捣乱；很显然，他并不想粗鲁无礼；他的行为足以说明他的怪异行为完全是身不由己。他对我很有用。我能容得下他。如果我把他赶走，没准儿他会落到不那么宽宏大量的雇主手里，他就会受到粗暴的对待，甚至还可能落到饿死街头的地步。对呀，在这个问题上，只需举手之劳，我就可以博得一个大大的自我欣赏。对巴特比友善一点儿，对他的古怪的任性迁就一点儿；这费不了我什么事，而这在我的灵魂中还可以为良心添加一道美味的小吃。但是，这种好心情可不是随时都有的。巴特比的消极反抗有时候使我恼怒。我觉得莫名其妙地受到刺激，要招惹他和我形成新的对峙，要在他身上激起愤怒的火花，以对付我的愤怒。但这的确无异于想用手指关节在温莎牌肥皂上打火——白费力气。然而，有一天下午，邪恶的冲动控制了我，于是就出现了以下小小的场面：

“巴特比，”我说，“这些文件都抄好之后，我要和你校对一遍。”

“我不愿意。”

“为什么？你肯定不是成心要把你那执拗的荒唐想法坚持到底吧？”

没有回答。

我一把推开旁边的推拉门，朝火鸡和钳子激动地喊道——

“这是第二次了，他说他不愿意校对自己抄的文件。你怎么看，火鸡？”

当时是下午，请记住。火鸡坐在那里，像个烧得通红的黄铜锅，秃头冒着热气，双手在墨汁斑斑的文件中画来画去。

“怎么看？”火鸡咆哮道，“我真想走到那屏风后面，把他眼睛打青！”

火鸡一边说，一边站起身，双臂摆出个拳击的架势。他正要冲过去兑现自己的承诺，我拦住了他，很是惶恐，我随随便便说一句，竟产生了如此严重的后果，激起火鸡午饭后的斗志。

“坐下，火鸡。”我说，“听听钳子怎么说。你怎么看，钳子？我马上解雇巴特比是不是有道理？”

“对不起，这该您来决定，先生。我觉得他的行为相当反常，而且对火鸡和我不公平。不过，也可能是一时任性吧。”

“啊，”我大声说，“这么说你改变了看法，这很奇怪——现在你说起他来口气很温和嘛。”

“都是啤酒灌的，”火鸡叫道，“温和是啤酒的效果——我和钳子今天一起吃的饭。您瞧我多温和啊，先生。我过去打肿他的眼睛如何？”

“你是说巴特比吧，我猜。不要，今天不要，火鸡，”我答道，“把拳头收起来好了。”

我关上隔门，再次朝巴特比走过去。我觉得许多东西命中注定般刺激着我。一次又一次遭到反抗，这让我怒火中烧。我记得，巴特比从来没有离开过办公室。

“巴特比，”我说，“小姜饼不在，你去一趟邮政局，好吗？（只不过三分钟路程）去看看有没有我的邮件。”

“我不愿意。”

“你不去？”

“我不愿意。”

我跌跌撞撞地回到自己的椅子，坐在那里琢磨起来。我那盲目的倔脾气又上来了。难道还有任何别的事情会让我受到这个瘦骨嶙峋、一文不名的怪物——我自己雇的职员——如此丢人的拒绝吗？还有别的什么合情合理的事情，他一定会断然拒绝去做呢？

“巴特比！”

没有回答。

“巴特比。”我提高了嗓门。

没有回答。

“巴特比。”我咆哮起来。

就像一个听了魔咒的召唤应声而至的幽灵一样，在我叫他第三次的时候，他从他隐居的角落入口处现身了。

“到那个房间去，叫钳子到我这儿来。”

“我不愿意。”他恭敬地轻声说道，然后温和地消失了。

“好得很，巴特比。”我说，声音平静、沉着、严肃而克制，暗示我已经打定主意，很快就会采取某种可怕的报复措施。当时，我真有点儿想说干就干。但转念一想，快到午饭时间了，心里受了这么多的挫折和烦恼，我觉得最好戴上帽子回家去。

我该承认现实吗？整件事情可以归结如下：这个现象不久就成了我事务所的常态；一个脸色苍白的年轻抄写员，名叫巴特比，在所里有一张办公桌;他为我做抄写工作，报酬通常为每页（一百字）四美分；但他永远免除了校对自己抄写的文件的任务；这个任务转给了火鸡和钳子，以奖赏他们格外的仔细；还有，无论任何情况下也不能支使巴特比去做那些最为鸡毛蒜皮的小差使；哪怕是恳请他做这种小事，大家都知道他不愿意——也就是说，他会断然拒绝。

一天天过去了，我对巴特比变得相当适应了。他的坚定，他的专注，他一贯的勤奋（除了他在屏风后站着发呆的时候），他的安静，他任何情况下都一成不变的举止，由于这一切，他是一个很有价值的人物。最主要的是——他一直待在那里——从早上，整个白天，直到晚上。我很信任他的诚实，把最重要的文件交到他手里我最为放心。由于我的脾气的缘故，我也难免突然对他发作一通。这是因为，你时时刻刻都会想到他那些不可思议的怪癖、优待、他自己规定的这也不干那也不干的特权，把这作为他留在事务所的前提条件，而每想到这些都是相当让人难受的事情。有时候，我在处理紧迫的事务的时候，会以短促快速的语调召唤巴特比，请他——譬如说——用手指按住红带子的一头，便于我用带子捆扎文件。不用说，屏风后面传来的回答照样是“我不愿意”。遇到如此怪癖的、如此不可理喻的人，一个具有一般人弱点的人怎么可能不发火呢！然而，每次受到这种羞辱之后，我便更加小心，尽量减少再犯这种粗心大意的错误。

这里我必须说明，在拥挤的法律大楼的律师事务所里，大多数从事法律事务的先生们都有一个习惯，我也不例外：我的办公室有好几把钥匙。一把在阁楼上的女住户手里，她每天来我办公室扫地掸灰，每周做一次擦洗。为方便起见，火鸡也拿有一把。第三把钥匙我有时候放在自己衣袋里。第四把我就不知谁拿去了。

有一个礼拜天的上午我凑巧去了三一教堂，去听一位著名的神父布道，到那里后觉得还太早，于是决定还是到事务所去待一阵子。幸好我带了钥匙，把钥匙插入钥匙孔的时候，觉得里面插有什么东西，我的钥匙插不进去。我吃惊地喊叫起来，然后惊慌地发现，一把钥匙从里面转动了，巴特比鬼影一样地出现了，瘦削的脸露了出来，扶着微微张开的门，只穿着衬衫，也可说是衣衫不整，一副邋里邋遢的样子。他轻声说“对不起”，但他很忙，此时不愿放我进去。他甚至还加上一两句话，说我大概最好围着街区转两三圈，到那时大概他的事情也就做好了。

巴特比突如其来的出现，他在礼拜天像个房客一样住在我的事务所里，形容枯槁、彬彬有礼、坚定而自信，这一切在我身上产生了莫名其妙的效果，我不由自主地拔腿从我自己的房门偷偷走开，而且是心甘情愿地走开。但是，对这个温和、无耻而且不可理喻的抄写员，我是既想反抗而又力不从心，所以心里涌出一阵又一阵各种各样的痛苦。事实上，正是他奇妙的温和态度，不仅解除了我的武装，而且实际上使我丧失了男子气概。我觉得，一个人如果一声不吭地允许自己的雇员对自己发号施令，要自己从自己的房子走开，这就是一种没有男子汉气概的表现。还有，礼拜天一大早巴特比在我的办公室，只穿衬衫，或者说衣衫不整，他到底在做什么呢？对此我深感不安。难道这里有什么不对劲吗？不对，这不可能。不能认为巴特比是个堕落的人，哪怕是一秒钟也不行。但是，他在那里干什么呢？——抄写？还是不对，巴特比是有很多怪癖，但他是个特别礼貌得体的人。他绝不肯近乎赤身裸体地坐在写字桌前。再有，这是礼拜天，巴特比身上有一种东西，使人不能揣测他在做世俗的事情，从而坏了这一天的规矩。

然而，我的心还是不能平静。出于按捺不住的好奇心，我最后还是回到了门口。这次我顺利地插入钥匙，开门进屋。巴特比不在。我紧张地看了看四周，瞧了瞧屏风后面，显然他不在。更仔细地把屋里检查一遍之后，我猜测，不知道有多长时间，巴特比一定是吃饭、穿衣、居住都在我的办公室里，而且没有盘子，没有镜子，也没有床。角落里一张摇摇晃晃的旧沙发垫子上隐隐有个瘦小的人躺过的印记。在他的写字桌下，我找到了一张卷起的毯子；空空的壁炉格栅下，有一个黑乎乎的箱子和一把刷子；椅子上，有一个铁皮盆子、一块肥皂和破烂的毛巾；一张报纸上，有一些姜饼渣，还有一块奶酪。我想，很显然巴特比在这里安家了，在这里过起了单身汉的日子。我心里立刻涌起一种感觉，这是多么悲惨的孑然一身而孤苦伶仃的生活啊！他极度穷困，又那么孤独，多可怕啊！想想看，在礼拜天，华尔街像佩特拉古城一样空无一人；每天晚上，这里空荡荡的。这座大楼，工作日的白天熙熙攘攘，而夜幕降临后一片空旷，整个礼拜天，这里只有凄凉。而巴特比竟然在这里安了家。他是一个孤独的看客，把独处看成繁华——就像一个单纯的、转世的盖乌斯·马略[①]，在迦太基的废墟上沉思！

平生第一次，我陷入了一种难以遏制的、痛心的悲哀。这之前，我经历过的悲哀往往不乏喜悦的意味。而此时，人性共同的纽带不可抗拒地把我拉进伤心之境。这是兄弟之间的悲哀！因为我和巴特比同为亚当的子孙。我还记得当天看到的鲜亮的绸缎华服，那些容光焕发的面庞，人们身着盛装，天鹅般地游过百老汇这条密西西比河。我拿这些人和脸色苍白的巴特比做一对比，我想，唉，因为幸福吸引光明，所以我们觉得世界一片快乐；而不幸藏于冷漠，所以我们认为世上没有悲哀。这些悲伤的狂想——无疑是病态而愚蠢的大脑想出来的喷火女怪——又使我联想到有关巴特比怪癖的更多、更特别的想法。还会发现更多奇怪的事情，这种不祥的预感在我四周盘旋。抄写员苍白的身体浮现在我的眼前，裹在颤抖的裹尸布里，躺在漠不关心的陌生人中间。

突然，我注意到巴特比关着的写字桌，钥匙留在锁孔里，所以十分显眼。

我想，我不是居心不良，也不是为了满足冷酷的好奇心；再

① 盖乌斯·马略（Gaius Marius，前157—前86），古罗马著名的军事统帅和政治家。他在战败于日尔曼人的危难之时当选执政官，进行军事改革，实行募兵制。——编注

说，桌子是我的，桌子里的东西当然也是，所以我要冒昧地看看桌子里面。一切摆得井井有条，文件放得整整齐齐。文件格很深，拿出文件后，我伸手朝里摸进去。我立刻感觉到那里有什么东西，就把它拉出来。那是一张花绸大手帕，有点儿重，打着结。我解开手帕，发现里面是一张储蓄银行存单。

此刻，我回想起我在这个人身上注意到的种种安静而神秘的表现。我记得他除了回答问题，自己从不主动讲话；虽然有时他也有很多空闲时间，但我从来没有见他看书——从来没有，连报纸也不看；在屏风后面，他常常站在那扇小窗前，看着那道没有窗户的砖墙；我相信他从未去过餐厅或饭铺。他苍白的脸色清楚地表明他从来不像火鸡那样喝啤酒，甚至也不像其他人那样喝茶和咖啡；他从来没去过我所知道的什么特别的地方；从来不出去散步，除了此时此刻是个例外；他不愿讲自己是谁、从哪里来、世上有什么亲戚。虽然很瘦，脸上没有血色，但他从来没有提到过自己生病。更主要的，我想起了那种微微的——怎么说呢——微微的高傲神态，或者说严格的自我封闭，这让我害怕，所以乖乖地顺从了他的种种怪癖，不敢请求他为我做哪怕是最小的事情，尽管我知道，在那道屏风后面，他一定面对那道死墙，陷入沉思，因为他好长时间没有动静。

回想所有这些事情，联想到刚刚发现的事实，他把我的办公室当作了自己的住处、自己的家，当然还有他病态的郁郁寡欢；回想所有这些事情，我心里悄然产生一种谨慎的感觉。我起初的感觉是纯粹的哀伤和最真挚的怜悯，但随着巴特比的凄凉在我心中的分量越来越重，我的哀伤变成了恐惧，我的怜悯变成了厌恶。一个非常真实而可怕的事实是，想到或看到悲惨的事情，达到一定的程度，我们会产生深切的悲悯，而在有些情况下，超过这个限度，反而不会产生这样的感情。有人认为，这统统来自于人性与生俱来的自私，这种说法不对。这分明是因为那悲惨的人的肌体已经病入膏肓、无药可救，我们无可奈何。对一个感性的人来说，怜悯往往就是痛苦。当最终意识到这样的怜悯无济于事的时候，常识就会让灵魂摈弃这怜悯。那天早晨我看到的使我相信，抄写员是与生俱来的、无药可治的心理失调。我可以伸出援手救治他的身体，但是，他的身体没有病痛；他痛苦的是灵魂，而对他的灵魂，我鞭长莫及。

那天早晨，我没有按原计划去三一教堂。我看到的事使我暂时失去了去教堂的心情。在回家的路上，我在想该拿巴特比怎么办。最后，我打定主意——明天早上，我要问他几个温和的问题，涉及他的经历之类的问题，如果他拒绝坦白地、无所保留地回答这些问题（我想他是不愿意回答的），我就给他一张二十美元的钞票，就算是我欠他的，告诉他我不再需要他的服务；如果他用得着我的帮助，我会乐意为之，特别是如果他想回老家，不管什么地方，我都愿意支付路费；还有，如果到家后无论什么时候觉得需要我的帮助，只要给我写信，我一定答复。

第二天早上到了。

“巴特比。”我温和地隔着屏风朝他说。

没有回答。

“巴特比，”我说道，口气更加温和，“到这里来一下。我不会叫你做任何你不愿意的事情——只是想和你说说话。”

这时，他悄无声息地出现了。

“巴特比，告诉我你是哪里出生的，好吗？”

“我不愿意。”

“讲讲你自己的事，好吗？”

“我不愿意。”

“你拒绝和我讲话的理由是什么呢？我觉得自己对你很友好啊。”

我说话时他没有看我，而是盯着西塞罗石膏像，当时我坐着，那尊石膏像就在我背后，高出我头顶六英寸。

“你做何回答，巴特比？”等了许久之后，我又问道，他的表情依然一动不动，只见薄薄的、苍白的嘴唇难以察觉地微微颤动。

“目前我不愿回答。”他说，回到了他隐居的地方。

我承认自己相当软弱，但他这次的态度激怒了我。他的态度不仅有一种轻蔑，而且他的缄默分明是不知好歹，要知道我对他是那么关照，那么宽宏大量。

我又一次坐下来深思该怎么办。虽然进办公室的时候我对他的行为很恼火，还决定解雇他，然而，我很奇怪地觉得有某种超自然的东西在冲击着我的心，阻止我采取措施，还责备我，说我要是胆敢对这个最孤苦的人哪怕说一句不敬的话，我就是个坏蛋。最后，我亲切地把自己的椅子拉到屏风背后，坐下说道：“巴特比，别再把说出自己的经历这种事情放在心上了，不过，让我以朋友的身份恳求你，以后尽量遵守办公室的惯例。请现在答应我，你明天或者后天愿意参加校对文件；请现在答应从一两天后开始你要讲点道理——请你答应我，巴特比。”

“目前我不愿意讲点道理。”这就是他温和而有气无力的回答。

就在这时，推拉门开了，钳子走了过来。似乎因为特别严重的消化不良而彻夜未眠。他听到了巴特比最后这几个字。

“不愿意，是吗？”钳子咬牙切齿地说，“我倒是愿意，要是换了我，先生，”他这是在对我说，“我倒是愿意，我倒是愿意亲近亲近他，这头犟驴！请告诉我，先生，他这回不愿意做啥？”

巴特比一个指头也没动。

“钳子先生，”我说，“我倒是愿意你走开一会儿。”

近来，即使在不完全合适的场合，我都会不由自主地使用“愿意”这个词儿了。我不寒而栗地感到，和这个抄写员的交往已经严重影响到我的心理。难道这还不足以产生更进一步的、更反常的后果吗？这种担忧促使我要断然采取措施。

钳子酸溜溜、闷闷不乐地走开了，这时火鸡恭敬而殷勤地走过来。

“先生明察，”他说，“昨天我还在这里想着巴特比呢，我觉得，要是他愿意每天喝一夸脱苹果酒，这对他的毛病很有效，还可以使他参加校对他自己抄的文件呢。”

“看来你也用惯那个词儿了。”我说，有些激动。

“先生明察，哪个词儿啊？”火鸡问道，恭恭敬敬地塞进屏风后那点狭小的空间，弄得我挤了一下那个抄写员，“哪个词儿啊，先生？”

“我愿意一个人待在这里。”巴特比说，似乎因为自己的隐私受到侵犯而生气了。

“就是这个词儿，火鸡，”我说，“就是它。”

“哦，愿意？哦，是的——奇怪的词儿。我自己从来不用。但是先生，我想说，如果他愿意——”

“火鸡，”我打断他的话，“请你离开。”

“哦，当然，先生，如果您愿意。”

他推开推拉门准备离开的时候，坐在自己写字桌前的钳子看到了我，问我是愿意他把一份文件抄在蓝色纸上还是白色纸上。他丝毫没有故意强调“愿意”这个词儿。显然，这个词儿是自动地从他的舌头上滚出来的。我心想，我非把那个疯子赶走不可了，即使说他还没有改变我和我的雇员的脑子，他已经在某种程度上改变了我们的舌头了。但是，我还是觉得谨慎为好，不宜马上就宣布解雇。

第二天，我注意到巴特比什么也不干，就站在窗前，面对那堵死墙沉思着。问他为什么不抄写，他说自己已决定再也不抄写了。

“为什么，怎么回事？”我叫道，“再也不抄写了？”

“再也不。”

“什么理由呢？”

“你自己还没看出理由吗？”他无动于衷地答道。

我定睛看着他，发现他的眼神木然呆滞。我立刻想到，来这里以后的头几个星期，他一直待在这昏暗的窗前，以闻所未闻的勤奋抄抄写写，这可能暂时损害了他的视力。

我感动了。我对他说了些安慰的话。我暗示说，他停工几天，不做抄写工作，这当然很明智；我还鼓励他趁此机会去户外做点有益身体的锻炼。然而，他没有这样做。几天以后，别的雇员都不在，我又急着要寄几份邮件，我想，巴特比既然没别的事情做，肯定比平时好说话些，会把这些信送到邮局去。但是，他还是断然拒绝。结果，没办法，我自己去了。

几天又过去了。巴特比的眼睛好些没有，我不知道。从表面看，我觉得有好转。而我问他是否如此，他不作回答。无论如何，他就是不抄写。最后，在我的追问下，他告诉我，他永远也不抄写了。

“什么！”我叫道，“我以为你的眼睛完全好了——比以前还好——你还是不抄写吗？”

“我再也不抄写了。”他答完便溜开了。

跟往常一样，他成了我事务所的摆设。更有甚者，他比从前更变本加厉了。我该怎么办？办公室的活儿他什么也不干，他凭什么留在这里呢？显然，他不仅像项链一样无用，而且是难以承受的负担，简直是掉在脖子上的磨盘石。然而，我还是为他遗憾。如果我说我为他担忧，我说的差不多是真话。如果他说出哪怕是一个亲戚或朋友的名字，我会马上写信，要求他们把这可怜虫带到某个方便的安身之地去。但他孤身一人，在世界上孑然一身，就像大西洋中央的一条沉船。最后，不管怎么说还是生意要紧。我尽可能得体地告诉巴特比，六天之内他必须无条件地离开办公室。我告诫他，在此期间，他得想法找别的住处。只要他采取搬走的第一个步骤，我也会提供协助。“你离开的时候，巴特比，”我告诉他，“我保证你不会空手离开。从现在算起六天内，记住。”

最后的期限到了，我悄悄朝屏风后看了看——嗨！巴特比还在那里。

我把大衣扣好，稳住了身体，慢慢朝他走去，碰了碰他的肩膀说：“时间到了，你必须离开这个地方。我为你遗憾。这是钱，但是你必须得走。”

“我不愿意。”他答道，依然背对着我。

“你必须。”

他默不作声。

我对此人的诚实向来是深信不疑的。他常常把我不经意掉在地上的六便士和一先令的硬币交还给我，要知道我对这类鸡毛蒜皮的小事一向是很粗心的。所以，以下这件事就很正常了。

“巴特比，”我说，“我欠你十二元工钱，这是三十二元，多出的二十元是我送你的。——拿去好吗？”我把钞票递给他。

他一动不动。

“那我就放这儿了。”我把钱放在桌上，压在镇纸下。然后，我拿起帽子和手杖，走到门口时，我转头平静地说：“巴特比，把你的东西从办公室搬走后，请锁上门——因为大家都下班走了，只有你在——还要拜托你把钥匙放在擦脚垫下面，这样我明天才拿得到。到了新住处后，要是需要我帮助，别忘了写信告诉我。再见了，巴特比，后会有期。”

但是他没有回答一个字，就像废弃的寺庙的最后一根石柱一样，他无言地、孤零零地站在空荡荡的屋子中间。

我一路沉思着走回家里，我的虚荣心战胜了同情心。我以如此高明的手法摆脱了巴特比，我禁不住自鸣得意。我说这手法高明，任何客观公正的人也肯定有同感。整个过程的美妙之处就在于其绝对的不动声色。没有粗暴的恃强凌弱，没有丝毫的虚张声势，没有暴躁的恐吓威胁，没有气急败坏地在屋里走来走去，也没有喝令巴特比收拾起他那要饭的行头快点滚蛋。我没有这样做。没有高声呵斥巴特比离开——这是低层次天才的手段——我首先设定了他必须离开的理由，在此设定的基础上构筑了我的说辞。我越思考这个过程，就越为此而陶醉。然而，第二天早晨醒来的时候，我对自己产生了怀疑——似乎虚荣给睡得烟消云散了。一个人最冷静、最智慧的时刻就在早晨醒来之时。我的手段看似睿智——可只是理论上如此。如何用实践来证明——这才是问题所在。假定巴特比会离开，这的确是个美妙的想法；但是，说到底，这只是我的假设，不是巴特比的假设。问题的关键不在于我是否假定他得离开我，而在于他到底是否愿意走。他才不管什么假设，得看他是否愿意。

早饭后，我朝城里走去，一路上思考着正反两方面的可能性。一时间，我觉得我的计划将以惨败告终，巴特比会照常活生生地待在我的办公室；转念一想，又觉得我一定会发现他的座椅空空如也。我就这样翻来覆去地想来想去。在百老汇和运河街的拐角处，我看见一群人激动地站在那里，正聊得热火朝天。

“我打赌他不会。”只听一个声音说道。

“不会走？——好！”我说，“把你的赌注拿出来。”

我下意识地把手伸进口袋去取自己的赌注，这时我想起来当天是选举日，我听到的话是有关某位市长候选人的成败，而和巴特比的事情无关。在我的心境里，我竟然以为整个百老汇都和我一样激动，都在跟我争论同样的问题。我走了过去，很庆幸街上的喧闹盖住了我一时的走神。

按照我的打算，我比平时早了一点儿来到办公室门口。我驻足听了一下，一切静静的。他一定是走了，门锁着。哈，我的计划终于奏效了，他绝对消失了。然而，我的喜悦心情也夹着几分忧伤，我差不多要为自己的辉煌胜利而遗憾了。我伸手到擦脚垫下去摸索巴特比留下的钥匙，这时，我的膝盖不巧碰到了门上的一块嵌板，发出类似敲门的声音，随即，从门内传来应答的声音——“还不行，我正忙着。”

是巴特比。

我惊呆了。一时间，我呆若木鸡，就像很久以前弗吉尼亚那个给雷劈死的人一样，当时是夏天万里无云的午后，他嘴里叼着烟斗，给雷劈死在自家温暖的窗口，他就那样靠着打开的窗口，直到有人碰了碰他，他才倒下。

“还没走啊！”我终于嘀咕了一声。但是，在这不可思议的抄写员莫名其妙的威势面前，我又一次屈服了。尽管我很恼怒，却没法摆脱这种威势。我慢慢走下楼梯，走上大街，一边围着街区转着，一边思考下一步如何应对这闻所未闻的困局。把他硬生生推出去，这我做不到；大骂一通把他赶走，这也不是个办法；叫警察来，这法子让人不舒服；然而，任他这个不死不活的人安享打败我的胜利，我也接受不了。怎么办呢？要是什么也做不了，这件事还会走到何种地步呢？对了，以前我既然可以向前看估计巴特比会走，现在我也可以向后看假定他已经走了。凭着这堂而皇之的假定，我可以快步走进办公室，装作根本看不见巴特比，径直朝他走去，当他是空气一样。这种手段可能会产生特别奇妙的、致命一击的效果。如果按此假定行事，巴特比不大可能承受得了。但转念一想，又觉得这个计划成功的可能相当不靠谱。我决定还是再次与他理论一番。

我表情沉静而严肃地走进办公室。“巴特比，”我对他说，“我极其不满意。我很痛苦，巴特比。我高估了你。我原以为你有君子风度，遇到任何棘手的问题，只要稍加暗示就足够了——总而言之，这是我的假设。然而，看来我是看错了。”指着前一天傍晚我留下的钱，我又不动声色地问，“这钱你为什么连碰都不碰呢？”

他没有回答。

“你到底要不要离开我？”我走到他身边，突然厉声问道。

“我不愿意离开你。”他答道，轻轻地强调了那个不字。

“你究竟有什么理由留在这里？你付租金了吗？你为我交税了吗？这房子是你的吗？”

他没有回答。

“你可以继续抄写工作了吗？你的眼睛恢复了吗？你今天上午可以为我抄写一份短短的文件吗？你能帮忙校对几行字吗？你能移步去一趟邮局吗？一句话，你能做一点点事情，使你拒绝离开这座房子的理由不那么苍白吗？”

他默默地退回到他的隐居地。

此时，我既激动又愤怒，所以，觉得还是应该审慎为好，克制自己不要进一步激化矛盾。这里只有我和巴特比。我回想起倒霉的亚当斯以及更加倒霉的柯尔特的惨剧①，当时也是就他们俩独自待在柯尔特的办公室。我回想到，当时可怜的柯尔特给亚当斯激怒了，于是鲁莽地任由自己的脾气膨胀到盛怒的程度，最后不自觉地干出了那件要命的事——对这件事到底有多后悔，恐怕

① 约翰·C. 柯尔特（John Caldwell Colt），美国皮货商、簿记员、教师。1842 年被控因债务纠纷谋杀塞缪尔·亚当斯。柯尔特用斧子杀死了塞缪尔，声称是出于自卫，但事后处置了尸体以掩盖其罪行。1842 年柯尔特被判绞刑，但在行刑的当天早晨自杀。——译注

只有他自己最清楚了。每当我思考这件事的时候，我常常想，如果当时争执发生在大街上，而不是在私人的房子里，事情的结局可能就不是那个样子了。当时的情景是，那是一座被温情的家具搞得俗里俗气的楼房里，两人独自待在空荡荡的办公室内，又是在楼上——那是一间没有铺地毯的办公室，一定是积满灰尘，一副凄凉的样子——当时的情景肯定就是这个样子，在很大程度上就是这样的情景把可怜的柯尔特逼到了绝望的境地。

但是，正当心里跳出了愤怒这个老魔鬼，企图诱使我对巴特比采取行动时，我揪住了魔鬼，把他扔了出去。我是如何做到的呢？啊哈！不过就是回忆起那神圣的戒律："我赐给你们新的律条，乃是叫你们彼此相爱。"是啊，就是这戒律挽救了我。除却更高深的含义，仁爱往往就作为一条大智慧和谨慎的原则而起作用——这是仁爱之人的保障。人们犯谋杀之罪，或为嫉妒，或为愤怒，或为仇恨，或为自私，或为思想上的傲慢，但我从未听说有人因为宅心仁厚之故而犯谋杀这种大罪。那么，在没有更合理的动机的情况下，纯粹的自我利益可以促使所有的人仁慈而慷慨，尤其是对于脾气暴躁的人。总而言之，在当时，我以仁爱之心仔细分析抄写员的行为，以此尽力压制对他的愤怒。可怜的人啊，可怜的人啊！我想，他并没有恶意；再说，他经历过艰难困苦，理应得到宽容。

我立即投入工作，以此来宽慰我沮丧的心情。我尽力想象，在上午，在巴特比心情好的时候，他会主动从他隐居的角落走出来，朝门口的方向坚定不移地走去。但是，他没有。中午十二点半了，火鸡脸上开始灼热发光，打翻墨水瓶，照常吵吵嚷嚷；钳子消停了，变得安安静静、彬彬有礼；小姜饼嘎吱嘎吱地啃着中午的苹果；巴特比依然站在窗前，面对那道死墙，陷入沉思。难道这就是现实？难道我应该接受？那天下午，我没有对他说一个字就离开了办公室。

几天过去了，这几天闲暇的时候，我翻了翻《爱德华兹论意志》和《普莱斯利论必然性》。以当时的心境，看这些书有益身心。慢慢地，我开始相信，抄写员带给我的这些麻烦完全是命中注定的，巴特比是无所不知的上帝为了某种神秘的目的安插到我身边，而这样的目的是我等凡人所无法理解的。唉，巴特比，就待在那屏风后吧，我想，我再也不折磨你了；你就像那些旧椅子一样无害，那样安安静静；你来之后，我才知道自己如此浅薄。现在我知道了，我感觉到了，我深刻了解到了命中注定的生活目的。我知足了。别人也许有更高的追求，而我在这个世界上的使命，巴特比，就是给你提供一间办公室，你爱待多久就待多久吧。

如果不是来我办公室造访的同行朋友多嘴多舌，无端地对我说的那些毫无同情心的话，我相信，这种智慧而平静的心境本来会一直保持下去。然而往往很无奈的是，有心胸狭隘的人在你身边饶舌，哪怕是最慷慨的人那最坚定的决心最终也会消磨殆尽的。然而，回想当时的情况，来我办公室的人，看到格格不入的巴特比那古怪的画面，感到吃惊，忍不住说几句有关巴特比的怪话，也没有什么好奇怪的。有时，我不在的时候来我办公室谈业务的律师，看到那个抄写员，自然会仔细向他打听我的去向；巴特比对他的闲聊充耳不闻，仍然一动不动地站立在屋子的中间。于是，静静地观察他一会儿之后，律师只好离开，一无所获。

还有，证言录取会正在进行的时候，屋子里坐满了律师和证人，一切都进行得很快；如果在场的一位法律人士（律师）忙得不可开交，看见巴特比无所事事，就会请他去一趟他的（那位法律人士的）办公室取些文件。这时，巴特比会平静地拒绝，继续闲着。这时，那位律师便会瞪大了眼睛朝我看看。我又能说什么呢？最后，我终于知道了，在我的职业熟人圈中，大家都在悄悄传来传去，说我在办公室里收留了一个怪物。这让我很是烦恼。每当我想到他有可能寿命很长，继续占领我的办公室，无视我的权威，让我的客人难堪，伤害我的职业声誉，给我的办公室蒙上阴影，就靠他自己那点积蓄一直活下去（他肯定每天只花五分钱），最后我死了他还活着，于是便以一直住在办公室的名义夺去我的办公室。所有这些不祥的预感没完没了地涌上心头，而我的朋友们又不断地在我耳边无情地议论我办公室这个幽灵，到最后我心里产生了巨大的变化。我决定要尽最大的努力一劳永逸地摆脱这个不堪忍受的梦魇。

然而，在为了达到这个目的而采取进一步更严厉的行动之前，我最初只是向巴特比指出要他永远离开的理由。我以平静而严肃的口吻向他建议，希望他认真而深入（全面）地考虑这个问题。但是，经过三天的思考，他通知我说，他依然坚持原来的决定。简言之，他仍然愿意住在我这里。

我怎么办？我心里想，毅然扣上了外套的所有纽扣。我怎么办？我该怎么做？凭我的良心，我到底应该如何处置这个人，这个鬼？我必须摆脱他，他必须走。但是该怎样做呢？你不能把他推出去呀，这个可怜、苍白、软弱的人——你总不能把这样一个无助的人推出门外吧？你总不能如此残忍，如此不顾体面吧？不行，我不愿意，我做不到。我宁可让他住在这里，一直到死，然后把他的尸骨砌在墙里。你还能怎么做？好言相劝，他不为所动；拿钱买他，他把钱原封不动地留在桌上的镇纸下。说到底，他显然就是跟定你了。

看来，非采取严厉的、不寻常的措施了。什么！你肯定不是想叫警察来，揪住他的衣领，把这个无辜的可怜虫扔进大牢吧？你凭什么这样做呢？——他是流浪汉吗？什么！他拒绝离开，难道就是流浪汉，就是四处漂泊的人吗？正是因为他不愿流浪，你才企图把他当成流浪汉。这太荒唐了。他没有可靠的谋生手段，我终于找到留下他的理由了。我又错了，毋庸置疑，他自己养活自己，这是无可辩驳的证据，任何人都可以证明他具有谋生的手段。还是不要这样想来想去吧。既然他不愿离开我，那我就必须离开他。我要换个办公室；我要搬个地方；我要敬告他，如果发现他出现在我的新地方，我就要以闯入之罪名控告他。

按照这个计划，第二天，我通知他：“我觉得办公室离市政厅太远，空气也不好。总之，我打算下周搬办公室，也不再需要劳驾你了。现在我给你说这些，是让你另找地方。”

他没有回答，我也没再说话。

到了预定那天，我请了车和搬运工来到我的办公室，因为家具不多，东西几个小时就搬好了。这期间，抄写员还是站在屏风后面，按我的吩咐，这屏风最后才搬。屏风撤了，像巨大的对开书一样折叠起来，这一来，他一动不动地站在空荡荡的房间里。我站在门口看了他一下，此时此刻，内心有某种东西在责备我。

我又走了进去，手插在衣兜里，心却提在嗓子眼儿里。

“再见了，巴特比。我走了——再见，上帝保佑你。这个你拿着。”我往他手里塞了点东西，但东西掉在地上，然后——说来也怪——我一直想赶走这个人，分手时又难分难舍。

在新的地方安顿下来后，有一两天，我一直把门锁上，一听到走廊上有脚步声就心惊肉跳，仔细听清来人是谁后才掏钥匙。但是，我多虑了，巴特比没来找我。

我以为一切都解决了，不料一个神色慌张的陌生人找到了我，问我是否最近在华尔街 X 号住过。

不祥的预感纷纷涌上心头，我说是的。

“那么先生，”来人是个律师，他说，“你留了一个人在那里，你要对此负责。他拒绝任何抄写工作，他拒绝做任何事，他说他不愿意，他拒绝离开办公室。”

“对不起，先生，”我说，虽然故作镇静，但心惊肉跳，“不过，说真的，你要我负责的那个人和我没关系——他和我非亲非故，也不是我的学徒。”

“那麻烦你告诉我，他是谁？”

“我确实无法告诉你。我对他一无所知。以前我雇他做我的抄写员，但他有一段时间没给我办事了。”

“那就让我来处置他吧。——早安，先生。”

几天过去了，我没有听到任何消息。虽然我常常有一种悲悯的冲动，想去那里看看可怜的巴特比，但一种说不清的紧张又打消了我的念头。

又一个礼拜过去了，没有听到他的消息，到这时我想，他的事终于了结了。但就在第二天，我发现好几个非常激动的人守在我的门口。

“就是他——他来了。”最前头那个人喊道，我认出他就是以前单独来找过我的律师。

“你必须把他带走，先生，马上，”一个魁梧的人一边向我走来一边高喊道，我知道他是华尔街 X 号的房东，“这些先生是我的租户，他们再也受不了了。B 先生——”他指着那位律师，“把那人赶出了办公室，他现在在整个大楼里游来荡去，白天坐在楼梯的扶手上，晚上就睡在大门口。每个人都很烦，租户纷纷退租，人们担心会发生骚乱。你得采取行动，不得拖延。”

这连珠炮似的责问吓得我惊慌失措，连连后退，巴不得把自己锁在办公室里。我徒劳地解释说我和他们一样，和巴特比没关系。一点儿用也没有。——他们知道，我是最后一个和他打过交道的人，他们坚持要把这烂账算在我头上。由于担心在报纸上曝光（在场的有个人暗暗威胁过），我仔细地掂量了一番，最后说，如果那位律师让我（在他的办公室）私下和巴特比谈一谈，当天下午我会尽最大的努力为他们解除那个大麻烦。

上了楼，回到那个让我头疼的地方，巴特比安安静静地坐在楼梯平台的扶手上。

“你在这里做什么啊，巴特比？”我问。

“坐在扶手上。”他温顺地答道。

我示意他进律师的办公室，他跟我去了。

“巴特比，”我说，“你从办公室辞退了之后，还坚持待在大门口不走，你给我造成了大麻烦，你知道吗？”

没有回答。

“现在别无选择。要么你自己选，要么别人迫使你选。你愿意做点什么事呢？你还愿意为别人做抄写工作吗？”

“不，我不愿意做任何改变。”

“你愿意在干杂店做店员吗？”

“那地方太拘束了。不行，我不要当店员；不过，我不是个挑剔的人。”

“太拘束了，”我叫道，“那你为什么一直把自己封闭起来呢？”

“我不愿意当店员。”他又说了一遍，看样子想马上结束这件小事。

“去酒吧当招待如何？那活儿不伤眼睛。“

“我一点儿也不喜欢那活儿；不过，我说过了，我不是个挑剔的人。”

他异乎寻常地话多了些，为此我大受鼓舞。我继续发动进攻。

“那么，全国各地走走，替商人们收收账，你愿意吗？这对你的健康也好。”

“不行，我愿意干点别的。”

“那么，到欧洲去当陪伴，和年轻绅士聊天解闷——这适合你吗？”

“一点儿不适合。我觉得那种事情不稳定。我好静。不过我这人不挑剔。”

“那就好你的静吧。”我大喊道，完全没了耐心，和他打了这么久交道，虽然恼怒不堪，但这还是我第一次大发脾气，“如果你晚上之前不离开这座大楼，我就要—— 一定要，我，我，我就自己离开这座大楼！”最后这句话实在荒唐，因为我实在不知要用什么样的威胁才能吓住他，使这个软硬不吃的家伙听话。进一步的努力是没指望了，我拔腿离开了他，这时，我突然想到最后一招——这一招我以前也不是完全没想过的。

“巴特比，”在这种令人恼火的情况下，我以尽可能最温和的语气对他说，“你跟我回家——不是我的办公室——就住在那里，等我们有空时再来考虑对你方便的安排，好不好？走吧，我们现在就走，马上。”

“不行。目前我不愿意做任何改变。”

我什么也没有回答，而是拔腿就跑，起步之突然，速度之快，成功地躲开了路上所有的人。我冲出大楼，沿华尔街朝百老汇大街跑去，跳上第一辆公共马车，很快就甩掉了追赶的人们。一旦镇静下来，我清楚地觉得，能做的，我都做了，无论是房东和他的租户们要求我做的，还是凭我自己为巴特比着想、保护他、使他免于粗暴迫害的愿望和责任心，我都仁至义尽了。现在，我要尽力放松下来，不再烦恼；虽然事情做得不尽如人意，但我做这些事对得起自己的良心。由于我非常害怕那怒火冲天的房东和他那些怒不可遏的租户又找到我，我把业务交给钳子，驾上我的四轮马车，在城边和郊外转来转去；远至泽西城、霍博肯，甚至逃到了曼哈顿维尔和阿斯托里亚。实际上，那几天我几乎就住在马车上。

我又回到办公室，天哪，桌上放着房东的一张纸条。我双手颤抖着打开便条。房东通知我，他已报了警，把巴特比作为流浪汉关进了纽约市托姆斯监狱。还有，鉴于我比其他人都更了解他，所以房东希望我去一趟那个地方，把事情说说清楚。得知这些消息我心情颇为矛盾。起先，我很愤怒，最后又差不多认可了他的做法。房东精力充沛、办事果断，他采取了我做不了决断的措施；在那样的情况下，虽然是下策，似乎也是唯一的措施。

我事后得知，警察告知那可怜的抄写员必须带他去托姆斯监狱的时候，他一点儿也没有反抗，默默顺从了，照旧那副文弱、木讷的样子。

有些好心的、好奇的路人也跟着去了，前头是一个警察挽着巴特比的胳膊，队伍穿过正午时分喧闹、炎热而欢乐的大街。

收到便条的当天我就去了托姆斯监狱，确切地说是市法院。找到了当事的警官，我讲了我造访的目的，得知我说的那个人确实关在里面。然后，我向该警官保证巴特比虽然有难以解释的怪癖，但他是个绝对诚实的人，而且很值得同情。我把我所知道的都讲了，最后我建议监禁他的环境尽可能宽松些，直到找到更温和的安置他的办法——其实我也不知道有什么好办法。不管怎么说，如果实在找不到别的办法，那么救济院就必须收留他。然后我请求见他一面。

由于巴特比受到的指控很轻微，而且他的表现很安静无害，所以他们允许他在监狱里自由走动，特别是在那块围起来的、有草坪的院子里。我在那里见到了他，他孤零零地站在静悄悄的院子里，脸朝高墙，而在院子四周牢房窗子上一道道狭缝后面，我觉得一双双杀人犯和盗贼的眼睛在窥视着他。

“巴特比！”

“我认识你，”他说，没有转过身来，“我对你无话可说。”

“不是我把你送到这里来的，巴特比，”我说，听到他怀疑的语气，我很痛心，“对你来说，这也不算是个太坏的地方。待在这里也不是什么可耻的事。你瞧，这里没有人们想象的那么糟糕。这不，有天空，也有青草。”

“我知道这是什么地方。”他答道，然后就再也不说话了，我只好走了。

我回到走廊时，一个系着围裙、膀粗腰圆、一身肥肉的人和我搭讪，他大拇指往肩后一戳对我说道：“那是你朋友？”

“是的。”

“他想要饿死？如果他想，就让他吃监狱的伙食好了，就这么简单。”

“你是谁？”我问，这样一个地方碰到这个说话这么随便的人，我不明白他是什么意思。

“我是办伙食的。有些先生们在这里有朋友，会雇我给他们弄些好吃的。”

“是这样吗？”我问看守。

他说是的。

我塞了几个银币在送饭的（他们都这样叫他）手里。“那好吧，”我说，“请你特别关照我这位朋友，给他弄你搞得到的最好的饭菜。你还要尽可能对他礼貌。”

“介绍我认识一下这位朋友，好吗？”送饭的说道，他看着我，那表情似乎要表明他急不可耐地要利用这机会表现自己的教养。

心想这对抄写员有好处，我便同意了；问了送饭的人的姓名后，领他走到巴特比身边。

“巴特比，这是一位朋友。你会发现他很有用的。”

“是仆人，先生，是仆人，”送饭的人说道，系着围裙的身子低低地躬下去，行了个礼，“希望您发现这地方不错，先生——地方宽宽敞敞——屋子里凉凉爽爽，先生——希望您在这里住上一阵子——尽量过得舒舒服服。今天午饭您想用什么？”

“我今天不愿意吃饭，”巴特比说，转过头去，“吃饭对我无益，我不习惯吃饭。”说完之后，慢慢走到院子的另一头，一动不动地面对高墙。

“怎么会这样？”送饭的人一脸震惊地瞪着我，“他很怪，是不是啊？”

“我觉得他有点儿错乱。”我悲伤地说。

“错乱？是精神错乱吗？唉，照我看呐，我觉得您这个朋友是在装绅士派头；这种人老是秀秀气气、彬彬有礼的样子，他们这是在装绅士派头。我没法儿不同情他们——没法儿不啊，先生。您知道门罗·爱德华兹[①]的事吗？”他眉飞色舞地说。停顿片刻之后，他怜惜地把手放在我的肩上，叹了口气说：“他得了痨病死在辛辛监狱啊。这么说你不认识门罗啊？”

“不认识，我从来不和骗子打交道。不过，我不能在此久留。照看好那边那位朋友。你不会吃亏的。我还会找你。”

几天以后，我再次获准去托姆斯探监，穿过走廊去找巴特比，但是没有找到他。

“刚才我还看见他从牢房里走出来，”看守说，“他大概去院子溜达去了。”

于是我朝那里走去。

---

① 门罗·爱德华兹（Monroe Edwards，1808—1847），美国奴隶贩子、骗子。1842 年因伪造棉花经纪人信件、诈骗银行钱款被判刑 10 年，1847 年死于狱中。——译注

“您在找那个不说话的人吧？”另一个路过的看守问我，“他躺在那边——在院子那边睡着了。我看他躺下还不到二十分钟吧。”

院子里一片沉寂。一般犯人是不能来这儿的。四周的高墙，厚得惊人，把任何声音都挡在外面。埃及建筑那种厚重阴森地压在我心头。但我脚下却长出柔嫩、自由的青草。在不朽的金字塔的中心，鸟儿丢下的草籽，似乎凭着某种神奇的魔力，从石缝中探出头来。

我看着巴特比，他蜷缩在墙根下，姿态很奇怪，膝盖向上蜷曲，侧着身子，头抵着冰冷的石头。没有一丝声音。我停下脚步，又走到他身边，俯下身，看见他迷茫的眼睛睁开着，要不他像是沉沉地睡着了。有种东西促使我摸一下他。我摸了摸他的手，一阵寒战流进我的胳膊，穿过背脊传到脚下。

此时，送饭人那张圆脸伸到我的面前：“他的午饭准备好了。他今天还是不吃吗？难道他不吃饭也能活着？”

“不吃饭也活着。”我说，闭上双眼。

“啊！——他睡着了，是不是？”

“国王和律师也一样的。”我低语道。

* * * * * *

巴特比的历史，似乎没有必要继续讲下去了。读者自会想象得到可怜的巴特比的葬礼有多么简陋。在我告别读者之前，我想说，如果这篇小小的故事引起了读者足够的兴趣、产生了好奇心、想知道巴特比是谁、在鄙人认识他之前过着什么样的生活，我只能回答，尽管我同样好奇，但我的好奇心也完全没有得到满足。

然而，此时我不知道是否应该透露一点点传闻，那是在抄写员去世几个月之后我听说的。我不能肯定这传闻的根据，也不能断定该传闻有几分属实。这份语焉不详的传闻尽管很惨，但对我来说多多少少还有一点儿说不清楚的启发意义，对其他人也可能有同样的意义，所以我愿意简单地提一下。

该传闻是这样的：巴特比在华盛顿死信办公室当过小职员，后来突然因人事调整而去职。我想到这个传闻的时候，我不能够充分表达我的心被攫住的那种感觉。死信！难道听起来不像死人吗？

想想吧，一个生来就不幸、脆弱绝望的人，没完没了地处理死信，分拣死信以待焚烧，还有什么职业更能激化这种绝望的感觉呢？

一车一车的死信每年焚烧一次。从折叠的信纸中，那位苍白的职员有时会捡到一枚戒指——本来该戴这枚戒指的手指此时也许已经在坟墓中腐朽；有时是救急的银行支票——要救的人此时不吃饭也不饥饿；有时是一份赦免书，而被赦免之人此时已经绝望地死去；有时是一份希望，而此时那收件人已经死于绝望；有时是解人于燃眉之急的好消息，而此时收件人已死于求助无门的困苦。这些信件本来是生命的信使，却奔向死亡。

唉，巴特比！唉，人生！

本尼托·塞莱诺

一七九九年，一艘装载着一船很值钱的货物的大型捕猎海豹兼杂货船，在马萨诸塞州达克斯伯里镇人亚玛撒·德拉诺船长的指挥下，在圣玛丽亚湾下了锚——这是智利漫长的海岸线南端一片不大的沙漠，一个无人居住的小岛。他要在这里补充淡水。

第二天，天亮后不久，他还躺在床上，大副来到他的船舱，向他报告说一艘可疑的帆船正驶入海湾。当时，在那片水域的船很少，不像现在这样多。他起身，穿好衣服，走上甲板。

那片海岸的早晨很是独特。一切都很寂静，一切都是灰色。海面上虽然铺着一条条长长的波浪，却像定住了似的，光滑得就像冷却下来、放入铸模里铸成的波浪形铅板一样。天空恰似一件灰色的披风。骚动的灰色水鸟随着和它们融为一体的骚动的灰色水蒸气飞舞，不时贴近水面掠过，就像暴风雨前夕贴着草地飞翔的燕子。阴影过来了，预示着更深的阴影即将到来。

德拉诺船长很吃惊，从望远镜看去，那条陌生的船居然没有悬挂旗帜。船只进入港口，哪怕岸上无人居住，只要港湾里有一条别的船，都应该悬挂旗帜，这是世界各国和平时期海员的惯例。如果联想到这是一个人迹罕至的法外之地，还有当时流传的有关这个地方的种种故事，德拉诺船长的吃惊本应该加重到某种不安的程度；但是，船长生就一副与人为善的好脾气，除非在受到格外严重、连续不断的刺激的情况下，不然他不会在个人感情上大惊小怪，尤其是牵涉到诋毁别人名声的事情。从人的能力来看，这种性格以及他那慈悲为怀的好心肠，是否意味着心智上异乎常人的敏捷和精准，这就让智者来决定吧。

对任何海员而言，即使第一眼看到一艘陌生的船心中会产生什么疑虑，此时便几乎可以释然了。因为进一步观察发现，那条船驶入海湾的时候，为了安全，为了躲开船首前方的暗礁，太靠近海岸了。这说明该船是第一次来到这个岛，不可能是常常在这片海域出没的海盗船。德拉诺船长饶有兴趣地继续观察——要看清楚不太容易，船体部分笼罩在水汽之中，只能透过水汽看到船舱那里透过来的远方的曚曚昽昽的晨光。此时，和陌生来船一道进入海湾的太阳就像一牙新月浮在地平线上，在同样低伏蠕动的云层的遮挡下，活像利马荡妇那邪恶的独眼透过她幽暗的袍服上的缝隙窥视着广场。

也许是水汽的干扰吧，反正，越是观察那条船，就越觉得它的行动蹊跷。不久后，似乎很难确定它是否想开进来——它的目的何在、它要到哪里去。夜里刮过微风，此时，风格外轻，若有若无，使人更难以确定那条船的动向。

最后，德拉诺船长猜测这条船可能遇到了海难。于是，不顾谨慎的大副反对，船长下令放下捕鲸船，准备登上那条船，至少也要把它领进海湾。前天晚上，一队海员外出捕鱼，走了很远的路程，远至猎海豹船看不到的礁石区，天明一两个小时前才回来，收获不小。好心的船长确信那条船遇到麻烦已经有些时日了，所以在小船上装了好几筐鱼，准备作为礼物送过去，这才出发了。从那条陌生的船一直离暗礁太近的情况来看，船长判断它很危险，于是船长一边叫自己船上的人加快速度，一边急忙向陌生船上的人喊话，向他们通报危险的情况。但是，在小船靠过去之前，虽然风很轻柔，此时却改变了方向，把大船朝远处推去，同时也驱散了它周围的一部分水汽。

靠得更近之后，在铅灰色的波涛边上的大船显得非常清晰，在一缕缕雾气的掩映之中，它就像暴风雨后粉刷过的修道院一样，高踞在比利牛斯山区褐色的悬崖之上。但是，此时这种相似并不完全是出于想象，船长几乎觉得他眼前看到的分明就是满满一船修士。在雾气蒙蒙的远处，船舷上似乎真有一排排修士的黑色罩帽在朝下窥视；透过敞开的舷窗，不时可以依稀辨认出移动的黑色人影，就像黑衣修士在修道院里走动。

再靠近一些，船的模样又变了，这条船的真正性质终于清楚了—— 一条大型的西班牙商船，装载着黑人奴隶，还有其他贵重货物，从一个殖民地港口驶向另一个港口。以当时的标准，船很大，也很漂亮，这是在那条主航道上不时可以遇到的大船——有时是阿卡普尔科宝船，有时是西班牙国王舰队退役的护卫舰，虽然就像废弃的意大利宫殿一样，其主人已经没落，但仍然保留着以前华贵的印记。

捕鲸船再靠近一些，可以看出这艘陌生的船年久失修，所以呈现那副白色黏土的样子。由于长期没有涂柏油、刷油漆，桅杆、绳索和船墙的大部分都褪了色。它的龙骨看来受过损，肋拱挤在一起，仿佛它的起锚地是以西结的骸骨之谷。

由于它目前所做的生意的缘故，船的总体结构和装备没有实质性改变，还是原来的佛罗依萨特样式的护卫舰。只是，没有看到枪炮。

船的顶帆很大，装有加固的曾经是八边形的网格横木，由于年久失修而惨不忍睹。这些顶帆像三只废弃的鸟窝一样耷拉下来，其中一张的梯绳停着一只白色的燕鸥，这种奇怪的鸟儿也叫傻瓜，只因为它那昏昏欲睡的梦游患者的傻样，在海上常常随手就抓得到。城堡型的船首楼颓败发霉，就像古代的塔楼，很久之前受过炮击，而以后就任其腐朽。船尾的船长舱两侧有两个凸起的瞭望台——围栏上到处是毛茸茸的干枯海藻，上面的护窗板由于好天气的原因已牢牢封死——这无人使用的瞭望台悬在海上，就像威尼斯大运河一样。但是，代表着旧日奢华的最主要遗迹还是那根粗大的、盾形的椭圆尾骨，上面精雕细刻着卡斯蒂亚与莱昂的纹章，一组又一组神话和符号的浮雕，中央是戴着面具的黑色的森林之神，它的爪子下踩着一只扭曲的动物的脖子，同样戴着面具。

至于船头的装饰到底是一个兽头，还是简单的尖头，就不得而知了，因为这部分上面裹着一张帆布，也许是新近翻修了，要加以保护，也许是要体面地遮住它的朽坏。

帆布下面一种基座模样的结构上方，有一行大概是水手用油漆或石灰涂抹的句子，“Seguid vuestro jefe”（追随领袖）。旁边锈迹斑斑的船头板上，是曾经镀过金的华丽的大写船名“圣多米尼克”，每个锈蚀的字母上都流着一道道铜钉锈汁，就像葬礼草花样的、黑黢黢的海草，随着船体灵车般的弧度，横七竖八黏糊糊地在铭牌上乱窜。

小船终于被从船头伸下的钩子钩住，向中部的舷梯拖动，船的龙骨和船身分离达数英寸，在珊瑚暗礁上刮得嘎嘎直响。原来，一大堆球形的藤壶像一个大粉瘤在水下吸附在船帮上，这表明这条船在这片海域的某个地方遭遇了气旋和漫长的无风天气。

爬上舷梯，船长立刻被一群闹哄哄的白人和黑人围了起来，但出乎预料，黑人比白人还多，原来这艘来到海湾的陌生船是一条奴隶运输船。但众人说同一种语言，而且都异口同声地诉起苦来。这里面的黑人妇女还不少，她们的哀恸之情比其他人更为激烈。坏血症，伴随着高烧，要了船上大多数人的命，尤其是西班牙人。在合恩角，他们差点儿遭遇沉没。后来有好几天，一丝风都没有，他们躺着昏睡。他们的食物很少，几乎没有饮水，此时他们的嘴唇都起了泡。

在德拉诺船长成为众人倾诉的对象时，他的眼睛热切地扫视着身边的每一张面孔，还有每一件东西。

在海上第一次登上乘客很多的大船，特别是外国船，上面满是长得一个样的船员，比如印度人和马尼拉人，这时，你的印象总是怪怪的，不同于在一个陌生的地方第一次走进住着陌生人的陌生房子。无论是在陌生的船上还是在陌生的房子里，不到最后一刻，你都看不到最里面的东西。房子里有墙壁和帘子遮挡，船上有城墙一样厚实的舷墙。但是，在船上还有这样一种感觉：一旦船上所载的活物突然完全展示在你面前，这与茫茫大海形成的反差，使你产生一种着魔的感觉。你会觉得这条船好像不真实，这些奇怪的服装、举止和面孔无非是海底冒出来的光影造型，大海把它展示出来，又会直接收回去。

也许就是由于某种以上所描述的那种影响，在德拉诺船长心中，他认真观察到的情况显得特别异样。特别是四个年纪较大、头发灰白的黑人——他们的头就像干枯的黑色柳树梢一样——与下面那些吵吵闹闹的人截然不同，他们威严，像斯芬克司一样端坐着，一个在右舷的锚架上，一个在左舷的锚架上，其余两个面对面坐在主锚链下方的舷墙上。他们每个人手拿着几根旧绳索，满脸淡然而自得地把绳索拆成麻絮，每人身边都堆着一小堆麻絮。他们一边干着活儿，一边不停地、低沉地哼唱着。那声音嗡嗡作响，就像许多灰白头发的风笛手在演奏着葬礼进行曲。

后甲板隆起成宽大的船尾楼，在其前部，和拆麻絮的人一样高踞在离下面这群人八英尺高的地方，还有以相等的距离盘腿坐着一溜儿六个黑人。他们每人手里拿着一把生锈的小斧头，用这斧头，还有一块碎砖头和破布，他们在做地位低下的洗刷、擦亮斧子的工作。在他们每两个人之间，有一小堆小斧头，生锈的斧口朝前，等待着打磨。虽然那四个拆麻絮的人偶尔会对下面那群人的一个或几个人说几句，那六个擦斧子的人绝不对其他人说话，他们之间也不说话，一心专注手里的活儿。出于黑人特有的协同劳作的喜爱，他们偶尔也两两碰一下斧子，就像击镲一样，发出刺耳的噪声。与其他人不一样，那六个黑人都是纯正的非洲人。

但是，在这十个人身上，还有几十个特征不太明显的人身上，船长的视线只做了短暂停留，由于受不了这一片七嘴八舌的吵闹，他转头询问谁是这条船的船长。

但是，在来访的船长德拉诺看来，西班牙船长，一个文雅、矜持的年轻人，仿佛很愿意让自然坦白对自己施加的折磨，要不就是暂时极力克制着掩盖自己遭受的折磨。他衣着相当华贵，但明显带着近来彻夜不眠的担忧和不安的印记，他默默地站在一边，靠着主桅，偶尔疲惫无神地看一眼激动的人群，然后忧愁地看一眼来访的船长。他的旁边站着一个小个子黑人，就像一只牧羊犬一样，时而抬起那张粗笨的脸看看西班牙人的脸，这张脸上既有悲伤，也有爱意。

美国人挤过人群朝西班牙人走去，向他表示同情，并表示愿意尽其所能提供一切帮助。但此时，西班牙人的反应只是礼节性的感谢，由于健康不佳、心情郁闷，西班牙人与生俱来的彬彬有礼此时给蒙上一层阴影。

但是，德拉诺船长没有浪费时间和他客套，他回到舷梯，叫人把几筐鱼送上来。由于风仍然很小，至少还要过几小时才能把船驶到停泊地点，他便叫自己的人回到猎海豹船，只要捕鲸船装得下，尽可能多装淡水，把厨房里所有的软面包、船上剩下的所有南瓜、一盒糖，还有他自己的几瓶苹果酒统统送过来。

小船开出没几分钟，使大家担心的是，风完全停了，潮水掉头把无助的船朝海里推去。德拉诺船长相信这不会持续多久，便努力让船上的人抱有希望，让他们振作起来。他相当得意，由于经常在西班牙主航线上航行，他能够比较自如地用这些人的语言同他们交流。

和他们在一起没多久，他看到的情形加深了他的第一印象，但是同情使惊讶化于无形，他同情这些西班牙人，也同情黑人。这些人都由于缺水和食物而明显消瘦，长时间遭受的折磨使这些黑人脾气不大好，同时也削弱了西班牙人对他们的权威。但是，在这样的情况下，目前这种状态也是意料之内的事。无论在陆军、海军、城市还是家庭中——可以说在整个自然界——苦难最容易破坏秩序。不过，德拉诺船长还是觉得，如果本尼托·塞莱诺的精力更旺盛些，混乱无序的状态不至于达到目前这种程度。但是，西班牙船长体质和精神上的软弱——无论是先天的还是苦难引起的——实在是太明显了，没法儿忽视。他一蹶不振，好像由于很久以来一直遭到希望的嘲弄，所以完全不抱任何希望，即使希望真的来到，今天白天，最迟到今天晚上，船就可以下锚，有足够的淡水，还有一个同行船长的安抚和帮助，这些似乎都丝毫不能使他振作起来。即使算不上更加紧张，他的心情还没放松下来。隔绝在这些橡木墙板之中，拴在这一轮乏味的指挥岗位上，他已经烦透了这身不由己的职责，他就像一个患忧郁症的修道院院长一样慢慢地踱来踱去，时而突然停下脚步，惊恐不安，瞪大眼睛，啃咬指甲，脸色红一阵白一阵，胡子颤抖，还有其他一些心不在焉和六神无主的症候。从谈话中得知，他的精神失调源自身体的羸弱。他个子很高，但似乎从来就不壮实，加之精神上的折磨，现在几乎瘦成了一具骷髅。他曾诉说肺部有病，现在看来确实如此。他的声音就像肺被切除了一半的人一样，嘶哑费力，细弱得如同耳语。他病成这个样子，难怪他蹒跚而行时，他的仆人一直担忧地跟着他。有时候，伸手牵他一把，有时从主人口袋里掏出手绢递给他。他兢兢业业地做着这样以及类似的事情，事情虽然卑微，但其中洋溢的热爱足以媲美父子之情、兄弟之情，黑人因此获得了世界上最令人喜欢的贴身仆人的美誉。有了这样的仆人，主人不需要为他们制定死板的规则，只需待之以亲密的信任。他们与其说是仆人，不如说是忠诚的伴侣。

看了那些吵吵闹闹又不听话的黑人，还有闷闷不乐又一蹶不振的白人，德拉诺船长目睹了巴博始终良好的表现，心里不无欣慰。

其实，和其他人的邪恶表现一样，巴博的良好表现，似乎同样促使半疯狂的堂本尼托保持清醒。严格来说，这并不是西班牙人给来访船长的印象。目前看来，西班牙人的不安仅仅是自己的船处境艰难的明显表现。然而，德拉诺船长不无担忧，他此时不能不把堂本尼托的冷漠态度看成针对自己的。西班牙人的态度还带有一种痛苦而忧郁的鄙视，而且他对此毫不掩饰。

但是，宽厚的美国人把这种表现归因于疾病所产生的恶果。在以前的经历中，他曾注意到，有些性格怪僻的人，长期的病痛把他们善良的本能磨掉殆尽。例如，假如强迫他们吃黑面包，他们会认为，任何靠近他们的人都是一种轻视或者侮辱，所以他们理所当然地应该间接地分担面包的费用。

但不久后，德拉诺船长认识到，尽管自己一开始就以宽容之心来判断西班牙人，但自己还没有做到足够仁慈。说到底，自己只是不满意堂本尼托的冷漠，但除了对他的贴身仆人之外，他对所有人都冷漠啊。更何况，按照航行规程，每到规定的时刻就有一个小听差（白人、混血儿或黑人）向他做正式的报告，就连听取报告的时候他都极不耐烦，神情轻蔑、厌恶。

从程度上来看，他在这种情况下的状态类似于他的国人查理五世国王在退位之前的表现。

他对自己职务的厌恶之情几乎表现在与该职务有关的各个方面。情绪糟糕，又很骄傲，他甚至不愿屈尊亲口下达命令。无论需要下达什么特殊的指令，都交给他的贴身仆人传达，而仆人又把命令转告给跑腿的人，再由他们传达到执行的人。这些跑腿的人是机灵的西班牙小伙子或黑奴小伙子，这些人就像听差或领航鱼一样在堂本尼托周围打转，随叫随到。看见这样一个冷漠、缄默、喜怒不形于色的病态的人在船上晃动，一个来自大陆的人根本不可能想象他本来有着生杀予夺的大权，在海上，这种权威是任何世俗之人也不能超越的。

因此，从西班牙人冷漠的态度看来，他似乎是心理错乱的、不自觉的牺牲品。但事实上，在某种程度上，他的冷漠也可能出自故意。如果是这样，堂本尼托所表现出来的病态的极度冰冷和谨慎的策略，也多少是所有大型船只的船长所采用的，除了在突发事件中，这种策略可以掩盖交际中所流露的任何动摇；这种策略可以把人变成一块木头，或是填好炮弹上膛的大炮，除非需要开炮，可以绝对沉默。

从这个角度来观察，这种冷漠的态度只不过是长期冷峻克制所产生的乖张习惯的自然表征。然而，在装备齐全的船上，比如“圣多米尼克”刚刚起航时那样，船长的冷峻克制倒也合情合理，但在目前这种状况，西班牙船长这种态度虽然无害，却绝非明智。不过，西班牙人也许以为，船长就是神：在任何情况下，船长都应当保持冷漠。但是更有可能的是，这种昏昏欲睡的指挥行为无非是想掩盖知觉上的愚笨，而不是老练的策略，只是一种肤浅的手段。总而言之，不管堂本尼托的表现是故意还是无意，德拉诺船长越是注意到这种自始至终的冷漠，越觉得释然，再也不认为这种冷漠是特意冲他来的。

他的心思不仅止于西班牙船长。习惯了猎海豹船上那个舒服的船员大家庭的安静和规矩，“圣多米尼克”上受难的人们的喧嚣和混乱不断地刺激着他的眼睛。他注意到，这里不仅有人不守规矩，也有不讲礼貌的行为。德拉诺船长认为其主要的原因是船上没有船长下辖的管理人员，这些副手们除了承担更重要的职责，在乘员众多的大船上，他们也被赋予可以称之为警察部门的任务。的确，那些老年拆麻絮的人似乎时不时充当着警察的角色，负责监视他们的本族人、那些黑人；但是，除了偶尔成功地平息了男人之间轻微的口角，他们几乎无力，或者完全不能使大家安静下来。“圣多米尼克号”是一艘越洋移民船，在其巨量的鲜活荷载中还有一些人，这些人和一筐筐、一袋袋的货物一样不会制造麻烦；但是，对付那些比较粗鲁的乘客，友好的规劝毕竟比不上大副手中不那么友好的武器。“圣多米尼克号”没有移民船应当有的严厉的高级管理员。在所有的甲板上只看到一位助理驾驶员。

得知导致目前没有高级管理员这种局面的灾难的细节之后，德拉诺船长更加好奇了。尽管一登上船就从众人的哀号中大致推测出一点儿原因，但还是无从了解具体的细节，无疑，只有船长才说得清楚。然而，德拉诺船长一开始不愿打听，生怕受到别人冷淡的拒绝。但最后他还是鼓起勇气开口和堂本尼托说话，再次表示了自己的好意，说明只有了解了这条船遭受的灾难的具体细节，他（德拉诺船长）才能够更好地解决这些问题。堂本尼托能否赏脸把整个经过告诉他呢?

堂本尼托先是一愣，然后，就像突然受到干扰的梦游者一样，茫然地盯着对方，最后又垂头看着甲板。他保持这个姿势实在太久，德拉诺船长几乎和他一样尴尬，禁不住粗暴地突然转身，走向一个西班牙船员，向他询问消息。但是，他还没有走出五步，堂本尼托有些急切地请他回来，为自己一时的走神道歉，答应把一切都告诉他。

在他讲事情的大部分经过时，两个船长站在主甲板的后部，这是一个专用的地方，旁边只有那个男仆。

“那是一百九十天前的事了，”西班牙人嘶哑地低声说道，“那时这艘船管理人员和水手齐备，还有好几位客舱乘客—— 一共五十个西班牙人——从布宜诺斯艾利斯开往利马，还有普通货物、巴拉圭茶叶，等等——”他指着前面，“还有那一堆黑人，如你所见，现在只有一百五十个了，但当时有三百多个。离开合恩角后我们遇到了猛烈的大风。黑夜中，我们顷刻损失了三个最好的管理人员、十五个水手，还有大桅下桁。大桅下方的桁梁和卷缆杠一起猛烈地撞击着结冰的船帆。为了减轻船体的重量，一箱箱较重的物资被扔进了海里，还有大部分当时在甲板上撞来撞去的水管。就是最后这个不得已采取的措施，以及后来经历的长期的滞留，最终成了我们灾难的主要原因。当——”

这时他突然猛烈地咳嗽起来，无疑这是精神的悲伤引起的。

他的仆人扶着他，从他的衣袋里掏出一瓶药酒放到他的嘴边，他这才稍稍缓过来。看见主人没有完全恢复，又担心他跌倒，黑人用一只胳膊搂着主人，同时紧紧地盯着他的脸，似乎要第一时间看到他的状况，无论是完全恢复，还是再次恶化。

西班牙人继续讲下去，但是断断续续、含混不清，就像说梦话一样。

“唉，上帝啊！我宁愿欣喜地迎接最可怕的狂风，也不愿遭受我受到的那种折磨，但是——”

他又咳嗽起来，这次更加剧烈，稍微缓和之后，他嘴唇通红，双眼紧闭，重重地靠着仆人。

“他走神了。他在想着大风过后的瘟疫，”仆人忧郁地叹了口气，“我的主人真可怜呐！”一只手紧紧攥着，另一只抹了抹嘴巴，“请耐心点儿，先生，”他转身对着德拉诺船长说，“咳嗽不会持续很久的，主人很快就会缓过来。”

堂本尼托缓过劲来，又接着讲下去，但接下来的事情讲得时断时续，大意大概是下面这个样子。

过了合恩角，船在风暴中飘摇了许多天，接着，坏血病爆发了，死了许多白人和黑人。后来终于熬到太平洋，他们的帆桁和船帆严重受损，幸存的水手大多生了病，无力充分维修，所以船无法凭借风力向北行驶，风很强劲，一连几天几夜，失去控制的船被风吹向西北，风突然停下之后，他们来到了未知的水域，四周死一般的沉寂。当时扔掉水管是因为它们威胁生命，而现在没有了水管同样对生命造成致命威胁。坏血病爆发之后，因严重缺水，导致或者至少恶化了恶性高热；由于一直无风导致的酷热使得高烧像海浪一样横扫所有非洲人和大多数西班牙人，包括船上所有倒霉透顶的管理人员。无风天气之后，接着又是强劲的西风，导致已经撕破的船帆在紧急情况下无法卷起，只好放下，最后裂成了现在这样的一堆破布。为了获得水手以填补死去水手的空缺，也为了获得淡水和船帆，船长在机会刚刚到来时就下令开往巴尔迪维亚，智利和南美南端的文明港口。但在靠近海岸的时候，由于浓雾，他看不清港口。在这期间，几乎没有船员，几乎没有船帆，几乎没有饮水，有时还将新增的尸体扔进大海，“圣多米尼克号”在逆风的肆虐下随波逐流，在无风的时候就杂草丛生，就像一个在树林中迷路的人一样，船不止一次回到原路。

“在这没完没了的灾祸的全过程中，”堂本尼托嘶哑地继续说，痛苦地在半搂着的手臂里扭动，“我得感谢你现在看见的这些黑人，在你没有看惯的眼里，他们显得很不听话，但是，在这种情况下，他们的表现很镇定，就连他们的主人都没想到。”

此时，他又一次晕倒，又一次精神恍惚。但恢复过来之后，这一次不那么含糊不清了。

“是的，他们的主人说得不错，他让我放心，说他这些黑人用不着镣铐；所以这一次的运输途中，他们一直待在甲板上，而不是像黑奴一样给扔在船舱里——而且，从一开始，就允许他们在划定范围内自由活动。”

他又一次昏厥——走了神——平复后，又继续讲下去：

“但是，感谢上帝，多亏了这位巴博，他不仅保护了我，而且尽力安抚他那些时不时嘀嘀咕咕的兄弟。”

“啊，主人，”黑人低头叹道，“不要提我了。巴博算什么，他做的都是本分。”

“多么忠诚的人啊！”德拉诺船长喊道，“堂本尼托，我很羡慕你有一位这样的朋友。我不能叫他奴隶。”

主仆二人站在他面前，黑人搀扶着白人，德拉诺船长禁不住感叹这种美好的关系，这感人的场面，一方是忠实，一方是信任。这场面最突出的是二人衣着上的反差，表明了他们各自的身份。西班牙人穿一件宽松的大红天鹅绒夹克、白色马裤和袜子，膝盖和鞋面上有银质搭扣，头戴细丝草编高顶阔边帽，佩一柄饰银的细长的剑，挂在腰带的接头上。直到现在，这种剑仍是南美洲绅士的必备之物，除了装饰，主要还是为了实用。除了偶尔精神崩溃而衣衫不整，他的衣着可谓一丝不苟，这与周围丑陋的混乱截然不同。尤其是主桅前部，那是肮脏的穷人区，全是黑人。

仆人只穿了宽大的裤子，从质料的粗糙和上面的补丁来看，显然是顶帆的旧帆布做的。裤子很干净，裤带是绳索上拆下的一根带子，再加上有时流露出的镇静而乞求的表情，他看起来就像圣方济各托钵修士。

不管堂本尼托的装束在此时此地是多么不合时宜，又是多么不可思议地熬过了所有这些不幸的日子，至少在美国人那审视的眼里，他起码在装束上与当时他那个阶层的南美人的身份相称。虽然在这次从布宜诺斯艾利斯的航行中，他自称是土生土长的智利人，那里的人还没有普遍接受便服和曾经显得俗气的马裤；但是，按照他们当地的服装风格并经过适当修改，这样的打扮也与世界上任何地方的一样漂亮。然而，联系到这次航行的惨淡经历和船长惨白的脸色，这个西班牙人的打扮总显得不协调，几乎就像瘟疫流行时期在伦敦街头趔趔趄趄行走的染病朝臣。

船长讲述的事情经过中，从事情涉及的时间范围来说，最令人感兴趣，也有些惊讶的，就是他所提到的那些无风的日子，尤其是船那样长久地在海上随波逐流的日子。当然，美国人没有说出口，但是他不能不把这漫长的滞留部分归咎于船员的笨拙和指挥的失误。看看堂本尼托黄皮肤的小手，他就很容易推断，这位年轻的船长不是站在甲板上，而是待在舷窗旁指挥的，如果是这样，加之他的年轻、有病以及贵族的习性，他的无能又有什么好奇怪的呢？这就是德拉诺船长合理的结论。

但是，同情心又一次涌上心头，怜悯淹没了批评，德拉诺船长听了他的故事以后，除了第一时间向堂本尼托船长和他的人提供生活必需品，还进一步承诺要为他提供大量的淡水、船帆和索具；虽然自己也相当为难，他还是把自己三个最好的水手派过来，担任临时的航行工作。这一来，船可以立即开往康塞普西翁，在那里做全面修理，然后开往目的港利马。

如此慷慨之举起了作用，就连那病恹恹的人也有了反应。他的脸色有了生气，热切而紧张地看到了德拉诺船长诚恳的目光。他深切地感动了。

“这样激动对主人不好啊。”仆人小声说，搀着他的胳膊，温言细语地对他说着话，把他搀到一边。

堂本尼托回来之后，美国人痛苦地发现，对方刚才流露出的希望，就像脸上突然出现的红晕一样，病态地转瞬即逝。

不久后，主人闷闷不乐地抬头看了看船尾楼，邀请他的客人陪他到那里去，因为那里也许有一丝凉风。

在听西班牙人讲事情的经过时，德拉诺船长有一两次听到擦斧子的人偶尔互相敲击斧子的声音，他很惊讶，不明白为什么要允许这种打扰，尤其是在这个位置，在一个病人听得到的地方。那些斧子没什么吸引人之处，更别提那些擦斧子的人了，因此，说实话，德拉诺船长虽然内心实在有些勉强，甚至有拒绝之意，但还是一脸亲切的样子接受了主人的邀请。还有，堂本尼托形容枯槁，却要不合时宜地拘泥礼节，所以令人生厌，他以西班牙人标准的鞠躬礼，严肃地坚持让他的客人先行，走上通往船尾楼的楼梯。在楼梯的最后一级的每一边，各坐着四个家丁兼哨兵模样的家伙，排成阴森的两列。德拉诺船长小心翼翼地从他们中间穿过，刚一走过，就像受夹道鞭打的人一样，觉得腿肚子一阵抽筋。

但是，他转过身来，看见那两队人就像许多街头手风琴师一样，依然傻乎乎地专注于自己的工作，毫不在意身边的事情，这时，他不禁为自己刚才的惊慌感到好笑。

此刻，和堂本尼托站在一起，朝前看着下面的甲板，他惊讶地看见了曾经感觉到的以下犯上的事情。三个黑人和两个西班牙小伙子一起坐在舱口，擦洗着一个粗大的圆木盘，盘子最近装过一点点食物。突然，一个黑人小伙子被一个白人小伙子一句话惹火了，便抓起一把刀子，虽然一个拆麻絮的人叫他克制，黑人小伙子还是一刀扎在白人头上，一股鲜血流了下来。

震惊之余，德拉诺船长问这是什么意思。对此，脸色惨白的本尼托只是支支吾吾，说这小伙子是在闹着玩。

“竟然还有这样闹着玩的，”德拉诺船长答道，“要是这事发生在‘单身汉的快乐号’上，是要立刻受到惩罚的。”

听到这句话，西班牙人看着美国人，脸上露出惊恐的、疯疯癫癫的神情；然后，又恢复到迟钝的样子，答道：“那是当然，那是当然，先生。”

德拉诺船长心想，这个无助的人难道就是我听说过的挂名船长吗？按照规则，他们对无力控制的事情只能视而不见。挂着船长的名义竟然什么也干不了，我没见过比这更悲惨的事情。

“堂本尼托，”他看着那个试图阻止小伙子们打斗的、拆麻絮的人说道，“我认为你应该让所有的黑人都干活儿，这样会好一些，尤其是那些年轻的黑人，不管发生什么情况，哪怕是让他们干些没用的活儿也好。真的，就是在我那条人员不多的船上，这个办法也必不可少。有一次，我让所有船员待在上层后甲板上，给我编草垫。当时，一连三天狂风大作，我对船已经不抱希望了——草垫、人员，等等——一下都没了，我们无能为力，只好随波逐流。”

“那是当然，那是当然。”堂本尼托低声说道。

“但是，”德拉诺船长又一次看着那些拆麻絮的人，还有旁边那些擦斧子的人，继续说道，“我看你还是在让一些人干活儿嘛。”

“是的。”还是那种无精打采的回答。

“那些老头儿，他们在自己的位置上无奈地摇着头，”德拉诺船长指着那些拆麻絮的人继续说道，“他们似乎承担着教师的职责，但有时他们的教导无人理睬。堂本尼托，是他们自愿的，还是你指派他们看管你那黑色的羊群？”

“他们的岗位，都是我指定的。”西班牙人的语气有些恼怒，似乎讨厌对方训讽的语气。

“还有这些人，这些变戏法的加纳黑人，”德拉诺船长接着说，非常不安地看着那些擦斧子的人手中挥舞的斧子，斧子时时闪着寒光，“他们干的活儿好像很奇怪啊？堂本尼托。”

“我们遇到暴风的时候，”西班牙人答道，“没有抛弃的普通货物受到海水浸泡而损坏了。风暴平息后，我叫人每天搬几箱子刀具和斧子上来检查和清洗。”

“这考虑倒很周到啊，堂本尼托。我看船和货物部分属于你，那些奴隶大概不属于你吧？”

“你看见的都属于我，”堂本尼托不耐烦地答道，“除了占大多数的黑人，他们属于我已故的朋友，亚历山德罗·阿兰达。”

提到这个名字的时候，他的表情伤心欲绝，膝盖在发抖，他的仆人扶住了他。

德拉诺船长觉得自己猜到了西班牙人如此动情的原因，为了确认自己的推测，他顿了一下，说道：“我冒昧问一下，堂本尼托，你刚才提到了几位客舱乘客，你的这位朋友，为他的死你很伤心，在航行开始的时候，他和自己的黑人在一起吗？”

“是的。”

“但他死于热病？”

“死于热病。——唉，要是我——”

西班牙人又浑身发抖地停下了。

“对不起，”德拉诺船长慢慢地说，“不过，由于有同样的经历，我觉得就是这件事情使你痛上加痛。有一次出海我倒霉透顶，失去了一位亲爱的朋友，他是我的亲兄弟，当时担任货物经管员。为了让他的灵魂得到安息，我倒能够像一个男子汉一样忍受他的灵魂的离去；但是，他那诚实的眼睛、那诚实的双手——那是我曾经朝夕相处的——还有那温暖的心，这一切，这一切——就像扔给狗的碎肉一样——喂了鲨鱼！当时我就发誓，以后再也不让我爱的人担任船员，除非我私下做好安排，以便在最糟的情况下，为他的肉体在岸上准备好埋葬之地。要是你朋友的遗体现在就在这艘船上，堂本尼托，那么提到他的名字就不会使你如此难过。”

“就在这艘船上？”西班牙人重复道。然后，就像见到鬼魂一样惊恐，他晕倒在仆人张开的怀里，仆人无言地看着德拉诺船长，似乎在恳求他不要再提这个让他的主人无比痛苦的话题。

美国人痛苦地想，这个可怜的家伙因为可悲的迷信而掉了魂了，提到死人就联想到妖魔，提到空宅就联想到鬼魂。人与人是多么不同啊！在类似的情况下，对我而言只是内心的悔恨，而对于这位西班牙人，只要提一下就把他吓得昏死过去。可怜的亚历山德罗·阿兰达！要是你能看见你这位朋友，你会说什么呢？在你离去后的这几个月里，我敢说，你这位朋友一直想啊，想看你一眼——而现在，只要一想到你在他身边，他就会满心恐惧。

就在这时，在铅一般的死寂中，一个灰白头发的拆麻絮的人敲响了船首楼的钟，报告此刻已到十点。由于钟有破口，钟声就像墓地丧钟一般悲凉。这时，德拉诺船长注意到一个身材高大的黑人移动的身影，慢慢地爬上船尾楼。他脖子上套着一个铁环，铁环上吊着一根铁链，在他的身上缠了三圈，最下面几环扣在腰间一个宽铁环上。

“那像是不说话的阿土法尔过来了。”仆人低声说。

那黑人登上船首楼的楼梯，像一个生来就是为了接受惩罚的勇敢的囚徒一样，沉默而毫不畏惧地站在已经恢复过来的堂本尼托面前。

刚看到他的时候，堂本尼托吃了一惊，脸上掠过一丝愤怒。然后，似乎突然想到发怒没有丝毫用处，他苍白的嘴唇又紧闭起来。

这是一个倔强的反叛者，德拉诺船长想，他无不欣赏地观察着这个黑人魁梧的身材。

“瞧，他等着您发问呐，主人。”仆人说。

受到提醒之后，堂本尼托紧张地转开目光，好像有意躲避某种叛逆的回答一样，他开口说：

“阿土法尔，你现在请求原谅吗？”

黑人没说话。

“接着问，主人，”仆人低声说，他责备地看着他的同胞，“接着问，主人。他会听主人的吩咐的。”

“回答我，”堂本尼托说，仍然看着一边，“只要你开口说原谅这个词儿，就给你解下铁链。”

听到这句话，黑人慢慢地举起双臂，又呆板地放下，铁链哐当作响，他的头低垂着，那意思好像是说：“不，我很满意。”

“走开。”堂本尼托面无表情地说。

就像来时那样，黑人沉着地服从了。

“对不起，堂本尼托，”德拉诺船长说，“我很吃惊，这是怎么回事啊，请告诉我好吗？”

“所有黑人当中，就他一个人以特殊的原因冒犯了我。我让他戴上铁镣。我——”

他停住了，手捂着头，似乎头晕一样，或者突然想到一件难过的事。但是看到他仆人温和的目光，他恢复过来，继续说道：

“我不愿这样折磨一个人。但是，我告诉他，他必须请求原谅。他还没有。按我的命令，他必须每两小时来到我面前。”

“这有多久了？”

“大约六十天了。”

“其他方面都听话？而且恭恭敬敬？”

“是的。”

“凭我的良心说，”德拉诺船长脱口而出，“他有一种高贵的气质，这家伙。”

“他是有身份的，”堂本尼托痛苦地答道，“他说在他自己的土地上，他是国王。”

“是的，”仆人插嘴道，“阿土法尔耳朵上的孔以前是插着金楔子的；而可怜的巴博我，在原来的地方，只是个可怜的奴隶。巴博是一个黑人的奴隶，现在是白人的奴隶。”

听到这些随便的话，德拉诺船长感到有些不自在，他好奇地看了看仆人，又探询地看着他的主人；但是，似乎因为主仆二人很久以来习惯了刻板规矩的交谈，似乎都不理解他。

“堂本尼托，请告诉我，阿土法尔做了什么错事？”德拉诺船长问道，“如果不是非常严重的事，请接受鄙人的建议，看在他俯首听命的分上，还有对他高贵气质应有的尊敬，赦免他的惩罚吧。”

“不行，不行，主人绝不能这样做，”仆人低声自言自语，“骄傲的阿土法尔必须先请求主人的原谅。那边的奴隶戴铁镣，这里的主人拿钥匙。”

他这一说转移了德拉诺船长的注意力，他第一次注意到，堂本尼托的脖子上挂着一把丝线吊着的钥匙。从仆人的低语猜到了钥匙的用途，他立刻笑着说："那么，堂本尼托——铁镣和钥匙——这两样东西真有意思啊。"

咬紧嘴唇，堂本尼托颤抖起来。

德拉诺船长本是一个天生单纯的人，不会讽刺，也不会说反话，他这句话只是随便婉转地指出西班牙人对黑人的无可辩驳的贵族权利。然而，这个疑病症患者似乎多少把这话看成对自己表现出的无能的恶意指责，至少，自己在语言上无法击垮那个奴隶顽强的意志。德拉诺船长虽然为对方的误解而遗憾，但既然无法纠正，只好改变了话题。然而，看到对方更加缄默，似乎还在慢慢回味自以为受到的侮辱，德拉诺船长尽管不情愿，在消极而敏感的西班牙人暗中报复的压抑之下，也相应地话少了起来。不过，这位性格截然相反的心地善良的水手，无论在脸上还是在感情上，都克制着自己的愤怒，即使沉默无语，也只是受到对方的传染。

不久，在仆人的搀扶下，西班牙人有些不顾礼节地转身走开，这种举动十分显眼，很可能被认为是出自反复无常的坏脾气。然而，主仆二人只是在高高的天窗那边的角落边徘徊，开始悄声交谈起来。这令人不快。还有，西班牙人的郁郁寡欢原本总有一种病态的优雅，而此刻的样子却显得缺少尊严；同时，那地位低微的仆人的随和也没有了先前那种淳朴的意味。

德拉诺船长觉得尴尬，便转脸朝向船的另一边。这时他凑巧看到一个年轻的西班牙水手，手拿一盘绳子，刚好去装第一轮后桅索具。船长本来没有特别注意这年轻人，只是他爬上一根帆桁的时候，不动声色而专注地看着德拉诺船长，随即又好像很自然地把目光转向那两个低声交谈的人。

于是，德拉诺船长的注意力又转向那两个人，他微微有些吃惊。从堂本尼托此时的表情来看，他们两个退到一边议论的事情，至少和德拉诺船长有关——如果这个推测是对的，那么这对客人来说很不友好，而在主人也有失礼数。

西班牙船长莫名其妙地由彬彬有礼变为不顾礼数，这难以理解，只有两种可能——要么是无法克制的疯癫，要么是恶意的欺骗。

然而，一个冷静观察的人自然会想到第一种可能性，而从某些方面来说，德拉诺船长也不是完全没有想到这一点。但是，如果堂本尼托一开始就把来访者德拉诺船长的行为看成故意的侮辱，那么说他是无法克制的疯癫自然就站不住脚了。但如果不是疯癫，那又是什么呢？在这种情况下，一位绅士，就算一个诚实的乡下人，难道会做出堂本尼托这般举动吗？这个人是个骗子。一个出身卑微、冒充贵族航海家的冒险家，由于对纯粹的绅士风度的基本礼仪一无所知，所以才露了馅儿，做出这般失礼的举动。再有，在其他时候表现出来的那种奇怪的客套也是表演高于自己身份的角色的典型表现。本尼托·塞莱诺——堂本尼托·塞莱诺——一个堂皇的名字。在当时，西班牙主航线航行的货物管事和船长都知晓这个姓氏，它属于那些地区最活跃、生意范围最广的商业家族之一。该家族好几个成员拥有贵族头衔，大概是卡斯蒂尔·罗斯柴尔德家族，在南美每一个大的贸易城市都有兄弟或表亲。这位自称的堂本尼托年纪不大，大约二十九到三十岁。作为这样一个家族的成员轮流承担航海的实习工作，还有什么比这更像一个机灵大胆的年轻骗子的计划呢？想一想，最野蛮的精力也可能掩藏在与生俱来的虚弱的外表下——西班牙人的丝绒外套不过是为了包裹他的尖牙利爪。

这些遐想断断续续，不是来自于内心，而是来自于外在；也很突然，思绪过多时，就像茫茫的雾气一拥而上；而一旦德拉诺船长善良的天性像太阳一样升到天顶，雾气又消失得无影无踪。

再一次看看堂本尼托——此时他的脸的侧面在天窗后面正对着他——德拉诺船长被他那侧影打动了，那侧影轮廓分明，由于健康不良造成的清瘦使那轮廓更加优雅，那胡须使下巴显得高贵。怀疑消散了。他就是真正西班牙贵族塞莱诺真正的后裔。

由于这些以及别的美好的思绪，德拉诺船长感到释然，于是轻松地哼着曲子，开始在甲板上若无其事地走动，以免向堂本尼托暴露出对他曾有过误解，怀疑他无礼，甚至欺诈。这怀疑已经证明是虚假的，而且事出有因。虽然，在此时，造成误解的情形还没有得到解释。德拉诺船长想，这点小小的疑惑如果能够得以澄清，自己会非常后悔，而且会向堂本尼托坦白对他曾有过狭隘的猜测。总之，在西班牙人这本看不明白的书上，最好还是暂时留点以后再来解读的空间。

不久，西班牙人苍白的脸抽搐起来，一片阴沉，在仆人的搀扶下，朝他的客人走过来。而后，便开始了以下一番对话，气氛更为尴尬，他的低语嘶哑，语调有一种奇怪的味道：

“先生，请问您到这个小岛多久了？”

“哦，就一两天吧，堂本尼托。”

“您离开的最后一个港口是哪里？”

“广州。”

“在那里，先生，您用海豹皮交换茶叶和丝绸，我觉得您好像说过？”

“是的，主要是丝绸。”

“如果货物有差额，您就用银币支付，是不是？”

德拉诺船长有点儿烦躁，还是答道：

“是的，用银子，不过量不大。”

“哦——那就对了。请问您船上有多少人，先生？”

德拉诺船长有点儿吃惊，不过还是答道：

“大概五十二个，都算上的话。”

“现在，先生，都在船上吧，我想？”

问了一连串没完没了的问题之后，听了最后一个问题，德拉诺船长不能不从心底里认真地看了看提问的人，这个人并不正视他的眼睛，而是畏缩不安地垂头看着甲板，与他的仆人形成不和谐的对照。这时，仆人正跪在地上系松了的鞋带，其间，他那轻松的脸显得谦卑而好奇，坦率地径直对着主人朝下看的脸。

西班牙人依然是自责不安的样子，又重复了他的问题：

“晚上也在船上吗，先生？”

“是的，我肯定，”德拉诺船长答道，“不过不全是，”他鼓起勇气坦然说出了真相，“有的人商议着半夜时分再次出海捕鱼。”

“您的船出海的时候，我相信，一般多少都要带武器吧，先生？”

“哦，一两座六磅弹炮，以应对紧急情况，”船长坦然无畏而直截了当地答道，“还有几支滑膛枪、猎海豹钢叉，还有弯刀，您知道的。”

回答之后，德拉诺船长又一次看了看堂本尼托，但后者的眼睛躲闪开了。在突然而胆怯地转换话题之后，他有些恼怒地抱怨这无风的天气，然后，又一次连抱歉的话也不说一声，再次和他的仆人退到对面的舷墙，继续悄悄地说起来。

德拉诺船长还没来得及冷静地思考刚发生的事，就在这时，他看见刚才提到的年轻西班牙水手正要从帆索上下来。他弓着身子朝甲板上跳时，他那宽松、粗毛质、沾满柏油的工作服，或者是衬衣，袒露出肮脏、料子很细的亚麻布内衣，在领口处镶了一道窄窄的蓝色丝带，严重褪色，很破旧。这时，年轻水手的眼睛再次盯着那两个悄悄说话的人，德拉诺船长觉得自己发现了其中潜在的意义，这就好像共济会成员通过无声的符号一瞬间就交换了信息一样。

这再一次促使他朝堂本尼托那个方向看去，就像上一次一样，他不能不推测自己就是他们议论的对象。他停下脚步。听到的只是擦斧子的声音。他又一次侧眼看了看那两个人。他俩的神态就像密谋者一样。联想到那些问题，还有那个年轻水手的事情，这些事促使那不由自主的怀疑又回到心里，厚道的美国人再也忍不住了。他带着欢快而幽默的神情，快步朝那两个人走去，说道："哈，堂本尼托，您这位黑人深受您的信任嘛，实际上就是私人顾问嘛。"

听到这话，仆人温和地咧嘴一笑，但主人却像被毒蛇咬了一口似的。一两秒钟之后，西班牙人才完全回过神来，他冰冷而克制地答道："是的，先生，我信任巴博。"

这时，巴博先前那纯粹肉体性质的傻笑变成了理性的微笑，满脸感激地看着主人。

发现西班牙人沉默而冷淡地站着，好像在有意无意地暗示说客人此时走过去对他不方便，德拉诺船长不愿意显得无礼甚至粗野，随便说了句闲话就走开了。他心中反复思考着堂本尼托·塞莱诺神秘的举止。

他从船尾楼走下来，沉浸在思考中，走过通向驾驶舱黑暗的舱口时，他感觉到那里有移动的东西，他想看看是什么在移动。这时，黑沉沉的舱口有一线闪光，他看见一个西班牙水手在那里徘徊，急匆匆地把手插入工作服里，好像在藏什么东西。看清楚后，他肯定就是先前在帆桁上看见的那个水手。

闪光的是什么东西呢？德拉诺船长想。不是灯——不是火柴——不是燃烧的木炭。是珠宝吗？但是水手怎么会有珠宝呢？——难道是镶有丝边的内衣？难道他是在偷窃死去的船舱乘客的箱子吗？如果是这样，他不可能在船上带着偷来的东西。啊哈——如果那确实是我刚才看见的这个可疑的家伙和他的船长之间交换的暗号，如果我能肯定内心那不自在的感觉没有欺骗自己，那么……

此时，回想一件又一件令人疑惑的事情，他思考着涉及这条船的一个个奇怪的疑问的意义。

好像是奇怪的巧合一样，每回想到一个要点，那些变戏法的加纳黑人就会敲击手中的斧子，似乎是对这个白人客人的思绪在做不祥的回应。面对这些谜一样的怪事，哪怕是一个毫无疑心的人，如果心里不产生恐惧的担忧，那简直是违背自然的事。

这时，注意到船已经无可奈何地卷入潮水，挂着着了魔的帆，越来越快地向大海漂去；同时，船长注意到一块突出的陆地把猎海豹船挡在后面，这位强壮的海员一想到自己也几乎不敢承认的念头，禁不住不寒而栗。最糟的是，对这个堂本尼托，他有一种可怕的恐惧。然后，他鼓起勇气，挺起胸膛，感觉自己结实有力，他冷静地思考起来——这一切怪现象说明了什么呢？

假如西班牙人有什么邪恶的计划，那一定不是针对他（德拉诺船长），而是针对他的船（“单身汉的快乐”）。那么，这条船正在漂离另一条船，对于这可能的计划而言并不是什么有利的事情，至少在目前来说，甚至对它不利。把这些矛盾的事情串联起来考虑，显然任何怀疑都是站不住脚的。一条处于困境的船——一条由于瘟疫而几乎没有船员操纵的船——一条上面的人都渴得半死的船——如果认为这是一条海盗性质的船，难道不是很荒唐吗？如果认为这条船的船长或者他的手下不是期待尽快得到救援和食物，而是居心叵测，这难道不是百分之百的荒唐吗？但是，难道这么多人的危难，尤其是干渴，可能是伪装的吗？有人声称西班牙船员已经死得所剩无几，难道他们人数并未减少，此时正躲在暗处吗？恶魔装成人的样子，装得可怜兮兮地乞讨一杯凉水，趁机进入偏僻的房子，不干完坏事就不会离开。马来海盗经常把后面的船引诱到自己的贼巢，或者把船伪装成空船或者甲板上人很少的样子，诱使敌人登船，而在甲板下埋伏着成百黄皮肤的贼人，手持长矛，随时准备穿过草垫刺向敌人。德拉诺船长并不完全相信这些事情。他听说过这些事——当成故事，而现在，又想到了。这条船现在的目的地是停泊地。停泊地靠近自己的船。靠得那么近的时候，难道“圣多米尼克号”不会像沉睡的火山一样，突然把现在藏起来的能量释放出来？

他回想起西班牙人讲故事时的那种表情。有一种沉闷的犹豫、一种躲躲闪闪的样子。他这个样子，正是有人为了邪恶的目的而编造故事的样子。不过，如果这故事不是真的，那么真相是什么呢？这条船是非法落入西班牙人手中的吗？但是，在许多细节上，尤其在提到最不幸的事情的时候，例如，水手们的死亡、在海上漫长的流浪、长期无风天气造成的灾难，还有持续的干渴带来的痛苦，从这些细节以及别的细节来看，那一船白人与黑人痛苦的哀号，还有德拉诺船长亲眼看到的一次次人性的流露，似乎是不可能假装的，都证实了堂本尼托的故事。如果堂本尼托的故事从头到尾是编造的，那么船上的每一个人，包括最小的黑人女子，都为了这个阴谋受过他精心的培训：这个推断是绝不可能的。但是，如果有根据怀疑西班牙人的诚实，那么这个推断又是合理的。

总之，虽然正直的船长心里会产生不安，但随后天生的理智又将它打消。最后，他开始觉得这些预感很可笑，自己竟然因为这艘陌生的船闯到这附近就对它产生怀疑；竟然怀疑那些样子古怪的黑人，特别是那些磨斧子的加纳黑人；竟然怀疑那些待在床上打毛衣的老妇人，还有那些拆麻絮的人；他觉得很可笑，自己竟然怀疑这个黝黑的西班牙人，这个怪物中的怪物。

所以，从好处着想，看似非常神秘的事情都得到了很清楚的解释，德拉诺船长想，总的来说，那个可怜的病人几乎不知道他在干什么，他生闷气，随随便便问一些不得要领的问题。显然，在目前，这个人不适合指挥这条船。如果善意地请求撤掉他的指挥权，德拉诺船长就必须让自己的二副，一位可靠而能干的驾驶员，把船开到康塞普西翁——这个计划不但有利于"圣多米尼克号"，也有利于堂本尼托。让这位病人摆脱所有烦恼，完全待在舱里，在仆人的悉心照料下，在航行结束时，他很可能完全恢复健康，也可以恢复指挥权。

这就是美国人的想法。这些冷静思考，关系到是让堂本尼托邪恶地决定德拉诺船长的命运，还是让德拉诺船长美好地安排堂本尼托的命运。这时，这位善良的船长不无放心地看见了远处的捕鲸船，刚才好长时间没有看见它，是因为猎海豹船的侧面意外地将它挡住了，而且猎海豹船的返程因为“圣多米尼克号”的不断后退而延长了。

黑人们看到了开过来的船影。他们的呼喊吸引了堂本尼托，他脸上又是彬彬有礼的样子，他向德拉诺船长走来，对生活品的到来表示满意，尽管这些东西不多，而且是临时的。

德拉诺船长答复他的时候，注意到下面的甲板上正在发生的事：那里的人群爬上朝向陆地那一面的舷墙，焦急地观看着开过来的船，其中，有两个黑人偶然被一个水手挡住了视线，便咒骂着恶狠狠地朝他扑去，水手愤怒地回应了一句，两个黑人把他推到在甲板上，跳到他身上，根本不听拆麻絮的人严肃地喝叫。

“堂本尼托”，德拉诺船长连忙说，“您看见那里发生的事了吗？看呐！”

但是，又是一阵咳嗽，西班牙人身体晃了一下，双手捂着脸，差点儿摔倒在地。德拉诺船长本想伸手扶他，但仆人更敏捷，他一只手扶住主人，另一只手去摸镇静药。堂本尼托缓过来后，黑人拿开了手，后退到一边，但尽责地待在轻声召唤就听得到的地方。在来访的船长德拉诺看来，这周到细致的举动完全洗清了这个仆人任何不当的举止，以及先前提到的不顾礼仪和主人悄悄谈话的事情；这也表明，如果一定要责备仆人，那一定更多是主人的错，即使是身边没别人，他也会如此尽责。

于是，德拉诺船长的视线从那混乱的场面转到眼前更愉快的事情，他忍不住再次祝贺堂本尼托有这样一个仆人，此人虽然有时有一点儿唐突，但总的说来，对于一个病人而言，他是一个非常难得的仆人。

"告诉我，堂本尼托，"他微笑着说道，"我想要您身边这个人——您要多少钱？五十个金币如何？"

"就是一千个金币主人也不肯舍得巴博。"黑人听到这个建议，低声说道。他把这话当真了，脸上带着一个忠诚的奴隶那种主人欣赏的奇怪虚荣，鄙视一个陌生人竟然对他开出了这样微不足道的价码。但是，堂本尼托此时还没完全缓过劲来，又一次被咳嗽打断，只是断断续续地做了回答。

不久，他的身体状况急转直下，心智也显然受到影响，仆人温柔地带他下了楼梯，似乎不想让别人看到主人这副惨状。

只剩下自己了，为了打发自己的船到来之前的时间，美国人本想和他看见的西班牙人中的一个人轻松地说说话；但是，想到堂本尼托说过他这些手下行为不端，他克制住了，因为一个船长不愿意鼓励水手的懦弱和不忠。

心里想着这些事情，船长站在那里，眼睛看着那几个水手——突然，他觉得有人回看了自己，而且眼光中有某种含义。他揉了揉眼睛，又看了看，似乎又看到了那种目光。先前那种怀疑又回到心头，只是感觉不一样，也更加模糊，但是，堂本尼托不在，所以自己没有先前那种慌张的感觉。顾不得那些关于水手的坏话，德拉诺船长决定上前和其中一个聊一聊。走下船尾楼，他穿过黑人朝前走去，他的举动引起了拆麻絮的人奇怪的喊叫，随着这叫声，他面前的黑人们急忙向两边闪开，似乎好奇这个白人为什么要故意来到黑人待的地方，他们在他身后又合在一起，还算有秩序地跟在这个白人身后。这一来，德拉诺船长就像御驾亲征的国王一样，后面簇拥着卡非人仪仗卫队，他脸上带着轻松悠闲的神色，继续前行，不时快活地对黑人们说一两句，他的眼睛好奇地扫视着白人，他们数量少，混在黑人中间，就像象棋上白色的兵冒着危险闯进了对方的阵列。

他心里想着该挑哪一个说话，凑巧注意到一个坐在甲板上给一大卷索带涂柏油的水手，他身边蹲着一圈黑人，好奇地看着他干活儿。

这个人干的低级的活儿和他有教养的气质形成巨大反差。由于要不断地把手伸进一个黑人端着的柏油罐里，他的手黑乎乎的，与他的脸很不协调，这张脸本来很英俊，现在非常消瘦。这种消瘦是否和罪行有关还不能判断，这是因为，极度的冷和热虽然不同，却会产生相同的感觉，同样，清白和罪孽，通过心灵痛苦这种偶然的联系，也会打上看得见的烙印，用的是同一个印章——一个刀砍出的粗糙印章。

虽然德拉诺船长是一个仁慈的人，这次他却没有想到这一点，他想着另一件事。看到如此消瘦的脸，还有这双好像因为苦恼和耻辱而躲躲闪闪的黑眼睛，虽然不合逻辑，德拉诺船长心中禁不住把自己私下对这些船员的怀疑和他们的船长对他们的恶感联系起来。他这是不自觉地受到了普通观念的影响，这些观念把痛苦、耻辱和德行分离，却总是把它们和邪恶联系在一起。

德拉诺船长想，如果这艘船上确有某种罪恶，这个人的手一定不干净，就像现在插在沥青桶中的这只手一样肮脏。我不愿和他说话，我要和另一个说话，那个坐在绞车上的老水手。

他朝一个巴塞罗那老水手走去，此人穿着破烂的红色马裤，戴着肮脏的睡帽，脸颊坑坑洼洼，呈古铜色，络腮胡就像荆棘篱笆一样浓密。他坐在两个昏昏欲睡的非洲人之间，就像他那位年轻的水手一样，也在摆弄着索具——把缆绳拆开——那两个昏昏欲睡的非洲人是他的下手，负责把露在外面的绳头递给他。

德拉诺船长走近的时候，这个人立即把头低得更低，这倒是干这活儿必须的姿势。他似乎希望人家觉得他干活儿格外专注。跟他说话的时候，他抬起头来，饱经风霜的脸上，似乎凝结着一种胆怯、鬼鬼祟祟的神色，就像一只灰熊，不号叫、不咬人，而是傻笑着，眼睛像羊一样温顺。问了他几个涉及航行的问题——这些问题有意提到了堂本尼托讲到的几个细节——这是先前德拉诺船长刚上船时遇到的那片呼天抢地的哀号所没有证实的。他做了简短回答，证实了堂本尼托讲的故事中所有没有得到证实的问题。老水手回答的时候，绞车旁边的黑人纷纷插嘴，但是，他们说起来没完没了，而他却变得少言寡语、闷闷不乐，好像很郁闷，不愿回答更多的问题，脸上始终挂着那种不咬人的熊和温顺的羊混合在一起的神情。

由于再也不指望和这个怪物从容地谈话，德拉诺船长扫视四周，寻找一张更合适的脸，但没有看到，于是他高兴地叫黑人让路。穿过各种各样傻笑和鬼脸的注视，他回到船尾楼，起初，他觉得有点儿奇怪，但说不清为什么，但是，他又一次相信了本尼托·塞拉诺。

他想，那边那个络腮大胡子清清楚楚地暴露了他自己干过坏事。他看见我过去的时候，由于担心他的船长给我讲过那些船员不检点的行为，所以害怕我对他不客气，便低下了头。然而——然而，现在想来，如果我没错的话，在我来以后就一直急切地看我的人当中，就有这个很老的家伙。唉，这些激流弄得我晕头转向，就像冲得船打转一样。哈，那边总算有赏心悦目的东西了，而且很随和。

他的注意力转向一个正在打盹儿的黑人女子，手里拿着针线活儿，年轻的四肢随意地摆放着，躺在舷墙边，像一头母鹿靠在树林里的岩石上。在她衣服遮着的胸脯上趴着她的完全醒着的小鹿，这小孩儿一丝不挂，黝黑的小身体一半掉在甲板上，横着趴在母亲的身上；他的双手，像两只爪子一样揪住她；他的嘴和鼻子徒劳地要保持在目标的位置上；同时，他发出烦人的哼哼声，和黑人女子有节奏的呼噜声混在一起。

孩子格外旺盛的活力终于吵醒了母亲。她坐起身来，远远地面对着德拉诺船长。但是，她似乎丝毫不在意人家看见自己睡觉的样子，她高兴地抱起孩子，洋溢着母亲的幸福，一遍又一遍地吻着孩子。

这就是本真的自然，纯洁的柔情爱意，德拉诺船长想，他很高兴。

这件事使他更认真地观察其他黑人女子。他很满意她们的仪态，就像大多数未开化的女人一样，她们心地温柔而体格健硕，随时准备为自己的孩子去战斗、去死。就像母豹一样单纯，鸽子一样温柔。啊！德拉诺船长想，这些人或许就是蒙哥·帕克[1]在非洲见到并且极为称赞的那些女人吧。

这些自然的画面不知不觉地增强了他的信心，使他更放心。最后，他抬头看他的船的情况，但船还很远。他转头看堂本尼托是否回来，但他还没有。

为了换一个景象，也为了轻松一下——悠闲地观看正在驶过来的船——他从后桅铁链爬上了右舷瞭望台，这是先前提到过的已经过时的威尼斯式包厢式瞭望台，一个和甲板分开的安静的地方。他踏上这个半干半湿、长满海藻的地方，一股幽灵般突如其来的、使人酥痒的微风——孤岛般的、毫无先兆的微风——轻抚着他的脸颊。这时，他的目光投向一排小小的圆形护窗板，都关

---

① 蒙哥·帕克（Mungo Park，1771—1806），苏格兰探险家，第一位深入尼日尔河中部探险的西方人，其旅行记仍在流传。——译注

闭着，就像豪华客舱木框门上的铜环一样，这些护墙板曾经和瞭望台连在一起，甚至对着瞭望台，而现在却封得死死的，就像一只棺盖，盖在涂满柏油的紫黑色门框、门槛和柱子上。他遐想到当年那段美好的时光，那时，这个豪华客舱以及这个豪华包厢曾听过西班牙国王的军官们的声音，利马总督女儿们的身体曾经靠在自己现在站的地方——遥想这些景象，吹拂着微风，他觉得心中涌起一种梦幻的焦虑，就像大草原上孤寂的人，在宁静的正午时分，也会感到不安。

他俯身在刻满雕饰的围栏上，又一次眺望自己的船，但是，他看见了下面丝带一样的草，沿着船的吃水线生长着，笔直得就像排成一列的绿色箱子。一丛丛宽宽的椭圆和月牙形海草，在那长长的成行海藻之间或远或近地漂浮，漂过道道波浪，似乎要冲向通向下面的洞穴。这一切的正上方就是他双臂扶着的围栏，围栏上沾着柏油，也沾着苔藓，就像早已任其颓败的凉亭那黑乎乎的废墟。

本想解开一个迷惑，却又陷入新的迷惑。虽然身在浩瀚的大海上，他却仿佛觉得自己在大陆深处：一个废弃公馆中的囚徒，只身凝望空无一物的地面，凝望着朦朦胧胧的道路，那里既无车马，也无过客。

看到生锈的主锚链，他才从恍惚中稍微清醒过来。锚链是古老的样式，链环和螺栓粗大而锈迹斑斑，与造船时主锚链的用途相比，似乎更适合此刻的状态。

就在这时，他觉得有什么东西在铁链旁边移动。他揉了揉眼睛，尽力想看清楚。锚链的周围是一道道绳索，就在那里，从粗大的支索后面，就像躲在栂树后的印第安人，一个西班牙水手在窥视着自己，他手里拿着索针，似乎在朝瞭望楼招手——而就在此时，他似乎受到甲板上靠近的脚步声的惊扰，就像一个偷猎者一样又消失在麻绳那密林的深处。

这是什么意思？难道这个人要向他传递谁也不知道，就连他的船长也不知道的信息吗？难道这个秘密涉及不利于他的船长的事情吗？难道德拉诺船长之前的怀疑会得到证实吗？要么，是他此刻疑神疑鬼，那个修理支索的人随便的、无意的举动，他却误会成有什么特别的含义？

带着这些疑问，他再一次眺望他的船。但这时，小岛一条凸出的石角把它暂时挡住了。他急切地向前俯身，想船头一露头就看见它，这时身前的栏杆像木炭一样垮掉了。幸好他抓住了一根掉在船外的绳索，否则他就掉进海里了。虽然垮塌声音不大，掉下的是朽坏木片的空响，但一定有人听见了。他朝上看去，只见一个拆麻絮的老黑人好奇地朝下窥视着他，从他坐的地方朝一根帆桁溜过去；在这个老黑人下面，他看不见的地方，那个西班牙水手蹲在那里，从一个舷窗朝外观察，就像狐狸从它的洞口朝外看一样。由这个人的举动突然引起的联想，那个疯狂的猜疑涌现在德拉诺船长的心头：堂本尼托称病到下面去难道只是一个借口；他在那里策划一个阴谋，而这个水手用某种办法得到消息，想要通知德拉诺船长提防；也许他要报答船长上船时对他说的一句好话。难道堂本尼托事先知道可能发生这样的意外，于是便诋毁水手而褒扬黑人，虽然前者温顺而后者相反？白人天生就更为精明。如果一个人怀着邪恶的计划，难道他不可能称颂那种因为自己堕落而视而不见的愚蠢，同时中伤显而易见的智慧吗？或许，这不是不可能。但是，如果白人对堂本尼托有不可告人的秘密，那么堂本尼托能够和黑人串通一气吗？不过，他们这样做也实在是太蠢了。还有，一个白人背叛自己的种族，竟然联合黑人来和他作对，有谁听说过这种事呢？这些难解的问题又使人想到以前的问题。陷在这些错综复杂的问题不能自拔，德拉诺船长又回到甲板，不安地朝前走去，这时，他注意到一张新面孔：一个盘腿坐在主舱口的老水手。他的皮肤满是皱纹，就像鹈鹕空空的喉囊；他的头发斑白；他的面容严肃而镇静。他的双手抓着一大把绳子，正在把绳子结成一个大结。他身边有一些黑人，只要他需要，黑人们就恭顺地把绳子递给他。

德拉诺船长朝他走去，静静地站着看着那个绳结，他的心思从错综复杂的思绪转向那团缠来缠去的麻绳。这个绳结太复杂了，他在美国船和其他船上都没有见过。老人像个埃及祭司，在为阿蒙神庙编织戈尔迪乌姆结。这个结是双套结、三重皇冠结、反手井形结、结中结和挤塞结的组合。

最后，不明白这个结的意义，德拉诺船长对结绳的老人说道：

“你在结什么啊，伙计？”

“打结啊。”他头也不抬，简单地答道。

“看来是在打结，干什么用啊？”

“让别人来解。”老人小声说，手指头更用劲了，结快打完了。

德拉诺船长站着看他的时候，老人突然把绳结扔给他，说的是结结巴巴的英语——这条船上第一次听人说英语——大概意思是——“解开它，切开它，快点”。话说得很慢，但说得十分凝重，所以这之前和之后说的西班牙语只算得上中间这句英语的封皮。

那一瞬间，德拉诺船长沉默地站着，手里拿着结，心里也有个结。这时，老人再也不看他，只顾忙着收拾其他绳子了。不久，德拉诺船长身后有了小小的声响。转过身，他看见铁镣锁着的黑人阿土法尔，他静静地站在那里。接着，老水手起身，嘴里咕哝着，身后跟着给他打下手的黑人，他走到船的前部，消失在人群中了。

一个上了年纪的黑人，身上裹着小儿尿布样的破布片，头发花白，一副律师的模样，向德拉诺船长走过来。他的西班牙语还算过得去，脾气很好，会心地眨着眼。他告诉船长，那个结绳的老人脑子有病，但无害，他常常玩这些老把戏。最后，这个黑人请求把这个绳结给他，因为船长应该不会为这玩意儿操心。船长想都没想，就下意识地递给了他。黑人躬身接了过去，就像海关稽查官员搜寻走私花边一样仔细把它查看一番。很快，他说了一个非洲字，相当于英语的“呸”，就把绳结扔到海里。

德拉诺船长想，这真的很奇怪，他有一种恶心的感觉。但是，就像刚开始晕船的人一样，他会尽量不去想这些症状，以摆脱这种难受的感觉。他又一次转向大海，看自己的船。他很高兴，这次船出现在视线里了，它驶过了那片凸出的石滩。

此时的感受缓和了不安，而后竟完全释然。先前，这艘船只是在雾中若隐若现，而此时轮廓清楚显现之后，上面一个个人都清晰可辨。这艘船名为“漫游者”，在德拉诺船长的家乡曾经常刮擦沙滩，历次维修，尽管现在处在陌生的海域，而此刻却像纽芬兰犬一样亲切地躺在这里。看到家人一样的船激起了船长千百种信赖的联想，尽管刚才还疑虑重重，此时他心里不仅充满了轻松愉快的信心，而且对刚才缺乏自信的状态感到好笑，又觉得自责。

“什么？我，亚玛撒·德拉诺——我小时候，人们叫我海滩上的杰克；我，亚玛撒，那时手里提着帆布书包，沿海滩蹚着水去旧船壳学校那里上学；我，海滩上的小杰克，常常和纳特表哥及其他孩子采浆果；在这天涯海角，一艘闹鬼的海盗船上，难道我会被一个可怕的西班牙人谋杀？——想想都荒唐！谁会谋杀亚玛撒·德拉诺？他良心干净，堂堂正正。呸！呸！还海滩上的杰克呢！你就是一个傻小子，一个又变回小孩的傻小子，恐怕你是开始老糊涂了。”

心里放松了，脚步也轻快了，他在船尾踱步，这里，遇到了堂本尼托的仆人。和自己愉快的心情相应，仆人一脸愉悦的样子，报告他说他的主人已经从咳嗽的打击中缓过劲来，刚才命他过来向他亲爱的客人堂亚玛撒表达自己的问候，说他（堂本尼托）

很快就会过来和他相会。

现在，你明白了吗？德拉诺船长在船尾楼走着，心里又一次想道。我就是一头蠢驴啊。这位和善的先生向我表达他善意的问候，而就在十分钟前，我竟然以为，他就躲在船舱一只旧石碾子后面磨刀霍霍，要对我下手。唉，唉，我常听说，长期的风平浪静会使人心理得病，而我以前从不相信。哈！看看那条船，那就是“漫游者”。一条好狗，她嘴里衔着一根骨头。是啊，好大的一根骨头。——什么？是的，她的船头遇到了翻滚的激流的浪花。这使她暂时偏离了航向。要有耐心啊。

此时还在中午时分，由于一切灰蒙蒙的，看起来就像临近黄昏。

没有一丝风。在远处，由于没有陆地的影响，铅一样的洋面似乎睡了过去，盖上毯子，它的生命已经结束，没了灵魂，死去了。而在船所在的岸边，潮水正在上涨，把船越来越远地推向昏睡的大海。

然而，凭着自己对这一带的了解，德拉诺船长充满希望，和风，清新而畅快的和风任何时刻都可能来到，所以，尽管目前情况不佳，他还是乐观地相信在黑夜降临之前“圣多米尼克号”会安全下锚。海流把船朝大海推去这点距离算不了什么，这是因为，只要来一阵好风鼓起风帆，十分钟的航行就可以弥补六分钟的漂流。他转身去看“漫游者号”和激流搏斗，就看见堂本尼托走来，他继续在船尾楼散步。

渐渐地，他为自己的船迟迟不到而苦恼，随即变成不安，最后，就像从包厢看着下面的大厅一样，他的目光不停地看着前方和下面的奇怪人群，慢慢地，他认出了那张脸—— 一脸冷漠的样子——那个西班牙人的脸，就是他似乎从主锚链那边给他递眼色，这时，那种恐怖的感觉又回到心头。

唉，他想——相当严肃地想——这种感觉就像疟疾一样，并不是因为病好了，就不会复发。

虽然为自己的故态复萌而羞愧，但就是控制不了。于是，他努力尽可能往好处想，内心慢慢地达成了妥协。

是啊，这是一条奇怪的船，也是一段奇怪的经历，还有船上奇怪的人。但是——仅此而已。

为了在自己的船到来之前不去想不愉快的事情，以纯粹推理的方式，他一遍又一遍地尽量思考船长和船员更为普通的事。主要有四件事情颇为蹊跷。

第一，西班牙小伙子受到黑奴小伙子持刀攻击的事，堂本尼托对这个举动是纵容的。第二，堂本尼托残暴地对待那个黑人阿土法尔，就好像一个小孩要牵着尼罗河公牛鼻子上的铁环走一样。第三，两个黑人折磨一个水手的事，这件侮辱人的行为没有受到任何责罚。第四，全船的下属，主要是黑人，都在他们的主人面前畏畏缩缩、卑躬屈膝，好像他们担心最小的过失就会招致他的暴怒。

把这些疑问串起来看，它们似乎自相矛盾。但是，那又怎样，看着正在靠近的船，德拉诺船长想——那又怎样？堂本尼托是个反复无常的船长。但他不是我见过的第一个，虽然他比其他的更任性。但是，作为一个民族——他继续遐想——这些西班牙人都很怪，西班牙人这个词就常常与密谋者盖伊·福克斯[①]联系在一起。但是，我敢说大多数西班牙人和马萨诸塞州达克斯伯里人一样是好人。啊，真好！“漫游者”到了。

载着众人期待的货物，船靠上了大船。这时，拆麻絮的人严肃地挥着手，尽力制止着黑人——他们看见船底三只水桶和船头一堆枯萎的南瓜，纷纷伏在舷墙上，狂喜而混乱。

这时，堂本尼托和他的仆人到了，也许他是听见嘈杂声赶来的。德拉诺船长请求他允许自己来分水，以便大家都得到同等分量，任何人也不能不公平地多占。堂本尼托说这个提议合情合理，又很厚道，但答应的时候好像不耐烦；似乎堂本尼托自己知道缺乏指挥的精力，所以因为虚弱而妒忌，把别人的帮助当成冒犯。至少，德拉诺船长是这样想的。

不多久，水桶吊上船了，德拉诺船长站在过道边，一些迫不及待的黑人无意地挤到了他身上，所以，他顾不得堂本尼托有什么看法，只按自己的想法行事，他和善而威严地命令黑人后退。

---

① 盖伊·福克斯（Guy Fawkes，1570—1606），英国约克郡人，原名桂多·福克斯，为西班牙人作战时改名为盖伊·福克斯。天主教“阴谋组织”的成员，1605 年参与刺杀詹姆士一世和英格兰议会上下两院的所有成员的“火药谋杀案”。——译注

为了加强命令的效果，他又是快活又是威胁地挥着手。黑人们应声停下来，男女黑人都保持原来的姿势原地一动不动——就这样持续了几秒钟——与此同时，就像一站接一站传送的电报一样，一个听不懂的字在拆麻絮的人之间传递。德拉诺船长刚好注意到这个场景，这时，擦斧子的人弯腰站起来，堂本尼托立即大叫一声。

德拉诺船长以为，只要西班牙人一发暗号，自己马上就会遭到刺杀，他本想朝自己的船跳下去，但他停下了。这时，拆麻絮的人走进人群，高声喊叫，迫使所有的白人、黑人后退，同时，他们友好而随便地挥手，就像开玩笑一样，叫他们都不要当傻瓜。与此同时，擦斧子的人就像许多水手一样安静地坐回原位，即刻，就像什么也没发生一样，吊水桶的工作继续进行，白人和黑人在滑车前唱起来。

德拉诺船长看了看堂本尼托，看着他瘦弱的身体刚才受到刺激倒在仆人怀里，现在挣扎着自己站起来。德拉诺船长不禁十分惊讶，刚才自己竟然如此惊慌失措，就因为自己突发奇想，以为这个船长为了目前这件区区小事，竟然会失去控制，以致要孤注一掷，谋杀自己。

水桶吊到甲板上了，一个管事递给他几个罐子和水杯，以堂本尼托的名义请他按自己建议的方式分发饮水。他答应要一碗水端平，就像水这种物质总是追求同一个平面一样，年纪最大的白人也不得多于年纪最小的黑人。只有可怜的堂本尼托例外，且不论他的地位，就他目前的身体状况，也该多分一点儿。堂本尼托是第一个，德拉诺船长给了他满满一罐水；但是，尽管他口渴难耐，也是鞠躬致谢多次以后，才大口喝起来。旁观的黑人都为他周到的礼数而鼓掌欢呼。

两个不太干瘪的南瓜留给了客舱，剩余的当场切碎供大家享用。但是，软面包、糖和苹果酒，德拉诺船长打算全留给西班牙人，尤其是堂本尼托。但后者拒绝了，他的公平无私让美国人很是高兴。于是，周围所有的人每人都分得一点儿，除了一瓶苹果酒，巴博坚持要留给自己的主人。

这里要提一下，小船第一次来的时候，美国人不允许自己的人登上大船，这次也一样，他不愿给甲板添乱。

深受这片欢腾的场面的影响，德拉诺船长心中此时只有慷慨仁慈。从最近种种迹象来看，最多一两个小时后就要起风，于是，他安排小船开回猎海豹船，下令所有的能抽身的人都把水桶装上筏子，到有水的地方把桶装满。还有，他吩咐向主管带话，如果这条船没有像预计那样在日落之前下锚，叫他不用担心自己，因为当晚是满月，他（德拉诺船长）要留在船上，如果起风了，他随时可以充当舵手。

两位船长并肩站着看着小船开走——仆人凑巧发现主人丝绒袖子上的一块污渍，便一声不响地把它擦去。美国人说很遗憾“圣多米尼克号”没有小船，只有一条不适合海上航行的大艇，它就像沙漠上骆驼的枯骨一样，完全褪色，像一只罐子一样倒扣在船中央，一头微微翘起，下面成了一家家黑人栖身的洞穴，大多是女人和小孩。他们有的蹲在旧草垫上，有的待在黑乎乎的拱顶上的座位上，远远看去，他们就像聚居在一起的蝙蝠，栖身在舒服的山洞里，时而，三四岁大的、赤身露体的、乌黑的小孩儿从洞口冲进冲出。

“要是您有三四条小船，堂本尼托，”德拉诺船长说，“我觉得，您这些黑人如果用力划船，倒可以帮点儿忙的。——您起航的时候就没带小船吗，堂本尼托？”

“都给风暴打碎了，先生。”

“太糟了。还有许多人，您都损失了。小船和人都损失了。——风暴一定很猛啊，堂本尼托。”

“难以言表。”西班牙人战栗着说。

“告诉我，堂本尼托，”德拉诺船长更加感兴趣地说，“告诉我，刚过合恩角高地遇到风暴了吗？”

“合恩角？——谁说过合恩角？”

“您自己说的啊，就在您给我讲航行经过时说的。”德拉诺船长答道，对西班牙人这种自食其言的行为大为震惊，就像他自食其心一样。“您自己，堂本尼托，您说过合恩角。”他强调地重复道。

西班牙人转过身去，弓着身子，停了片刻，就像要从空中跳进水里一样。

这时，一个传令的白人小伙子从这里路过，他正在执行自己的分内职责，每半小时看客舱里的时间，然后去前水手舱，敲响那里的大钟。

“主人，”仆人停下了擦主人袖口的事，对专心致志的西班牙人说，脸上怯弱而忧心忡忡的神情，就像一个担负着职责的人，一旦解除了职责，就担心会惹得下达命令的人生气，而且会影响其利益一样，“主人告诉过我，无论他在哪里、无论在做什么事，一定要立刻提醒他刮脸的时间。麦圭尔已经去敲午后第一个半小时的钟了。就是现在。主人去客厅好吗？”

“哦——好的。”西班牙人答道，吃了一惊，就像恍然从梦中回到现实，然后对德拉诺船长说，过一会儿接着谈。

“如果主人想和堂亚玛撒接着谈，”仆人说，“何不让堂亚玛撒去客厅坐主人旁边，主人说，堂亚玛撒听，巴博抹泡沫、磨刀。”

“好啊，”德拉诺船长说，对这个周到的建议很满意，“好啊，堂本尼托，除非您不愿意，我愿意和您去。”

“就这样吧，先生。”

三人朝船尾走的时候，美国人不禁把这看成主人反复无常的又一个奇怪的表现——正午极为准时地刮脸。不过，他也认为这一定和仆人的担忧和忠诚有关，因为及时的分心可以让主人免于发作越来越坏的恶劣心情。

叫作客厅的地方是船尾楼上一个小型甲板舱室，在大客舱的顶楼。其中一部分曾经是高级船员的卧舱，他们去世后，卧舱的隔板拆掉了，就变成了一个宽敞、透气的客厅。由于没有华贵的家具和五花八门的摆设造成的混乱，作为一个奇怪的附属设施，这里有点儿像怪癖的单身乡绅那宽大而乱糟糟的大厅，供他在里面的鹿角上悬挂狩猎装、烟荷包，在角落里放置钓鱼竿、火钳和手杖。

如果说这二者原本没有可比性，但只要看看周围的大海，就知道它们有多像了。毕竟，在某个方面，乡村和大海是嫡亲兄弟。

客厅的地板铺有席子。上方，四五只旧滑膛枪插在横梁上平行的小洞里。客厅的一边有一张捆在甲板上的爪形腿旧桌子，上面有一本带拇指孔的弥撒书，书的上方有一个固定在舱壁上的细细的十字架。桌子下有一两把带齿的弯刀，还有一支刀削的鱼叉，下面是一些旧索具，就像一堆穷修士的腰带。还有两张骨架凸起的白藤长靠椅，年代久远而发黑，看上去就像宗教法庭法官使用的拉肢刑架一样让人不舒服，旁边还有一张宽大而丑陋的扶手椅，后背上装有粗笨的理发用靠头，用一颗螺丝调节高低，活像中世纪怪异的刑具。一个角落里有一个存放旗帜的壁柜，露出各种颜色的船旗，有的卷起，有的卷了一半，还有的横放着。对面是一个笨重的脸盆架，由一整块黑色桃花芯木做成，台面上是分格的架子，有梳子、刷子以及其他洗漱用具。一张褪色的草编女式吊床挂在旁边，上面是乱糟糟的床单，枕头像眉头一样皱巴巴的，仿佛一个受到烦心事和噩梦轮番折磨的人在上面睡过。

客厅的远端、船尾正上方的地方开有三个洞，算是窗子，也算是舷窗，从这里，人可以往外看，炮也可以朝外放，依情况而定。此刻没有人也没有炮，只是木架子上粗大的带环螺栓和其他生锈的铁器说明曾有过二十四磅炮。

德拉诺船长进去的时候，看了看那吊床，问道：“您在这里睡觉，堂本尼托？”

“是的，先生，天气好转以来就睡这里。”

“这看起来像个宿舍、起居室、帆篷库房、小教堂、武器库，也像个小衣橱，堂本尼托。”德拉诺船长说道，朝四周看了看。

“是的，先生，条件有限，不能安排得规规矩矩。”

仆人胳膊上搭着毛巾，恭候主人上座，堂本尼托示意准备好了，坐上藤椅，为了让客人方便，移动藤椅对着一张长椅，仆人开始操作，卷起主人衣领，松开围巾。

黑人有一种素质，奇怪地使其适合侍候人的职业，大多数黑人是天生的男仆和理发师——摆弄梳子、刷子就像击打响板一样得心应手，舞动起来都同样兴高采烈。而且，他们操作起这些工具非常麻利，不可思议地无声无息、顺畅轻快、姿态优雅、赏心悦目，有人观看时更为起劲。最了不起的是他们幽默的天赋。这里不是指嘻嘻哈哈的打趣。他们的幽默不是这样，而是一种轻松愉快、举手投足间的和谐，仿佛上帝把黑人整个调成了快乐的乐曲。

由于这些素质，加上心智简单的人的知足感所产生的温顺，以及自认地位低下的人有时固有的盲目的依附心理，我们很容易理解，为什么那些忧郁症患者，例如，约翰逊和拜伦——就像这个忧郁症患者堂本尼托一样——会打心底里喜欢雇用黑人、理发匠、制造弓箭的人做自己的仆人，而绝不使用一个白人。但是，如果黑人有一种素质，使其没有病态或玩世不恭的人那种令人讨厌的怪癖，如果他主要就是这些使人喜爱的品质，那么，他在一个仁慈的人面前又会如何表现呢？和外人打交道的时候，德拉诺船长往往心平气和，他本性非常仁慈，而且很随和、很幽默。在家里，他常常非常满意地坐在门口，观看人身自由的黑人干活儿或者玩耍。如果航行时船上碰巧有一个黑人水手，他总是喜欢和他闲聊，甚至打趣。实际上，就像大多数善良、活泼的人一样，德拉诺船长对待黑人，不仅很慷慨，而且很温和，就像别人对待纽芬兰犬一样。

迄今为止，在“圣多米尼克号”上发现的情况使他一贯的好性情受到压抑。但在客厅里，他从先前的不安状态缓和过来以后，由于种种原因，他比今天这之前任何时候都更随和。看见那个黑人，胳膊上搭着毛巾，对主人如此殷勤，干着刮脸这样普通的活儿，他对黑人的心肠又软了下来。

他最开心的是又一次看见非洲人偏爱鲜亮色彩和绚丽表演的现象，这个黑人从船旗柜里预先拿来一块五颜六色的旗帜，把它当作围嘴儿夸张地塞在主人下巴下。

西班牙人刮脸的方式和其他国家的人有所不同。他们用一个脸盆，专门叫作理发盆，一边挖一个缺口，和下巴完全贴合，涂泡沫时下巴抵着缺口；涂泡沫不用刷子，而用肥皂在盆中蘸水，再抹到脸上。

这次刮脸，由于缺少淡水，只好用海水；抹肥皂的只是上唇和喉咙以下的部分，其余部分蓄着文明须，无须涂抹。

对于德拉诺船长来说，这些步骤很是新鲜，所以他好奇地坐着观看，没有说话，此时堂本尼托也没想接着谈。

放下脸盆，黑人在一堆剃刀中挑选，选出一把最锋利的，之后，再熟练地在自己摊开的结实、光洁而油滑的手掌上磨蹭；然后，他打了个即将开始的手势，在半途稍停片刻，一只手拿剃刀，另一只手很专业地在西班牙人细长的脖子上的肥皂泡沫中揉搓。看着闪着寒光的剃刀离自己这样近，堂本尼托紧张得一个战栗，由于泡沫，他的脸色更显苍白，而衬托着黑人乌黑的身体，泡沫显得更为扎眼。至少在德拉诺船长看来，这个场面相当少见，看着这两人这个姿态，他不禁胡思乱想，那黑人是个刽子手，那白人，头枕在断头台上。但这只不过是又一个胡思乱想，来去也就一瞬间，也许最理性的人也在所难免。

这时，由于西班牙人突然一动，围着脖子的旗帜松了一点儿，一道宽宽的褶子像窗帘一样从扶手一直拖到地板上，在上面一片纹饰线条和黑、蓝、黄的底色上面，露出鲜红的斜线上一座关着门的城堡和白色的跃立狮子。

“城堡和狮子，”德拉诺船长叫道，“啊，堂本尼托，您用的可是西班牙国旗啊。幸好是我，而不是国王看见了，”他笑道，“不过，”他转向黑人，“都一样，我想，旗帜很喜庆。”这句玩笑话逗得黑人笑了。

“主人，”他说，重新调整了旗帜，轻轻把头朝椅靠上按了按，“主人。”剃刀在喉咙旁边一闪。

堂本尼托又一个战栗。

“您千万不能抖啊，主人。——瞧，堂亚玛撒，我给主人刮脸时，他老是发抖。主人也知道，我也从来没刮出血，但是，如果主人抖成这样，我也说不准有这样的时候呀，主人。”他继续说道，“堂亚玛撒，您二位接着谈暴风的事，主人可以听，有时他也可以回答。”

“啊，好的，那些风暴，”德拉诺船长说道，“风暴当然可怕，堂本尼托，不过我越想您这次航行，我越想不明白的是风暴之后的灾难。按照您的讲述，您用了两个多月从合恩角到圣玛丽亚，如果是我来驾驶，遇到顺风，也就是几天的路程。当然，您遇到无风的天气，而且时间很长，但是，一连两个月都没有风，这很不寻常啊。堂本尼托，要是别的先生给我讲这样一个故事，我倒觉得有点儿可疑啊。”

这时，西班牙人脸上突然一愣，和先前在甲板上那表情差不多，也许他吃了一惊，也许船在无风的时候突然颠簸了一下，也许是仆人一时手没拿稳。不管是什么原因吧，就在这时，剃刀刮出血了，血点沾在了喉咙下面奶油色的泡沫上。黑人理发师抽回剃刀，依旧一副专业的样子，背对德拉诺船长，面对堂本尼托。他拿着滴着血的剃刀，悲伤而有些自嘲地说：“瞧啊，主人——您抖得太厉害了——这是巴博第一次刮出血。”

即使是在英格兰詹姆士一世面前拔刀，即使是当着国王的面的刺杀，那个怯弱的国王也不可能吓成像堂本尼托现在这个样子。

可怜的家伙，德拉诺船长想，他紧张成那个样子，就连理发师刀上的鲜血都不敢看；这个神经质的病人，他连自己的一滴血都不敢看，我竟然想象他图谋把我的血都放掉，这可能吗？说真的，亚玛撒·德拉诺，你今天不对劲啊。回家后不能说出去啊，傻乎乎的亚玛撒。呸，呸，他像个谋杀者，是吗？他倒更像谋杀的对象啊。呸，呸，今天的经历是个很好的教训。

这些想法流过诚实的海员心头时，仆人从胳膊上拿下毛巾，对堂本尼托说："主人，请回答堂亚玛撒吧，我这会儿把剃刀上这难看的东西擦掉，再蹭一下。"

说这些话的时候，他的脸转了一下，让西班牙人和美国人都看得到，他脸上的神情似乎表示，让自己的主人继续交谈，这样可以体贴地把他的注意力从这件讨厌的事故上转移开。堂本尼托似乎很高兴地抓到了这个送上的机会，像背书一样对德拉诺船长讲，不仅无风的日子格外地长，而且船遇到了麻烦的洋流，以及别的事情。有些不过是重复先前讲过的话，无非是想解释从合恩角到圣玛丽亚的航程为什么那样长，不时夹进几句话，顺便称赞黑人们的良好表现，只是不如先前讲的那么可信。

这些细节讲得断断续续，在仆人用剃刀刮脸的空当之间，故事和称赞的话继续讲下去，声音比以前更加嘶哑。

此时，德拉诺船长又一次不安起来，在他的想象中，西班牙人的表现颇有些虚伪，而且相应的，仆人阴沉而缄默也显然很虚伪。所以，主仆二人也许出于某种目的，以语言和行为，还有堂本尼托四肢的颤抖等方式，故意在他面前演一出欺诈的戏。从先前提到的悄悄地交谈这个事实来看，怀疑他俩串通一气并非没有根据。那么，在他面前演出理发师刮脸这出戏的目的何在呢？最终，德拉诺船长觉得这想法又是胡思乱想，也许是堂本尼托展现那丑陋的国旗这一举动有些演戏的成分，所以无意间造成了这种想法，所以，船长很快就把它排除了。

刮脸结束了，仆人为了使自己兴奋起来，掏出一小瓶香水，倒了几滴在自己头上，起劲地揉搓起来，猛烈的动作使他脸上的肌肉奇怪地抽动。

他接下来的动作是舞动梳子、剪刀和刷子；一遍又一遍，理一绺发卷，剪掉一撮翘起的胡子，轻柔地擦刷鬓角，还有其他各种大师般娴熟的即兴按压。此时，堂本尼托就像任何顺从地落在理发师手里的绅士那样，任其摆布，至少和刚才动剃刀那个环节相比，现在要自在一些了。他脸色如此苍白、坐姿如此僵硬，那黑人就像一个努比亚雕刻师在做塑像头的最后一道打磨的工序。

终于结束了，西班牙人脖子上的旗帜去掉了，卷了起来，扔回旗子柜，黑人哈着热气吹去主人头上的断毛，免得断毛掉进脖子。衣领和围巾也整理好了，绒领上的一根棉绒也轻轻扫掉。仆人退后一步，停下脚步，脸上带着克制的、自满的神色，观察自己的主人片刻，就好像这是自己妙手打扮出的作品。

德拉诺船长半开玩笑地为他的成就道贺，同时也向堂本尼托表示祝贺。

但是，无论是淡水、香波、忠诚，还是亲切的客人，都未能使西班牙人高兴起来。德拉诺船长见他故态复萌，仍然郁闷、难以亲近，仍然坐着不动，以为对方不愿让自己在场，便起身离去，借口是要看看天气，是否如自己所料有了起风的迹象。

他朝主桅走去，站在那里想着刚才的事情，心中总有些说不清的不安。这时，他听到客厅附近有声音，他转过身，看到那个黑人，手捂着脸颊。德拉诺船长走向前去，发现他的脸在流血。他正要问其原因，黑人的哭诉使他明白了。

“唉，主人的病什么时候才会好啊；只有怪病造成的坏心情才会使主人这样对待巴博啊；他用剃刀划巴博的脸，就因为意外，巴博才割了主人一个小小的口子嘛；这么多日子以来，这是头一次嘛。唉，唉，唉——”他手捂住脸颊。

德拉诺船长想，难道西班牙人私下惩罚自己可怜的朋友是为了泄愤吗？难道他竟然以这种愠怒的方式迫使我走开吗？唉，奴隶主的专横使人产生丑恶的冲动啊！可怜的家伙。

他正要开口向黑人表示同情，又小心地忍住了，他走回客厅。

这时，主仆二人走向前来，堂本尼托靠在仆人身上，像什么事也没发生一样。

不过是友好的打闹吧，德拉诺船长想。

他向堂本尼托打过招呼，二人并排慢慢走着。刚走了几步，服务员走过来，行了额手礼，通报说请到客舱用午餐。他是一个高个子酋长模样的黑白混血儿，一身东方人打扮，三四张马德拉斯手帕一层层绕在头上，形成一个宝塔形缠头。

在两个船长去客舱的路上，混血儿走在前面，他一边走一边不断转身微笑鞠躬领路，其优雅的仪态映衬出小个子光头巴博的卑微，巴博似乎深感自己地位低下，只是侧目看着优雅的服务员。但在德拉诺船长看来，这部分反映了纯血统非洲人对那个混血儿特有的态度。至于服务员的态度，即使不是出于他相当的自尊，也表明了他极力讨好主人的最大愿望。这难能可贵，既有基督徒的善意，又有切斯特菲尔德爵士般的雅致。

德拉诺船长饶有兴趣地发现，这混血儿的肤色是混合的，而面容确实是欧洲人的，而且是典型欧洲人的。

“堂本尼托”，他悄悄说，“我很高兴看见您这位‘一枝黄’招待。看见他英俊的模样，我想起了有一次有个巴巴多斯种植园主对我说的简直就是胡说八道。他说，如果混血儿有一张端正的欧洲人脸，要当心他，他是个魔鬼。您这位招待比英格兰的乔治王更端正，瞧他点头、鞠躬、微笑，分明是个国王——好心肠、有礼貌的国王。他的声音多悦耳啊，是不是？”

“是的，先生。”

“不过，告诉我，就您对他的了解，难道他不一直是一个善良、可信赖的人吗？”德拉诺船长说，他停了一下，这时候，招待行了屈膝礼，消失在客舱里，“我很好奇，想知道个究竟。”

“弗朗西斯科是个好人。”堂本尼托呆滞地答道，就像一个冷淡的裁判一样，既不褒也不贬。

“哦，我也这么看。我们白种人有一种很奇怪、也很不可信的说法：如果一点点我们的血混入非洲人的血，不但不会提高后者的品质，反而会恰如其反，好比把硫酸倒入黑色肉汁里，也许可以改善颜色，但不会提高总体品质。”

“毫无疑问，毫无疑问，先生，不过，”看了看巴博，“不要说黑人，你提到的那位种植园主所说的话，我倒听说很适合我们那个地方的西班牙和印第安混血儿。不过我对此一无所知。”他懒懒地说。

这时他们进了客舱。

午餐很简单。德拉诺船长送来的鲜鱼烧南瓜、饼干和咸牛肉，留给堂本尼托的那瓶苹果酒，还有“圣多米尼克号”的最后一瓶白葡萄酒。

他们进门的时候，弗朗西斯科和两三个黑人助手，正俯身桌上做最后的调整。见主人来了，他们退后，弗朗西斯科微笑着鞠躬，西班牙人不屑一顾，挑剔地对客人说，他不喜欢多余的侍候。

招待离开后，主客落座，像一对没有孩子的夫妇，各坐一头。堂本尼托示意德拉诺船长入座，尽管自己身体虚弱，还是坚持客人先就座。

黑人在堂本尼托脚下放了一个脚垫，背后放了一个靠垫，然后站到德拉诺船长的后面，而不是他主人的后面。起初，德拉诺船长有点儿吃惊，后来才明白，黑人站那个位置，是为了侍候主人——因为面对着他，就更容易预见到他的任何需要。

“您这个伙计可是异乎寻常地聪明啊，堂本尼托。”德拉诺船长隔着桌子小声说。

“您说得对，先生。”

就餐当中，客人又回到堂本尼托讲的故事的细节，请他做一些更详细的解释。他问道为什么坏血症和热病造成那么多白人的死亡，而黑人死的还不到总数的一半。这个问题似乎把那场瘟疫的惨景又带到西班牙人的眼前，又使他回想到自己形单影只的寂寞，而在那之前，他身边有那么多朋友和下属，这时，他双手颤抖、面无血色、语不成声；但是，对过去清晰的回忆似乎被此刻模糊的恐惧所打断。他惊恐的眼睛出神地看着前方。他看到的只是仆人的手把白葡萄酒向他推过去。最后，几小口酒勉强使他缓过劲来。他随口提到，不同的种族体质不同，所以有些种族对某些疾病抵抗力较强。在他的客人看来，这说法倒也新鲜。

不久，德拉诺船长想和主人谈谈自己为堂本尼托所提供的东西的价钱问题——因为自己要严格对船东负责——这些东西包括一套新帆以及别的设备。很自然他希望能私下和他谈这种事情，所以他希望仆人离开一下。他想象堂本尼托可以几分钟无须仆人的侍候。但是，他等了一会儿，他觉得，谈话进行的时候，无须提醒，堂本尼托自会认识到有这个必要。

但是，堂本尼托没有。最后，德拉诺船长盯着主人的眼睛，大拇指朝身后稍稍比画，悄声说：“堂本尼托，抱歉，但是，我必须和您谈点事情，但现在不太方便放开了谈。”

听了这话，西班牙人变了脸色，这是因为他很恼怒这句话是在暗指他的仆人。停了片刻之后，他让客人放心，说让黑人留下肯定没有坏处；因为他失去了高级助手以来，巴博（现在看来，他原先的职务是管理奴隶）不仅是他的贴身随从和陪伴，而且在各方面都是他信赖的人。

这一来，德拉诺船长再也无话可说了；但是，他不禁有点儿恼怒，自己给了他这么多实实在在的帮助，而自己这样微不足道的希望竟然满足不了。转念一想，他不过是发发牢骚罢了；于是，他往杯里倒了点酒，开始谈正事了。

船帆和别的设备的价钱谈好了。但在谈的过程中，美国人注意到，自己起初提供帮助的时候受到热烈欢呼，而转为生意交易后，对方竟然如此冷漠无情。事实上，堂本尼托屈尊听这些细节，似乎更多是出于一般礼节，而丝毫没有想到对他本人和他的航行，这都是巨大的帮助。

很快，他的态度变得更加冷淡。让他谈话的努力都白费了。在暴躁心情的折磨中，他坐着捻着胡须，而他的仆人一言不发，漫无目的地把白葡萄酒瓶慢慢推来推去。

午餐结束了，他们坐在铺有垫子的船尾肋板上，仆人把一只枕头放在主人背后。长时间持续无风的天气已经影响到了空气。堂本尼托重重地叹了口气，好像喘不过气来似的。

“到客厅去吧，”德拉诺船长说，“那里透气些。”但是，主人依旧沉默而一动不动地坐着。

与此同时，他的仆人手拿一把大羽毛扇子跪在他面前。弗朗西斯科蹑手蹑脚地走过来，递给黑人一小杯香水，黑人不时用香水按摩主人的眉毛，把太阳穴上的头发抚平，就像保姆对小孩一样。他没说话，只是凝视主人的眼睛，似乎要在堂本尼托烦恼的时候，用忠诚的目光默默地使他振作。

船上的钟敲响两点，透过客舱窗户，看到了大海的涟漪，而且是大家期待的方向。

“那边，”德拉诺船长叫道，“我告诉过您的，堂本尼托，瞧啊！”

他站起身来，说话的语气兴高采烈，期望使对方振作起来。但是，虽然此刻堂本尼托旁边深红色的窗帘轻抚到他的脸颊，他似乎并不期待微风，宁可无风。

可怜的人啊，德拉诺船长想，惨痛的经历使他明白，涟漪并不能产生风，就如一只燕子并不能带来春天。但是这次他错了。我会把他的船开到岸边，我要证明这是真的。

委婉地提了提他虚弱的身体状况后，德拉诺船长让主人安静地待在原处，他（德拉诺船长）会很乐意承担起最好地利用这阵风的责任。

上了甲板，德拉诺船长吃惊地看到了阿土法尔，没想到他在这里，石碑一样地矗立在门口，就像一座黑色大理石雕看门人，守卫在埃及墓地的门廊。

但在此时，他的吃惊也许纯粹是身体上的。阿土法尔的样子和擦斧子的人形成强烈的对照：阿土法尔哪怕在不高兴的时候也显得温顺，而擦斧子的人却以耐心表明他们的勤奋。而这两种情况都表明，虽然堂本尼托的权威也许很宽松，但是，只要他决心行使权力，不管多么粗野或者魁伟的人都会或多或少俯首听命。

德拉诺船长从墙上抓起一把喊话筒，轻快地朝船尾楼前边走去，尽可能以最标准的西班牙语发出指令。几个水手和许多黑人都很高兴，顺从地听命，要把船驶进海湾。

德拉诺船长下令升起下辅助帆的时候，突然听到有个声音在一字不差地复述自己的命令。转过身去，他看到巴博，此时担当起原来的指挥奴隶的职务。他的协助相当有用。破烂的船帆和歪斜的帆桁很快就有了条理。只有在振奋起来的黑人欢唱时，转帆索或升降索才往上拉动。

多能干的人啊，德拉诺船长想，稍加训练就是好水手。瞧，就连妇女也一边拉绳一边唱起歌来。这些人肯定是加纳黑人妇女，我听说她们都是勇敢的士兵。谁在掌舵啊？这人肯定是一把好手。

他走了过去。

“圣多米尼克号”的舵柄很笨重，连接着一个个巨大的水平滑车。每一个滑车前站着一个黑人，舵柄头的位置上，是一个西班牙水手，他和大家一样脸上挂着充满希望的表情，相信微风就要来到。

原来他就是那个绞车上表情非常羞怯的人。

“嗨，是你啊，伙计，”德拉诺船长喊道，“好啊，现在不害怕了——看前方，保持方向。好样的，对吧？要开进海湾，是不是啊？”

“是的，先生。”那人低声答道，紧紧握住舵柄头。这时，美国人没有发现，两个黑人侧眼看着水手。

看见舵位一切正常，船长到船首楼，去看那里的情况。

船现在足以对付激流。黑夜即将到来，微风肯定会加强。

干完眼下必须干的活儿之后，德拉诺船长对水手下达了最后几道命令，然后去船尾向客舱里的堂本尼托报告进展，也希望趁他的仆人在甲板上的机会和他聊几句。

船尾楼下，在相对的方向，有两个通向客舱的入口，一个较远，所以路程也较长。看见仆人还在上面，德拉诺船长选了最近的那个入口——也就是刚才提到的那道门，阿土法尔还站在那里——他加快脚步，来到客舱门口，他停了一下，稍微平复一下急迫的心情。然后，想好了要说的话，他走了进去。朝西班牙人走过去的时候，他听到窗口传来脚步声，与自己的脚步同步。从对面的门口，仆人手拿一个盘子，也走了进来。

“这该死的忠实的家伙，”德拉诺船长想，“真烦人的巧合。”

如果不是微风带来的令人鼓舞的信心，烦人的很可能是别的事情了吧。即便这样，他突然不由自主地把巴博和阿土法尔联系起来，心里觉得微微一震。

“堂本尼托，”他说，“我给您带来了好消息，微风没停，还会加强。还有，您那个大个子时钟阿土法尔就站在外面。是您下的命令，对吧？”

堂本尼托往后一缩，好像受到别人温和的挖苦，而对方又说得老练、堂皇、彬彬有礼，自己无从反驳一样。

他就像一个被活剥了皮的人一样，德拉诺船长想，谁能碰他一下而不吓得他后缩呢？

仆人在主人前面走过，调整了靠垫，这使西班牙人想到了礼节，他僵硬地答道：“您说得对。那个奴隶到了你看见他的地方，是我下的命令。如果时刻到了我还在下面，他必须站在那里等着我。”

“是啊，对不起，这样对待他，就像对待被废黜的前国王一样。唉，堂本尼托，”船长笑道，“从您许可别人干的事来看，我认为，您打心底里是个严厉、苛刻的主人。”

堂本尼托又一次往后一缩，在善良的船长看来，这一次是真正出于良心上的痛苦。

这一来，谈话很压抑了。德拉诺船长提醒他注意，这时已经可以感觉到龙骨劈开海水的晃动，但是没用，堂本尼托双眼无神，他的回应只是只言片语，很是冷漠。

渐渐地，风不断增强，托着“圣多米尼克号”快速地驶向海湾。绕过一片陆角，远处的猎海豹船清晰可见。

这期间，德拉诺船长又回到甲板，在那里待了一会儿。最后他改变了航向，让船离暗礁保持较宽距离，然后，他又回到下面。

他想，这次我可以让这位可怜的朋友高兴起来了。

“情况越来越好了，堂本尼托，”进门时他高兴地叫道，“不久您就不用担心了，就一会儿。经过漫长而痛苦的航行，您知道，铁锚下到海里，压在船长心头的大石头就解除了。我们的情况好极了，堂本尼托。我的船就在那边。从这道侧窗看呐，就在那边，过来了！‘单身汉的快乐’，我的好朋友。哈，这风真使人振奋啊。哈哈，今晚您得和我喝杯咖啡。我的老厨师会给您煮一杯只有苏丹[①]才品尝过的咖啡。您看如何，堂本尼托，怎么样？”

起初，西班牙人兴奋地抬起头来，热切地朝猎海豹船看了看，仆人默默而关心地凝视着他的脸。突然，疟疾般的冷战那老毛病又一次袭来，他瘫倒在靠垫上，一言不发。

“您没回答。嘿，这一天您是我的主人，礼节可不是单方的啊。”

“我不能去。”他答道。

“什么？又不会累着您的。两艘船靠得紧紧的，免得互相碰撞。无非是从甲板到甲板，和从一间屋子到另一间一样。嘿，嘿，您绝不能拒绝我。”

“我不能去。”堂本尼托决然而厌烦地重复道。

他竟然连最后一点儿礼貌的表示也抛弃了，他形容枯槁、死气沉沉，贴着肉啃咬着薄薄的指甲，他看了看，几乎是瞪着客人，似乎陌生人的在场打扰了他完全沉溺在病痛的时刻。此时，

---

① 苏丹，某些穆斯林国家统治者的称法。——编注

船头划海水的哗哗声越来越欢快地从舷窗传来，似乎在责备他阴暗的颓丧，似乎要告诉他，不管你多不高兴，大自然一点儿也不在乎。这是谁的错呢？但是，他晦暗的心情正处于低谷，和煦的风正处于高峰。

这个人的举止已经超过了先前表现出的单纯的孤傲和怪癖，就连宽容而好脾气的客人也忍受不下去了。完全不知如何解释这种行为，他认为，病态的怪癖，无论有多么极端，也不是充分的、说得过去的借口，他自己的行为对此也无法解释，所以，德拉诺船长的自尊心也被唤醒了。他自己也缄口不言了。但是，这对于西班牙人来说没什么两样。因此，德拉诺船长离开了他，再次回到甲板。

此时，船离猎海豹船不到两英里路程。捕鲸船也在极速驶过来。

长话短说，在德拉诺船长熟练的指挥下，不久之后，两条船并排着下了锚。

在回到自己的船之前，德拉诺船长本来打算给堂本尼托通报一下商定的提供设备的具体细节。但是，既然“圣多米尼克号”已经安全下锚，自己也不愿再次受到别人冷脸相待，他决定立刻下船，顾不得礼节，也不想再提生意的事。他决定无限期推迟未来的安排，今后根据情况再做打算。他的小船已准备好接他回去，但堂本尼托仍然待在下面。那好吧，德拉诺船长想，既然他没有教养，那自己就更需要彬彬有礼。他下楼走进客舱，打算客套地、也带点指责意味地道个别。但是，他非常满意地看到，堂本尼托相当难堪，似乎已经感受到横遭自己轻慢的客人相当体面的责备，所以在仆人的搀扶下，站起身来，抓住客人的手，颤巍巍地，激动得说不出话来。但是，这良好的征兆突然消失得无影无踪，他又回到先前冷漠的状态，他默默地倒在靠垫上，更加郁闷，双目躲躲闪闪。德拉诺船长相应地以冷冰冰的表情报之，点头离去。

从客舱到舷梯的通道很狭窄，像隧道一样昏暗，他刚走到一半，就听到一个响声，就像监狱里执行死刑的丧钟一样。这是船上那口破钟整点的声音，在这昏暗的走廊上悲哀地回荡。即刻，随着这丧钟的哀鸣，他不可遏制地预感到要出大事，无数迷信的怀疑涌上心头。他停了一下，在不等这几句话说完的一瞬间，以前所怀疑的一个个细节在心中闪现。

迄今为止，由于他豁达的天性，总是为合理的担忧寻找这样那样的解释。为什么西班牙人时常拘泥礼节，而现在却不顾礼仪，甚至不送一送即将离去的客人呢？难道是由于生病吗？这一天更为讨厌的拘泥礼节又做何解释呢？他最后激动的样子又回到心头。他站起身，抓住客人的手，手伸向帽檐致意，然而转瞬之间，又退回到可怕的沉默和冷漠的状态。难道这意味着此前有个不可告人的阴谋，到了最后一刻又心生懊悔，而转眼之间又无情地铁了心肠？他最后的眼光似乎在凄凉而无声地对德拉诺船长表示永久的告别。为什么拒绝当晚去猎海豹船做客的邀请呢？那个犹太人在当晚自己就要背叛的人的餐桌上照样吃喝，难道西班牙人心肠比他软吗？今天发生的这一切神秘和无法解释的事情，如果不是为了偷袭而故弄玄虚，还能意味着别的吗？阿土法尔，那个假装的反抗者，无非是个按时出现的影子，就在那一刻他溜到门口外面。他是个放哨的，而且不止于此，他亲口承认过，是谁把他安插在那里的呢？那个黑人现在还埋伏在那里吗？

西班牙人在后，他安排的人在前：从黑暗中冲到亮处这是他偶然的选择。

随后，他咬紧了牙关、攥紧了拳头，他从阿土法尔身边走过，徒手站在亮处。他看见自己结实的船安宁地躺在下锚地，近在正常召唤也听得见的距离；他看见自己家人一样亲切的小船，上面有自己熟悉的面孔，它在“圣多米尼克号”旁边的碎浪上孜孜不倦地起伏；然后，他扫了一眼自己所在的甲板，看见那些严肃的拆麻絮的人，他们的手指仍在不停地穿梭；他听到那些擦斧子的人，他们勤勉地哼唱着低沉单调的曲子，仍然专心致志地忙于手中的活儿；这一切之上，他看到了仁慈的大自然，正在傍晚怡然自得地休息；太阳落入西边安静的宿营地，隔着帐幕发出的光温柔得就像亚伯拉罕帐篷里的灯火；虽然不远处是戴着铁镣的黑人，但是，他着迷地看着、听着这一切，他放松了咬紧的牙关、攥紧的拳头。对于那些嘲弄过自己的幻象，他又一次觉得可笑，他觉得有些惭愧，哪怕是一瞬间沉迷在这些幻象中，实质上也就像无神论者一样，暴露出自己对无所不知的上帝的怀疑。

按照他的命令，小船正在向舷梯靠拢，但耽误了几分钟。这期间，想到这一天他对一个陌生人所做的善意的帮助，一丝淡淡的满足悄然涌上心头。啊，不管受惠的人是多么不知感激，但做了好事之后，自己的良心不会得不到感激的。

下船的时候，刚踏上船侧舷梯的第一段梯子，他扭头看看甲板。

就在这时，他听到有人亲切地叫着自己的名字，他高兴而惊讶地看见堂本尼托走向前来——气色罕见地好，好像在这最后时刻，他急于弥补自己最近的失礼。出于本能的热情，德拉诺船长停下脚步，转身朝他走去。这时，西班牙人精神上越发热情，而体力上承受不了；于是，为了扶住他，仆人把主人的手放在自己赤裸的肩头，并按住他的手，使自己成了一把拐杖。

两个船长见面了，西班牙人热情地拉着美国人的手，同时诚挚地看着他的眼睛，和以前一样，激动得说不出话来。

我冤枉他了，德拉诺船长自责地想：他表面的冷淡欺骗了我，他从来就没想冒犯我。

这时，仆人似乎担心这场面继续下去会使主人受不了，似乎巴不得立刻结束。于是，他继续让自己充当主人的拐杖，走在两位船长中间，一道向侧舷梯走去；而堂本尼托似乎满心真诚的歉意，不愿放开德拉诺船长的手，所以隔着黑人的身体把德拉诺船长的手握在手里。

很快，他们站在船边，俯瞰着小船，小船上的船员都好奇地抬头看着他们。德拉诺船长停了一下让西班牙人放开自己的手，表情尴尬的德拉诺船长抬起腿，要踏上面前的舷梯，但堂本尼托还是没放开他的手。他激动地说："我不能往前走了，我必须和您告别了。别了，我亲爱的堂亚玛撒。回吧——回吧！"他突然松开了自己的手："回去吧，上帝会更好地照顾您，我最好的朋友。"

德拉诺船长大为感动，本想再逗留一会儿；但是，看到仆人温顺而责备的眼神，他匆匆说了声再见，便登上自己的小船，堂本尼托待立在舷梯上，连连说再见。

在船尾坐下后，德拉诺船长最后一次挥手告别，然后下令开船。船员们手中的桨是竖着的，船老大把船推了一段距离，桨才完全放进水里。就在这时，堂本尼托越过舷墙跳了下来，落在德拉诺船长旁边；同时，他对着他的船喊叫，但声音非常疯狂，小船上的人都听不懂他在喊什么。但是，三个西班牙水手，不约而同似的，从船的不同地方跳进海里，向他们的船长游来，似乎想要救他。

负责小船的船老大十分惊愕，连忙问这是什么意思。德拉诺船长轻蔑地朝不可思议的本尼托·塞莱诺笑了笑，答道他本人不知道也不想知道；但是，他觉得西班牙人似乎想给自己船上的人一个印象，这条船要绑架他。德拉诺船长高声喊道："让开——就饶了你们的性命。"他吃惊地看着大船上那乱哄哄的人群，其中叫得最响亮的是那几个擦斧子的人。他抓住堂本尼托的喉咙，又高喊道："这个图谋不轨的海盗想要谋杀我！"霎时间，仆人手拿匕首，应声从头顶上的栏杆处纵身跳了下，似乎要竭忠尽瘁，照顾主人直到最后一刻。这期间，那三个西班牙水手似乎要帮黑人一把，正想爬上被大船挡住的船头。这时，所有的黑人，看到他们危在旦夕的船长，似乎都非常愤怒，像乌黑的雪崩一样黑压压地伏在舷墙上。

所有这一切，前前后后的一件又一件事情，都发生在转瞬之间，过去、现在和将来都难以分开。

看见黑人扑过来，德拉诺船长几乎在抓住西班牙人的同时把他扔在一边，他向旁边一闪，双手高举，将握着匕首对着自己心脏直冲而下的黑人牢牢抓住，动作之敏捷，仿佛那黑人是故意掉在那里做船长的靶子似的。黑人手中的匕首给夺下，被扔到舱底，伸开的桨划动起来，小船快速地划过海面。

就在这时，德拉诺船长的左手又一次攥住瘫软的堂本尼托，顾不得他已昏死过去，他的右脚踩着筋疲力尽的黑人，他的右手划着后桨，眼睛凝视前方，鼓舞自己的水手竭尽全力。

这时，负责小船的船长最终摆脱了扒在船后的西班牙水手之后，他面朝船尾，正在划着桨协助船老大。突然，他叫船长注意那黑人的举动；同时，一个葡萄牙桨手喊他注意西班牙人说的话。

低头一看，德拉诺船长看到那黑人在舱底蛇一样地扭动，一只松开的手握着一把匕首——另一把事先藏在毛衣里的短匕首——正要朝他主人的心脏刺去，一脸的深仇大恨，分明要置主人于死地；而西班牙人惊慌失措，拼命徒劳地朝后缩，嘴里结结巴巴地说着什么，只有葡萄牙人才听得懂。

那一瞬间，德拉诺船长一直迷失在黑暗中的心里，突然划过一道明亮的闪光，无比清楚地解开了一个个谜团：堂本尼托神秘的举止，当天每一件奇怪的事情，还有过去“圣多米尼克号”的旅程。他打开了巴博的手，但更受打击的是自己的心。他无比怜悯地松开了抓住堂本尼托的手。原来，这个黑人跳上船来，不是要刺杀德拉诺船长，而是要刺杀堂本尼托。

黑人的双手都被抓住，德拉诺船长眼里的阴翳完全消散，他抬头朝“圣多米尼克号”看去，他看到那船上的黑人秩序井然，没有喧嚣，似乎也不再关心堂本尼托，而是露出了海盗的真面目，他们挥舞着斧头、刀子，就是一帮疯狂的海盗。那六个加纳黑人就像苦行僧一样在船尾跳舞。受到黑人的阻挡而未能跳下海的西班牙小伙子们，正飞快地朝最高的帆桁上爬，那几个没有跳进海里，反应也不够快的西班牙水手，则只好无可奈何地在甲板上和黑人混在一起。

同时，德拉诺船长向自己的大船高喊，下令升起炮口，伸出枪支。但这时，“圣多米尼克号”的缆绳已经砍断，褪色的船体摇摇晃晃朝大海驶去，缆绳的断头鞭子一样抽打，扯掉了盖在船头尖嘴上的帆布片，船头雕饰上赫然出现一个人头骷髅，还有下面石灰涂抹的句子“追随领袖”。

看见了骷髅，堂本尼托掩面痛哭：“就是他，阿兰达！那是我遭到谋杀、还没埋葬的朋友！”

靠近了猎海豹船，德拉诺船长叫人扔下绳子，他把黑人捆了起来，他未做反抗，然后叫上面的人把他拉上甲板。然后，他想把此时几乎瘫软的堂本尼托扶到船边，但是，堂本尼托尽管虚弱无力，却拒绝移动，也不让别人搬动，除非先把黑人弄上船，看不见了才行。而一旦得到保证已经处置妥当，他不再拒绝上船。

立刻派了小船回去拖起那三个在海上游水的水手。此时，枪炮已经准备好开火，但是，“圣多米尼克号”已经溜到猎海豹船的后方，所以只有船尾的一门炮能派上用场，用这门炮，他们放了六发，希望打掉正在逃跑的船的帆桁，让它动弹不得。但是，这六炮只打断了几根无足轻重的帆索。很快，那条船就驶出了炮火的射程，完全驶出了海湾。黑人们簇拥在船头斜桁周围，一会儿对着白人高声叫骂，一会儿高举着手对着此时已经暗下来的大海欢呼——就像逃出了捕鸟人之手的乌鸦在呱呱乱叫。

第一想法是起锚追赶。但转念一想，还是用捕鲸船和舰载小船追赶更为有效。

问起堂本尼托“圣多米尼克号”上有些什么武器，他答道，船上的武器都无法使用，在暴动开始的时候，一个客舱乘客死前把仅有的几把滑膛枪的枪栓都弄坏了。但是，堂本尼托用尽力气恳求美国人不要追赶，无论用大船还是小船——因为那些黑人无疑成了亡命徒，如果受到追击，他们只会把所有白人统统杀光。但是，考虑到这个警告出自一个精神为悲痛所摧毁的人之口，美国人没有放弃自己的计划。

小船已经装备好了，德拉诺船长下令二十五人上船。他正要上船，堂本尼托抓住他的胳膊：“您救了我的命，先生，而现在您却要去送死吗？”

因为涉及自己的利益、客户的利益并且出于对船东的责任，下属们都强烈反对船长亲自出动。考虑了一下他们的反对意见，德拉诺船长觉得只好留下；于是，他指定大副担任指挥，他是一个身体结实而意志坚定的人，曾经在武装民船上干过，在他的敌人的传说中，他就是个海盗。为了鼓舞水手们的士气，他告诉他们说，西班牙船长已经放弃了自己的船，那条船和上面的货物价值至少在一万金币以上。把船夺过来，很大一部分就是他们的。水手们的回答是一声呐喊。

逃跑的船已经驶出海湾。此时已经临近夜晚，但月亮正在升起。奋力划了很久以后，小船终于追到了离船尾不远适合趴在桨上放枪的地方。黑人们没有子弹，他们的回击就是尖叫。但在第二轮开火的时候，黑人们像印第安人一样掷出了斧子。一把斧子斩断了一个水手的指头，另一把击中了捕鲸船的船头，砍断了一根绳子，最后一把像伐木工的斧子一样扎进船舷边。大副拔起还在颤动的斧子，猛掷回去，击中了大船船尾已经毁坏的瞭望台，砍进了木头里。

黑人的攻击实在猛烈，小船上的白人只好退到斧子击不到的更安全的距离，他们知道近距离肉搏不可避免，所以尽量诱使黑人傻乎乎地把斧子漫无目标地乱扔一气，像箭一样掉进海里，这样在近身搏斗时就没有了这种致命的武器。尽管黑人很快就识破了白人的策略，但仍有不少人失去了斧子，只好抄起推杠，不过后来表明，换成推杠之后，倒更适合进攻。

与此同时，趁着大风，大船继续劈波斩浪，两只小船先后落在后面，追上去后，又是新一轮射击。

射击主要是朝着船尾，因为此时主要是黑人扎堆聚集在那里。但是，由于射杀或击伤黑人并不是目的，把船和他们一起抓住才是目的。为了达到这个目的，必须爬上去；但是，它开得那样快，靠小船根本做不到。

这时，大副心中闪过一个想法。看到大船上那些西班牙小伙子还在尽可能地爬在高处，便叫他们跳到帆桁上，把船帆砍下来。船帆被砍下了。就在这时，由于后面将要说明的原因，两个水手打扮，而且身份非常清楚的西班牙人被打死了，不是死于小船的射击，而是死于一个狙击手的子弹；事后才知道，就在这时，在小船的一轮齐射中，黑人阿土法尔和掌舵的西班牙人被击毙。这一来，没了船帆，领头的也死了，黑人是控制不了这条船了。

桅杆吱吱嘎嘎响着，大船笨拙地迎着风转过来，船头慢慢落入了小船的视线，船头的骷髅在地平线上的月光照射下发出反光，一道巨大的、尖耸的阴影落在水面上。那尸骨伸出的一条胳膊似乎预示着白人们的复仇。

“跟我上！”大副喊道。两条小船一起靠向前去，大伙儿奋力爬上大船。水手们捕海豹的钢叉和短剑与黑人的斧子和推杠搅在一起。黑人妇女蜷缩在船中部的大艇上，她们唱起哀号的歌，其伴奏就是武器的撞击。

有一阵，进攻受到阻碍，黑人猛冲过来挡住了攻击。几乎被击退的水手们还没有站稳脚跟，就像鞍上的骑兵一样，一条腿跨在船舷，另一条腿悬在空中，像挥鞭的赶车人一样挥舞着手中的短剑。但是，这收效甚微，他们差点儿被打退。这时，他们聚集成一个团结一心的小队，一声呐喊，跳到了船上，在和敌人的遭遇中，又自动分开。就在吸几口气的时间内，只听见一阵模糊的闷声，就像水中一条条箭鱼穿过一群群鲑鱼的声音。随即，西班牙水手和小船上的白人合为一体，势不可挡地把黑人朝船尾赶去。但是，黑人很快在船尾主桅处横着筑起一道木桶和沙袋的障碍，在障碍后面，他们虽然对讲和或休战的喊声不屑一顾，也只好暂停下来。但是，斗志正旺的水手们穷追不舍，一刻也不停地跨过障碍，又重新围了上去。此时，黑人已经筋疲力尽，只是困兽犹斗。狼一样血红的舌头从黑色的嘴里伸出。但是，白人水手们咬紧牙关、一声不哼，五分钟之后，就将大船拿下。

大约二十个黑人被杀死。除了子弹打死的，许多是给砍死的。他们的伤口大多是长仞的猎海豹鱼叉所致，就像在普雷斯顿潘斯战役[①]中，苏格兰人用长柄弯刀斩杀的英格兰人一样。白人

---

① 普雷斯顿潘斯战役（The Battle of Prestonpans），詹姆斯党人起义的第一次重大胜利。1745 年 9 月 21 日，忠于退位的詹姆斯·爱德华·斯图亚特的军队在其子查尔斯·爱德华·斯图亚特的领导下，打败了忠于汉诺威王朝的政府军。缺乏经验的政府军受到包抄，被苏格兰骑兵击败。——译注

一方没有死一个人，只有几个受了伤，有几个还伤得很重，包括大副。活下来的黑人被暂时关押起来，大船在午夜时分被拖回海湾，又一次下锚。

随后的细节不再赘述，长话短说，经过两天的修理，两条船一同开往智利的康塞普西翁，随后又开到秘鲁的利马。在利马的总督府，调查了事件的整个经过。

在航行的中途，倒霉的西班牙船长由于精神紧张得以消除，身体和精神都出现了恢复的迹象；但是，他预感到自己好不起来了，就在到达利马之前，他又垮了，身体十分虚弱，被人架着上了岸。听说了他的故事和不幸的经历，诸王之城一个宗教机构给他提供了一个条件不错的修养处所，在那里，除了医生和牧师照顾，还有一位修士自愿夜以继日给他提供看护和安慰。

以下摘录译自一份西班牙官方文件，希望可以说明先前所讲述的事情，特别是“圣多米尼克号”出发的确切港口以及在漂流到圣玛丽亚岛之前的真实经历。

但是，在介绍摘录之前，先做一点说明。

这份文件选自许多份文件，做了节译，其中包含了第一个出庭的堂本尼托的证词。当时，从常识和常理的角度来看，这些证词许多都甚为可疑。法庭倾向于认为，由于证人在这之前受到很大刺激，故而胡乱说了些不可能发生的事情。但是，幸存的水手随后的证词证实了他们船长的陈述中好几个最为离奇的细节，因此也证明了其他细节。于是，在最后裁决中，法庭采纳了这些证词，并据此做出了死刑判决，倘若这些证词没有得到证实，法庭本来会驳回的。

* * * * * * * * * *

本人，堂约瑟·德·阿波斯及帕迪拉，国王陛下王室税收公证官、本省及本教区神圣十字公证员……

兹此证明，根据法律规定，在一七九九年九月二十四日开始的指控“圣多米尼克号”塞内加尔黑人犯罪案件中，下列陈述系当着本人之面做出。

第一个证人堂本尼托·塞莱诺的证词。

是年，是月，是日，胡安·马汀尼兹·德·多扎斯博士阁下、王国最高法院大法官，熟悉监督管辖区法律，传令“圣多米尼克号”船长堂本尼托·塞莱诺出庭，他躺在担架上出庭，由教士英菲勒兹陪护。在国王陛下王室税收公证官、本省及本教区神圣十字公证员堂约瑟·德·阿波斯及帕迪拉面前，法官大人接受了堂本尼托·塞莱诺的宣誓，他摸着十字架，向我主上帝起誓，所说所答皆为真话。在问及航程开始时的方向时，他说，在去年五月二十日，他驾船从智利瓦尔帕莱索港出发，前往秘鲁卡亚俄港。船上载有农产品及一百六十个黑人，有男有女，大多数属于堂亚历山德罗·阿兰达，一位阿根廷门多萨市绅士。船上计有船员三十六人，还有一些乘客。部分黑人名单如下：

【在文件原件随后附有一份名单，有五十个姓名、简介和年龄，

名单根据复原的阿兰达的文件和此摘录中证人的回忆整理而成。】

何塞，十八九岁，此人是其主人堂亚历山德罗的仆人，西班牙语流利，侍候主人四到五年……一个黑白混血儿，名叫弗朗西斯科，客舱招待，性格善良，声音优美，曾在瓦尔帕莱索市多个教堂唱过歌，布宜诺斯艾利斯省本地人，年纪约三十五岁……一个很精明的黑人，名叫达哥，多年为西班牙人挖掘坟墓，年纪四十六岁……四个老年黑人，生于非洲，年龄六十到七十，健康良好，以给船堵漏为生，四人姓名如下：第一个叫木里，被杀死（还有他儿子迪阿米罗）；第二个，那克塔；第三个，约塔，也被杀死；第四个，哥凡……六个成年黑人，年龄三十到四十五岁，都未开化，生于加纳黑人中——马汀可、炎、乐可比、玛鹏达、彦拜欧、阿肯——其中四人被杀……一个身强力壮的黑人，名叫阿土法尔，据说是非洲一个酋长，其主人们都很尊敬他……一个小个子塞内加尔黑人，和西班牙人生活多年，年纪约三十，此黑人名叫巴博……证人记不得其他黑人的姓名，有待发现堂亚历山德罗的其他文件会有相应记载，再呈送法庭……三十九个妇女儿童，年龄不等。

【名录结束，证词继续：】

……所有黑人都睡在甲板上，这是航行的惯例，无人戴镣铐，因为其主人、证人的朋友阿兰达告诉他，这些黑人都很温顺……离开港口后第七天，凌晨三点，所有西班牙人都在睡觉，只有两个高级船员值班，是水手长胡安·罗伯斯和船匠胡安·鲍提斯特·盖耶特，还有舵手和他的下手。虽然在反叛过程中黑人控制了舱口，还是有六七个受伤的人穿过舱口进了驾驶舱。在反叛过程中，大副和另一个人（他记不起他的名字了）也企图从舱口跑上来，但一开始就受了伤，只好回到船舱。证人决定破晓时分从升降口扶梯冲上来，黑人巴博就守在这里，他是反叛的元凶，还有阿土法尔，他是帮凶，证人规劝他们停止这种残暴行为，同时还问他们目的何在，而且主动提出听从他们的命令就是。但尽管如此，他们还是当着他的面把三个人绑起来，活活扔进海里。他们叫证人上来，说不会杀他。他上去之后，黑人巴博问他那一带海域有没有可去的黑人国家，他回答他们说没有。随后，黑人巴博叫他把他们送往塞内加尔，或是附近的圣尼古拉斯群岛，他回答说，这不可能，因为距离太远，必须绕过合恩角，而且缺乏食物、船帆和淡水。但是黑人巴博回答说他必须把他们送到那里去，食物和水的问题，他们完全配合证人就是。谈话进行了很久，他被迫顺从了他们，因为他们威胁说无论如何都必须把他们送去塞内加尔，否则就杀光所有白人。他告诉他们，航行最缺的是淡水，所以要去岸上取水，然后才能继续航程，黑人巴博同意了。于是证人转舵开往中途口岸，希望遇到西班牙船或者外国船，这样就可以获得拯救。十一二天之后，他们看到了陆地，于是沿着秘鲁纳斯卡海岸附近航行。证人注意到，黑人此时变得非常躁动不安，因为他没有上岸取水，黑人巴博威胁说第二天必须弄到水。他告诉巴博，自己看得很清楚，海岸很陡，地图上标注的河流没有发现，还有其他不能上岸的种种理由。他还说最好的办法是去圣玛丽亚岛，那里可以容易地得到水和食物，那个岛是片沙漠，外国人常去那里取水。证人没有去附近的秘鲁的皮斯科，也没去沿岸的其他港口，因为黑人巴博好几次威胁他说，只要在沿岸看到任何城镇，或者有人住的地方，他就要把白人杀光。证人决定去圣玛丽亚岛，按照他的计划，他是想尝试一下，看能不能在途中或岛上发现能帮助自己的船只，或者乘小船逃亡阿鲁科附近的海岸。为了达到这个目的，他立刻转向驶往圣玛丽亚岛。黑人巴博和阿土法尔每天都商量如何行事，才能回到塞内加尔，要不要把白人都杀掉，特别是要不要杀掉证人。离开纳斯卡海岸八天之后，黎明之后不久，证人正在值班，黑人们开会之后不久，黑人巴博来到证人值班的地方，告诉他，他已决定要杀掉自己的主人堂亚历山德罗·阿兰达，因为不这样做，他和他的同伴就不能保证获得自由；还有，为了让水手们屈服，他要给他们一个警告，如果任何人和他作对就是同样的下场；让堂亚历山德罗死，就是一个最好的警告。但是，最后这句话是什么意思，当时证人不理解，只知道他们就是要杀掉堂亚历山德罗。还有，在他们动手之前，黑人巴博还叫证人把大副兰兹叫上来，按照证人的猜测，因为兰兹是个很好的航海家，黑人巴博担心手下的人会把他和堂亚历山德罗等人一起杀掉。证人从青年时代就是堂亚历山德罗的朋友，便为他求情，但是没有用，因为黑人巴博回答说这不可能，任何西班牙人如果胆敢在这件事和别的事上违抗他的意志都得死。于是，证人叫了自己的大副兰兹，他只好上来了，黑人巴博立刻命令加纳黑人马汀可和加纳黑人乐可比下去执行谋杀。这两个人提着斧子到了堂·亚历山德罗的铺位，他们乱刀把他砍得半死，再拖上甲板，打算就这样把他抛下海，但黑人巴博把他们挡住了，他下令就在甲板上当他的面把人杀掉。事情干完之后，他下令把尸体头朝前拖下去。此后三天，证人再没看见尸体……堂阿隆佐·锡东尼亚，一个老头儿，长期住在智利的瓦尔帕莱索，不久前得到秘鲁民事法庭的任命，这次就是乘船去赴任，他就睡在堂亚历山德罗对面的铺位。堂亚历山德罗的喊叫声把他惊醒了，他惊恐地看见黑人们手里提着血淋淋的斧子，于是从旁边的舷窗跳进海里，淹死了。证人没有能力施以援手，或把他拉上来……杀害阿兰达后不久，他们把他的同祖父母的堂弟，中年人，门多萨的堂法兰西斯科·马萨带上甲板，同时带上甲板的还有年轻的堂乔昆、最近才从西班牙来的马奎斯·德·阿兰波拉扎和他的西班牙仆人彭斯，还有阿兰达的三个年轻职员，约瑟·莫扎里、洛伦佐·巴嘎斯和何门尼基多·干迪克，都来自西班牙加的斯。为了达到随后将要揭示的目的，黑人下令饶过堂乔昆和何门尼基多·干迪克的性命；但是，堂法兰西斯科·马萨、约瑟·莫扎里、洛伦佐·巴嘎斯、仆人彭斯，还有水手长胡安·罗伯斯、水手长的助手曼努·维斯卡亚和罗德里格·赫塔，以及四个水手，黑人巴博下令把这几个人活活扔进海里，这些人没做反抗，只是请求饶命。水手长胡安·罗伯斯水性很好，他在水面上挣扎的时间最长，他做了最后的忏悔，最后的遗言是请本证人为他的灵魂向救助女神祷告……随后三天，证人多次向黑人巴博打听堂亚历山德罗遗体的下落。他说，如果遗体还在船上，他请求巴博下令把遗体保存好，以后上岸埋葬，黑人巴博未做回答。直到第四天太阳升起的时候，证人来到甲板上，黑人巴博指给他看了一具骷髅，已经用它取代了船首饰像克里斯托弗·哥伦布，新大陆的发现者。黑人巴博问他那是谁的骷髅，还问他，是否能从骷髅的颜色看出那是白人的头颅。证人双手掩面，黑人巴博走到他身边，手指着船头，说了大意是这样的话："从这里到塞内加尔，要忠于黑人，否则从精神上和肉体上，你都得追随你的领袖而去……"在同一天上午，黑人巴博把西班牙人一个又一个带上前来，问他那是谁的骷髅，是否能从骷髅的颜色看出那是白人的头颅。每一个西班牙人都捂住了脸，然后，黑人巴博对每一个人重复了对证人说过的话……西班牙人当时聚集在船尾，黑人巴博训斥他们，说他什么都做得出来。他说证人（为黑人开船）可以继续航行，他警告他和所有西班牙人，如果他看见他们（西班牙人）说了任何话或者密谋和他们（黑人）作对，他们的下场，无论是灵魂还是肉体，就跟堂亚历山德罗一样——他每天重复这个警告。就在这之前，他们把厨师捆起来，要把他扔进海里，就因为他说了句他们没听明白的话，最后因为证人求情，黑人巴博才饶了他一命。几天之后，证人想尽办法要救剩下的白人的命，所以为了和平和安宁，他对黑人们说，他愿意起草一个协议，一方由自己和所有能写字的水手签字，另一方由黑人巴博代表自己和所有黑人签字。在协议中，证人保证把他们送到塞内加尔，而黑人也不再杀人，证人还正式把船移交给他们，包括船上的货物。当时，黑人们对这个协议表示满意，于是安静了下来……但在第二天，为了保证白人不能逃跑，黑人巴博下令把所有小船统统破坏掉，除了那条不能下海的大艇和一条状态良好的独桅帆船，因为需要这条船把水桶放下去，黑人巴博下令把它放进了货舱。

* * * * * * * * *

【那以后漫长而艰难的航行的各种细节如下所述，包括灾难性的无风天气造成的后果，节选一段如下：】

无风天气的第五天，船上所有的人都难忍酷热、缺水，五人死于惊厥和发狂。黑人们变得非常暴躁，就因为大副兰兹在操作象限仪的时候，偶然给证人打了个手势，本来无害，而黑人认为这可疑，便把他杀了。事后他们也感到后悔，因为船上剩下的白人中，除了证人，只有他懂得航海。

* * * * * * * * *

以后每天发生的事，无非使人回想到过去的不幸和痛苦，此处略去不表。从纳斯卡起航算起的七十三天中，他们严重缺水，而且遭受前述的无风天气的种种折磨，然后，八月十七日大约下午六点，他们终于到达圣玛丽亚岛。这时，他们在离美国船“单身汉的快乐号”很近的地方下了锚，这艘美国船也停泊在这个海湾，由慷慨的亚玛撒·德拉诺船长指挥。但在早上六点，他们已经看到了海岸，一看到停在远处的船，黑人们很紧张，因为他们没有料到会在这里遇到船只。黑人巴博叫他们不必害怕，他立刻命令用帆布把船头的骷髅盖起来，装成正在维修的样子，还叫人把甲板稍微整理了一下。黑人巴博和黑人阿土法尔商量了一会儿，黑人阿土法尔主张开走，但黑人巴博不同意，他自己想到了应对的办法。最后，他来到证人面前，此后证人对美国船长说的话、做的事，皆为黑人巴博教唆……黑人巴博警告他，如果他稍微改变主意，或者说任何话或者做任何眼神泄露了过去和现在的状况，他会即刻杀了他。当着所有同伴的面，黑人巴博亮出了随身携带的匕首，他说，这把匕首和他的眼睛一样警觉。然后，黑人巴博对他所有的同伙宣布自己的计划，大家都对这个计划感到满意。为了掩盖真相，他想出了许多对策，有些对策是既有欺骗又有防卫，其中就是让以上提到的六个加纳黑人做他的卫队。他把他们安排在船尾楼的前头，做出擦斧子的样子（斧子也是船上的货物），其实真正的目的是让他们在必要的时候按照他的口令使用和分发斧子。还有一个策略是让他的左膀右臂阿土法尔戴上铁镣，其实铁镣瞬间就可以拿掉。他告诉了证人在每一个对策中期望他做的每一个细节，以及在每一种情况下要讲的故事，同时威胁他，只要他稍有改变，立刻就得死。黑人巴博知道黑人们会非常暴躁，所以指定了四个上了年纪的堵缝工黑人尽力维持甲板上的秩序。他一遍又一遍地训斥西班牙人和他的同伴，告诉他们自己的目的、对策，以及本证人将要讲的故事，以免他们说错了露了馅儿。从他们看到美国船到亚玛撒·德拉诺船长登上船的两到三小时之间，他们做出并完善了这些计划。大约早晨七点半的时候，亚玛撒·德拉诺船长乘小船来到，受到大家的热烈欢迎。证人尽可能强迫自己扮演主要船东和完全自由的船长的角色，他告诉亚玛撒·德拉诺船长，他来自布宜诺斯艾利斯，载着三百个黑人开往利马；过了合恩角后，许多黑人死于热症；由于类似的灾难，所有的高级船员和大部分普通船员已经死亡。

* * * * * * * * *

【证词继续，详细复述了由巴博口授给证人，再由证人讲给德拉诺船长听的虚构的故事，以及德拉诺船长仁慈的帮助等事项，此处从略。在虚构的、奇怪的故事之后，证词继续：】

* * * * * * * * *

慷慨的亚玛撒·德拉诺船长整个白天都在船上，傍晚六点下锚后才离船。这一天，证人按照前述规定，一直向他讲述种种虚构的灾祸，没有机会给他讲一个字的实情，也没有能力做丝毫的暗示，说明自己知道真相；因为黑人巴博扮演一个殷勤的仆人的角色，满脸都是谦卑的奴隶顺从的表情，一刻也没有离开证人。此举是为了监督证人的行为和言辞，因为黑人巴博很了解西班牙人；附近还有别的人也不断地监视着，他们也了解西班牙人……有一次，在证人站在甲板上和亚玛撒·德拉诺谈话的时候，黑人巴博向他（证人）打了个暗号叫他过去，证人做得很自然，就像自己走过去一样。把他叫过去后，黑人巴博要他从亚玛撒·德拉诺那里了解他的船的细节、船员数量、武器装备等情况。证人问道："有什么用？"黑人巴博的回答是，你自己想得到的。证人想到这可能伤害慷慨的亚玛撒·德拉诺船长，很是悲伤，于是最初拒绝了提出这些问题，与黑人巴博据理力争，让他放弃这个新的计划。黑人巴博给他看了匕首刀尖。在获得了所需信息后，黑人巴博又把他叫到一边，告诉他，就在当夜，他（证人）将不再是一艘船的船长，而是两艘船的船长，因为美国船的大部分船员都要下海捕鱼，六个加纳黑人就够了，不需别的人手，就可以轻易把它拿下来。他还说了别的事情，目的相同，证人的恳求也是白费。在亚玛撒·德拉诺船长登船前，丝毫也没有提过夺取美国船的事，证人没有能力阻止这个计划……在有些事情上，他的记忆很混乱，他不能清楚地回忆出每一个事件……前面已述，傍晚六点刚刚下锚，美国船长告辞。他突然产生一个冲动，证人相信这个冲动来自于上帝和他的天使。在告别之后，他跟随亚玛撒·德拉诺船长走上了船舷的上缘，他就站在那里，借口是要目送亚玛撒·德拉诺坐上自己的小船；在小船推开的时候，证人从上缘跳了下去，跳上了小船，他不知道怎样做到的，上帝护佑着他；还有——

* * * * * * * * * *

【到了此处，原件接下来记述证人逃跑之后发生的事情，如何夺回“圣多米尼克号”的经过，如何开到海岸边，还有众人许多感谢之词，例如，向慷慨的亚玛撒·德拉诺船长表示“永远的感激”，等等。证词接下来简述黑人们的表现，以记录他们各自在过去的事件中的责任，这是按照法庭的要求所提供的材料，作为判决的依据。以下就摘自这一部分：】

他相信，尽管所有的黑人在起初不知道叛乱的计划，但计划定出之后，他们都是赞同的……黑人约瑟，十八岁，堂亚历山德罗的仆人，就是他在叛乱之前把客舱里的情况报告黑人巴博的。这件事的根据，就是在前一天半夜，他的铺位就在客舱里他的主人的下面，他曾多次溜到主谋和他的帮凶所在的甲板上，和黑人巴博多次密谈，大副好几次看见他参加密谈。就在那个晚上，大副赶走他两次……在堂亚历山德罗被半死不活地拖到甲板上后，黑人巴博下令乐可比和马汀可杀害堂亚历山德罗，而就是这个黑人约瑟，在黑人巴博没有叫他动手的情况下，亲手杀死了他的主人……黑白混血儿招待弗朗西斯科是反叛者中的干将之一，在各个方面，他都是黑人巴博一手培养的工具。就在客舱进餐之前，他为了讨好黑人巴博，向他建议在慷慨的亚玛撒·德拉诺船长的盘子里下毒。这件事的根据是黑人们的供词，但是，黑人巴博因为另有安排，所以阻止了弗朗西斯科……加纳黑人乐可比是其中最凶悍的一个。就在夺回船的那一天，他拼死抵抗，一手一把斧子，就在第一轮登船时，他用斧子砍伤了亚玛撒·德拉诺的大副的胸部，这事大家都知道。证人还看见，乐可比用一把斧子砍伤了堂法兰西斯科·马萨，然后在黑人巴博的命令下，又把他活活扔下了船。此外，如前所述，他还参与了谋杀堂亚历山德罗·阿兰达和其他客舱乘客的罪行。尽管加纳黑人拼死和小船上来的人搏斗，但这个乐可比和炎还是活了下来。炎和乐可比一样凶残，在巴博的指使下，是他自愿把堂亚历山德罗剔成了骨架，这是黑人们事后告诉证人的，但他毫无人性，绝不会承认。就是炎和乐可比两人在半夜时分把骷髅钉在了船头，这也是黑人们告诉证人的。骷髅下的那几个字是黑人巴博写的，自始至终，黑人巴博是主谋，每一件谋杀都是由他下令，他是叛乱的元凶。阿土法尔是他的副手，但是，阿土法尔没有亲手杀人，黑人巴博也没有亲手杀人……阿土法尔在和小船的战斗中中弹身亡，那是在登船之前。老年黑人妇女对叛乱是知情的，也承认她们对主人堂亚历山德罗的死是满意的；如果不是黑人巴博阻止，她们会把那些西班牙人折磨致死，而不是像巴博那样下令把他们杀死了事；黑人妇女尽最大的努力企图除掉证人。在每一桩谋杀的过程中，她们又是唱歌又是跳舞——不是欢快地唱歌跳舞，而是严肃地唱歌跳舞。和小船的战斗和其他行动中，她们为黑人唱起忧伤的歌，而这忧伤的歌比其他的歌更能鼓舞黑人的斗志，这就是她们的目的。这件事可信，因为黑人们都如是说。

证人认识的三十六个船员中——除了乘客（所有乘客现已死亡）——只有六人活了下来，另有四个客舱服务员和甲板服务员，他们不算船员——黑人们打断了一个客舱服务员的胳膊，还砍了他几斧子。

【接下来是各个时段比较随意的陈诉。下面是摘录：】

亚玛撒·德拉诺船长在船上期间，水手们也多次尝试给他暗示事情的真相，何门尼基多·干迪克就是其中一个。但这些努力都没产生效果，一是担心招致杀身之祸，二是这些暗示往往和事情的真相自相矛盾，再者亚玛撒·德拉诺的豪爽和虔诚也使他无法想到如此的罪恶……路易斯·盖尔哥，一个年纪约六十的水手，曾经在国王的海军中服役，他也曾企图给亚玛撒·德拉诺船长传递暗示；但是，他的意图虽然没暴露，却受到怀疑，黑人找借口把他带走，最后去了货舱，在那里被除掉了。这是黑人们后来说的……因为亚玛撒·德拉诺船长在场，一个甲板服务员觉得有希望得到解救，但他做得不够谨慎，说了句和自己的期待有关的、模棱两可的话，当时和他一起吃东西的黑人小伙子听见了，也听懂了，于是就给了他头上一刀，伤很重，不过，这个服务员的伤现在已经好了。同样，在船下锚前不久，一个船员，当时在掌舵，冒着危险诱使黑人们当着他的面无意地说了句希望解救之类的话，不过这个海员事后很小心，所以逃过一劫……这些陈述是要向法庭表明，从叛乱开始至结束，证人和他的手下不可能有其他的作为……阿兰达的三个职员之一何门尼基多·干迪克曾经在海员中生活过，他被迫穿上水手服，所以看起来完全是个水手；所以他，干迪克，在美国人登船前被小船上的滑膛枪误射致死；在惊恐中，他爬上后桅索，朝着小船喊道，“不要登船”，因为他害怕在他们登船时，黑人会杀了他。美国人以为他是站在黑人一边，便朝他开了两枪，结果他受伤后从后桅索掉进海里淹死了……年轻的堂乔昆，阿兰波拉扎侯爵，就像第三个职员何门尼基多·干迪克一样被迫穿上了普通水手的衣服。有一次，堂乔昆因为害怕而畏缩，黑人巴博命令加纳黑人乐可比把柏油烧烫了，浇到他手上……堂乔昆因为美国人的另一个错误而被杀，而这个错误不可能避免，因为在小船靠近时，黑人把一把斧子绑在他手上，就像手举斧子的样子，逼着他出现在舷墙上缘。看他手拿武器，姿势可疑，他被当成投敌的水手而射杀了……在堂乔昆身上发现一个秘藏的宝石，据发现的文件证实，在平安完成从西班牙的航程，顺利到达目的地利马时，堂乔昆准备把这颗宝石献给利马慈悲女神的神殿……这颗宝石，还有已故堂乔昆的其他财产，现在由教会医院的教友保管，以待可敬的法庭的发落……由于证人当时的状况，加之小船出发前时间仓促，美国人事先没有得到警告，说在船员打扮的人中间，还有一个乘客和一个职员被黑人巴博装扮成了船员……除了行动中被杀的黑人，在把船夺回、晚上下锚之后，还有一些被镣铐锁在甲板铁环上的黑人被杀，这是西班牙水手干的，而后才得到阻止。一得到报告，亚玛撒·德拉诺船长动用自己所有权力加以阻止，特别是，他亲手打倒了马汀尼·格拉，格拉发现一个铐着的黑人身上穿着自己的一件旧上衣，在上衣口袋里找到了一把剃刀，正要用剃刀朝这个黑人的脖子上划去。高贵的亚玛撒·德拉诺船长还从水手巴塞洛缪·巴罗手中夺下一把短刀，当时水手正用这把短刀猛刺一个被镣铐锁着的黑人，在对白人进行屠杀时，巴罗暗暗藏起了这把刀，而就在当天，就是这个黑人和另一个黑人把他摔倒在地，还骑在他身上……在船落入黑人巴博手中之后发生了许多事，经历的时间很长，证人在此不能尽述；但是，他所说的都是发生在自己身上的最主要的事情，而且发誓所说的都是真相。证词都对他念过，也都得到了他的确认。

他说自己年纪二十九岁，身心疲惫。最终得到法庭释放之后，自己再也不回智利的家，他要去外阿格尼亚山修道院，以自己的名誉签名，画十字祈求上帝保佑；然后，他要和来时一样，在担架上随教士英菲勒兹回到教会医院。

本尼托·塞拉诺。

罗扎斯医生。

如果说本尼托·塞拉诺的证词可以比作开启之前诸多谜团的

钥匙的话，那么，如今的“圣多米尼克号”船体就是一个突然掀开大门的地下密室。

迄今为止，这份证词提供了事件发端时各种不可避免的错综复杂的细节，但是，由于这份证词的性质，不仅需要按事件发生的先后顺序加以整理，而且许多事件还需要反思或者不按先后次序加以回顾，以下几段叙述就属于这种性质，也是事情的结尾。

前面已经稍微提到，在开往利马的漫长顺利的航程途中，有一段时间堂本尼托的健康稍有好转，至少情绪上多少稳定下来。在他病情彻底恶化之前，两位船长有过多次亲切的交谈——这种兄弟之间推心置腹的谈话和以前的吞吞吐吐形成巨大的反差。

他一次又一次地提到，要扮演巴博逼迫他扮演的角色是多么艰难。

“唉，我亲爱的堂亚玛撒，”有一次堂本尼托说，“那时，有多少次您以为我喜怒无常、忘恩负义——而且，您现在也承认曾经怀疑我企图谋杀您——那些时刻，我的心都死了。我无法正眼看您，我在想，在这条船和您的船上，有多少双罪恶的手正在威胁着我慷慨的恩人。上帝有眼啊，堂亚玛撒，如果只是为了我自己的生命安全，我不知道是否有足够的勇气跳上您的船。我当时还想到，如果您，我亲爱的朋友，在毫不知情的情况下，和您的人回到自己的船上，而当天晚上在吊床上受到偷袭，那么，您再也不会在这个世界醒来。只要想一想您走在这甲板上、坐在这客舱里，而您经过的每一寸地面下面都是蜂窝般的陷阱。而只要我稍微有一点儿暗示，采取哪怕是最小的行动让您了解实情，其最终的结果都是死亡，立刻的死亡，您和我——这一切都完了。”

“那是的，那是的，”德拉诺船长吃惊地叫道，“我救了您倒不值一提，是您救了我的命，堂本尼托，而且是在我不知情的情况下。”

“不对，我的朋友，”西班牙人答道，恭敬得近乎虔敬，“您有上帝护佑，是您救了我的命。想象您做的那些事——您微笑、闲聊、比画、指点。而大副兰兹根本不敢做这些，他们就把他杀了。您有天王护佑，领着您安然走过这一道道伏兵。”

“是啊，一切都归功于上帝，我知道。但是，那天早上我的心情格外地好，看到那许多痛苦——简直惨不忍睹——我的性格、热情和慈悲之心这三者都和谐地交织在一起。否则，如您所说，我和黑人打交道的时候，很可能会遭遇不测。还有，我说的这些好心情使我一次又一次打消了疑虑，在当时，警觉之心不但救不了别人，还会搭上我自己的性命。”

“完全正确，”堂本尼托悲哀地说，“那一天您都和我在一起，和我站在一起，坐在一起，一起交谈，看着我，一起吃饭，一起喝酒；而您最后的动作却是把我这个最无辜的人、最可怜的人当作坏人紧紧攥在手里。欺诈和谋略竟可以发挥到这种程度啊。在那样的情况下，对一个自己毫不了解的人的行为做出判断，就是圣贤都会犯错啊。而您是被迫置于那样的处境，而您却及时地醒悟。无论任何情况下，但愿所有的人都能这样啊。”

“我理解您的意思。您说得很透彻，堂本尼托，而且很沉痛。但是过去的都过去了，为何还要自责呢？忘了它吧。瞧，明媚的太阳、蓝色的大海和蓝天把这一切都忘记了。它们都翻开了新的一页。”

“因为它们没有记忆，”他闷闷不乐地答道，“因为它们不是人类啊。”

“但是，这温柔的季风正吹拂着您的脸颊，堂本尼托，难道这不像朋友一样使您康复吗？温暖的朋友，季风就是忠实的朋友。”

“是忠实地把我送进坟墓啊，先生。”他不吉利地答道。

“您已经得救了，堂本尼托，”德拉诺船长叫道，他越来越惊讶和痛苦，“您已经得救了，您头上还有什么阴影呢？”

“那个黑人。”

接下来就是沉默，这个郁郁寡欢的人坐在那里，慢慢地、无意识地拢了拢披风，好似拉紧了裹尸布。

当日再无交谈。

在谈到上面的话题的时候，闷闷不乐的西班牙人有时候以沉默结束，而提到其他事情，他根本默默无言。在这样的场合，他原来的缄默日益加重。最糟糕的事情就不提了，为了说明情况，此处只提一两件事。在提到以上事情的那一天，他非常不情愿地穿上了那件非常正式、非常昂贵的披风。那把镶银的佩剑，表面是绝对权力的象征，实际却是空有躯壳的鬼魂。死气沉沉的剑鞘，里面空空如也。

至于那个黑人，是他的头脑策划并领导了这次叛乱，他的身体不足以承受这样重大的阴谋，就在小船上，面对身强力壮的对手，他瘦小的身体只能束手就擒。眼见大势已去，他再也不说话，强迫他也没用。他的态度表明：既然事已至此，我无话可说。给他戴上铁镣和其他人关在一起后，他被送往利马。航行中，堂本尼托没去见他。当时没有，后来也没有，也不愿看他一眼。他拒绝出庭，法官强迫他出庭，他昏了过去。单凭水手们的证言就证实了巴博的法律身份。然而，西班牙人提到他时，再也不肯提他的名字，只说那个黑人，除此之外，他再也不愿看他，也做不到。

几个月之后，黑人被骡尾巴拉上了绞刑架，无言地走到尽头。他的尸体被烧成了灰，但在随后的几天里，他的头颅，这个难以琢磨的蜂巢，被挂在了利马广场的高杆上任凭白人观赏。越过广场，它遥看着圣巴塞洛缪教堂，那里安息着后来收殓的阿兰达的尸骨；越过雷马克大桥，它遥看着外阿格尼亚山上的修道院；在那里，被法庭释放三个月之后，堂本尼托躺在棺材里，真正追随他的领袖而去。

避雷针推销员

好大的惊雷啊，我想，我站在阿克罗瑟拉尼山中的家里，一道道窜来窜去的闪电在我头顶上隆隆划过，坠入山谷里，每一道闪电之后就是蜿蜒曲折的闪光，倾泻而下的暴雨唰唰作响，就像一支支矛头，倾斜着砸向我低矮的木屋顶。我想，雷声在附近的山里炸开、搅动，势必比平原上的雷声更为辉煌。咦！——门外有人。谁会在雷声阵阵的时刻前来造访呢？为什么他这样粗野，不用门环，竟像可悲的办丧事的人那样用拳头砸没有玻璃的窗棂呢？不过还是让他进来吧。这不，他进来了。“日安，先生。”一个从未见过的陌生人，“请坐吧。”他手中的手杖多奇怪啊，“多美妙的暴风雨啊，先生。”

“美妙？——分明是恐怖嘛！”

“您淋湿了。到这儿来，站到炉火前好了。”

“这怎么行。”

陌生人还是站在小屋的正中间，他进屋后就一直钉在那里。

他模样甚为特别，使人不能不仔细审视一番。一个瘦瘦的、表情阴郁的人。头发黑而直，一绺绺搭在额头上。靛青的眼圈包围着深陷的眼窝，那双眼睛也在放出一种平淡无奇的闪电——那是没有雷声的微光。他浑身都在滴水。他站在没铺地毯的橡木地板上的水潭里，那根奇怪的手杖垂直地靠在身旁。

这是一根光亮的铜杆，一端插入两个包着铜环的绿色玻璃球，与一段光滑的木棍相接。金属杆的顶部是三个尖叉，镀了铜而闪闪发亮。他只握住这东西的木质部分。

“先生，”我恭敬地鞠躬致意后说道，“鄙人荣幸之至，敢问阁下可是尊神朱庇特·托南？那尊古希腊雕像也是手握闪电而立。倘若您是，抑或是他的使者，鄙人对您赐予山里如此高贵之暴风雨而感激不尽。听啊，那珠玉般的乐音。承蒙雷神亲临，对爱好尊荣者，莫不是幸事一桩。雷声也美妙动听。请落座。这把座椅以草席为垫，与阁下奥林匹斯山之常青宝座相比甚为寒酸。还请屈尊就座。”

我快活地说着，陌生人看着我，半是惊奇，半是不可名状的恐惧，但就是寸步不动。

“先生，请您一定坐下。您得先擦干水，然后接着谈。”

我殷勤地把椅子摆在宽阔的炉边，当天下午壁炉里生了火，为了除湿，不是为了取暖，当时还是九月初。

但是，陌生人不理睬我的恳请，依然站在原地，凝视着我，一本正经地说起来。

“先生，”他开口说道，“很抱歉。但是，我不会接受您的请求坐到那边的炉边去。我要严肃地警告您，您最好接受我的请求，和我一起站到屋子当中来。天哪！”他大喊一声，惊恐万状的样子，“又是一个可怕的炸雷。我警告您先生，快离开炉边。”

“朱庇特·托南先生，”我在炉边石上平静地转过身体，“我站在这里好好的。”

“那您真是无知至极啊，”他喊道，“遇到这样可怕的暴风雨，房子里最危险的地方就是壁炉，您竟然不知道？”

“是的，这我还真不知道。”不知不觉地踏上了炉边石旁边的地板。

见自己的训诫起了作用，陌生人脸上露出非常讨厌的得意扬扬的神情。于是，我不由自主地后退到炉边，挺直了腰板，尽可能摆出桀骜不驯的姿态。但我什么也没说。

“天哪，”他大喊道，奇怪的表情混合了惊恐和威胁，“天哪，快离开炉边！加热的空气和烟气都是导体，——更不用说那粗大的壁炉柴架，这你都不知道？快离开那地方——我请求你——我命令你。”

“朱庇特·托南先生，我没那个习惯在自己家里听别人发号施令。”

“不要用那个异教徒的名字称呼我。在这可怕的时刻你这是亵渎神灵。”

“先生，请告诉我你有何贵干好吗？如果你来避雨，那么欢迎你，只要你客气点儿；如果有事，那就直说吧。你是谁？”

“我是避雷针推销员，”陌生人放低了声音，“我的特别业务是——天哪！好大的炸雷啊！——你遭过雷击吗——我是说你的房子？没有？那还是要有备无患呐。”他使劲用那根金属棍咚咚咚地敲着地板，“大自然面前，哪有坚不可摧的城堡。只要说一句话，我只要挥舞几下这根杆子，就可在这屋里划开一条直布罗陀。听呐，难道这不是喜马拉雅山在撞击吗！”

“你自己岔开了，你刚才正要说你的特别业务。”

“我的特别业务就是跑这一带的避雷针订单。这是样品，”他敲了敲手上那玩意儿，“我带了详细的说明书，”他在衣袋里摸索着，“上个月在科里艮我让五座房子安装了二十三根避雷针。”

“让我想想。上周六大约半夜时分，就在科里艮，教堂尖塔、大榆树还有会议室圆顶不是遭雷击了吗？那些地方装了你的避雷针吗？”

“树和圆顶没有，尖塔上装了。”

“那你那棍子有何用处呢？”

“生死攸关呐。那是我的工人粗心了。在尖塔上安装避雷针的时候，金属部分碰到锡铁皮了，这才出了事故。不是我的错，是他的错。你听呐！”

“没关系的。那炸雷够响的了，不用你指指点点也听得见的。你听说过去年蒙特利尔那件事吗？一个女仆手拿念珠在床边被雷击了，珠子是金属的。加拿大上下的业务也是你在跑吗？”

“不是。我听说那边只用铁制避雷针。他们应该用我这种，铜制的。铁很容易熔化，而且铁丝又拉得太细，不够粗，不足以把全部电流都导走。金属熔化了，房子也就毁了。我的铜制避雷针绝不会出这种事。那些加拿大人是傻瓜。有的还在顶端装一个圆头，这有导致剧烈爆炸的危险，而不是自动地把电流导入地下，我这个就做得到。只有我这种才是真正的避雷针。一英尺只要一美元。”

“你要是闯到别人家里也这样乱说一气，会使人怀疑你的。”

“听呐！雷声不那么低沉了。朝我们来了，而且贴近地面。听呐！好结实的炸雷！离地近，震动就大。又是一道闪电。别动。”

“你要干……？”我问，看见他立刻放开那杆子，俯身朝向窗子，右手食指和中指搭在左手腕上。

我话还没说完，他又大叫一声。

“哗啦！脉搏只跳了三下——不到三分之一英里远——就在那边，那边的树林里。在那里，我经过了三棵遭雷击的橡树，刚刚劈开，还闪光呐。橡树比别的树更招雷电，树汁含有铁啊。你这地板好像是橡木的。”

“橡木心很硬的呀。你这个时候来造访，我想你是专挑这种暴风雨天气出来做生意的。雷声隆隆，你以为这样的时刻特别有利于对你的生意产生好印象。”

“听呐——太可怕了！”

“你推销的东西是让人不必害怕的，自己反而很胆小。一般人选择好天气出门，你却专挑雷雨天；然而……”

“我是挑雷雨天出门的，这我承认。但我也不是没有特别的预防措施的，这个嘛，只有避雷针推销员才知道的。听呐！赶快——看看我的样品。一英尺只要一美元。”

“是很精致的杆子，我承认。不过，你那些特别的预防措施是什么啊？还是先让我把那边的百叶窗关上吧。雨都从窗格飘进来了。我把插销插上。”

“你疯了吗？难道你不知道那个铁插销是良好的导电体吗？住手吧。”

“我只是把百叶窗关好就行，然后，我会叫仆人拿一根木条过来。劳驾，请碰一下那个铃铛拉索。”

“你疯了吗？那铃铛拉索会炸死你的。雷雨天气千万别碰铃铛拉索，也别碰铃铛之类的东西。”

“教堂钟楼的拉索也碰不得吗？拜托，请告诉我在这样的时候，要怎么做才算安全？我这座房子里还有什么地方我可以碰一碰而不至于送掉小命？”

“有啊，但不是你现在站的地方。离墙壁远点。电流有时候会顺着墙传下来，还有——人体的导电性比墙还好——电流会从墙上流进人体。这么低啊！肯定掉在很近的地方了。肯定是球状闪电。”

“很有可能。请马上告诉我，依你之见，这座房子里哪里最安全？”

“就这间屋子，就我现在站的地方。过来吧。”

“先说理由。”

“听呐！——闪电后就是狂风——窗框在颤抖——这房子，房子！——到我这里来！”

“再次感谢，我觉得还是站在老地方好——炉边。就现在，避雷针先生，趁这会儿没有打雷，烦请你告诉我，为什么你认为这座房子里这间屋子最安全，为什么这间屋里你站的那个点最安全？”

此时暴风雨暂停了一会儿。避雷针推销员似乎松了口气，他答道：

“你这座房子是平房，带阁楼和地下室，这间屋子就夹在中间，所以相对比较安全。因为闪电有时候是从云层传到地下，有时候是从地下传到云层。你懂了吗？——我选择屋子中央，这是因为，万一闪电击中了这座房子，会从烟囱或墙壁传下来；所以，离墙壁和烟囱越远越好，这不明摆着的吗？现在，马上到我这儿来。”

“这就来。你刚说的有句话不但没有吓着我，反而让我有了信心。”

“哪句话？”

“你说有时候闪电从地上传到云层。”

“是啊，闪电回击，这是个术语。当积水的地面带有过多的电荷时，会把过剩的电荷导流回云层。”

“闪电回击，就是说，从地上到天空。越说越动听了。不过，还是到炉边来，把衣服烤干吧。”

“我还是站在这儿好，还是湿的好。”

“怎么讲？”

“遇到雷雨天气，最安全的措施——听呐，又来了！——就是让全身湿透。湿衣服导电性比身体好；所以，如果遭到雷击，电流可能通过湿衣服而不经过身体。暴风雨更猛了。你家里有垫子吗？垫子是绝缘体。拿块垫子来，放这儿来，我站上面，你也站上来。天黑下来了——还正午天就黑了。听呐！——垫子，垫子！”

我给了他一张小地毯。此时，大雨笼罩的群山似乎压了过来要闯进房子。

“这个时候，我们俩这么闷着也是闷着，”我说，又走回原地，“让我听听你雷雨天气外出的预防措施吧。”

“等这一阵雷过了再说吧。”

“不好，还是讲讲你的预防措施吧。按照你自己的说法，你现在是站在最安全的地方了。讲吧。”

“那就长话短说好了。我避开松树、高房子、孤立的谷仓、高原牧场、流水、牛群、羊群、成群的人。如果步行——今天这样——我不会快走；坐轻便马车，我不会碰靠背和两侧；如果骑马，我会下马，牵着马走。最重要的，我避开高个子。”

“我不是在做梦吧？避开别人？还是在危险关头？”

“雷雨天气我就是要避开高个子。你竟然如此无知，难道你不知道，一个身高六英尺的人足以招致带电云向他放电？难道单独在田野上耕地的肯塔基人不曾被雷击，死在没有犁完的垄沟里？还有，要是一个六英尺高的人站在流水边，雷雨云有时会拿他当导体，朝流水放电。听呐！那边一座黑色塔尖给劈了。是啊，人体是很好的导体。闪电会径直流过人体，而只会剥掉树的皮。不过先生，你就这么没完没了地问我问题，而我还没谈生意呢。你要订购一只避雷针吗？看看这样品？看到了吧，顶级的铜制的。铜是最好的导体。你的房子是不高，但它在山上，所以也根本躲不过雷电。你们山里人就暴露在危险中。避雷针推销员的生意大多是在山区做的。看看这样品嘛，先生。这么小的房子只要一根避雷针就够了。看看这些推荐书啊。只需一根呐，先生。费用，无非就二十美元。听呐！花岗岩的塔科尼克山脉和胡希克山脉就像卵石一样撞到一起。听这巨响，就知道肯定哪里又被击中了。房顶上只需安装五英尺高的避雷针就可以保护周围半径二十英尺的区域了。只需二十美元呐，先生——一英尺就一美元啊。听呐——多么可怕！——你要订吗？你要买吗？我把你的名字记下来好吗？想想一堆烧焦了的内脏吧，就像拴在马棚里给烧焦了的马一样，就那么一闪！”

“你这个冒牌的朱庇特·托南的特派使者和全权代表，”我大笑道，“你无非凡人一个，跑到这里来把你和你那根杆子放在天地之间，你就以为，因为你在莱顿瓶里弄出一点儿绿光，你就能彻底阻止天上的闪电？你那个铁杆会生锈、会折断，你算什么？谁给你权力，你这个约翰·特策尔[①]，受宗教裁判所的派遣来兜

① 约翰·特策尔（Johann Tetzel，1465—1519），宗教改革时期的人物，德国多明我会的信徒。他因为卖赎罪券时说的一句话而出名：“银钱叮当落银库，灵魂立即出炼狱。”——译注

售赎罪券？我们的头发有多少根，我们的寿命有多少年，这都是命中注定的。无论是雷电交加还是阳光灿烂，我都在上帝的怀抱里，所以心安理得。你这虚伪的游说者，走吧！瞧啊，风暴席卷而去，我的房子安然无恙；在蔚蓝的天空里，我从彩虹中看到了，神不会有意和地上的人开战。”

“不信神的可怜虫啊！”陌生人唾沫四溅，在彩虹的映照下脸色发黑，“我要把你异教徒的谬论公之于众。”

“滚吧！快点滚！越快越好，你这雨天才显形的虫子。”

他一脸苦相更加阴沉，靛青的眼圈愈显宽广，就像午夜月亮周围的暴风圈。他朝我扑过来，他那装着三叉的东西直刺我的心脏。

我一把抓住，夺过来，扔在地上，再踩上去。我把这个黑黢黢的闪电之王拖出门外，接着把他那拐杖样的铜棍子扔了出去。

但是，尽管受到我如此款待，尽管我告诫邻居提防这家伙，但是，这个避雷针推销员仍然在这片土地上生了根，仍然在暴风雨天气四处奔波，英勇地推销人类的恐惧。

英肯特达群岛[1]，又名魔法群岛

① 英肯特达群岛（The Encantadas），即加拉帕戈斯群岛（The Galápagos Islands）。太平洋中横跨赤道的火山群岛，部分属于厄瓜多尔共和国。群岛以物种丰富而闻名，达尔文在贝格尔号第二次航行中考察了这个群岛。——译注

第一篇　群岛概述

“摆渡人接着开言，去那里万万不能，
盲目闯进去，怕要丢了区区性命；
那些岛屿时隐时现，神出鬼没，
不是坚实的陆地，而且行踪不定，
致命的机关，在茫茫的大海
游来荡去；所以它们被称为
漂流之岛；因此躲得越远越好；
许许多多的迷路者常遭欺骗
遭遇最为致命的不幸和危难；
一旦有人踏足岛上
他的脚下再也没有坚实的土地
只能在缥缈空虚之地永远流浪。”

“黑暗，凄凉，阴森，就像贪婪的坟墓，

仍然渴望着吞噬更多的腐尸；
坟头上蹲守着可怖的猫头鹰
凄厉地尖叫着，
把欢唱的鸟儿赶得一干二净，
只剩下哭泣号叫的游魂。”

把二十五堆煤灰一堆堆倾倒在城外的一个地方，再发挥你的想象力，把这些灰堆放大成一座座灰山、一大片荒芜的海，这样你就对英肯特达群岛，又称魔法群岛的总体面貌有了一个贴切的概念。与其说是群岛，不如说这是一组死火山，一个遭受了毁灭性烈火的废墟。

论其荒凉，无疑地球上再也找不到与之比肩的地方。早已废弃的墓地，一点一点沦为废墟的古城，这样的地方已经够凄凉的了；然而，和所有曾经有人生活过的地方一样，这样的地方毕竟还能在我们心中唤起忧思，无论这忧思有多么感伤。所以，即使是死海，一位朝圣者尽管时而会激起这样那样的情感，但是必定会触发他比较愉悦的感觉。

说到孤寂，北方的大森林、船只没有去过的海域、冰岛的冰原，对一个观察者来说，这些地方是最为孤寂的了。然而它们有变化的波涛和季节的交替，所以还不是那么可怕，这是因为，虽然人迹未至，那些森林有五月造访；最遥远的海域依然映照着亲切的星光，就和伊利湖一样；在极地空气明澈的日子里，辉映着阳光的蔚蓝的冰仍然璀璨，就像绿松石一样。

但是，由于受到了毒咒，英肯特达群岛比以东[1]和极地还要荒凉，这个毒咒就是：它们没有变化，没有季节交替，只有亘古不变的凄凉。赤道从中穿过，这里没有秋天，没有春天。由于已经沦为一片片灰烬，所以毁灭在这里也没有了意义。雨水可以使沙漠复苏，但群岛上从不下雨，就像劈开的叙利亚葫芦任其在烈日下枯萎，群岛在酷热的天空下受到永久干旱的摧残。“可怜可怜我吧，”英肯特达群岛哭泣的精灵在哀号，“让麻风乞丐拉撒路[2]用指头蘸点水，清凉一下我的舌头吧，我在烈火中受尽折磨。”

群岛的另一特点是完全不适合动物居住。即使巴比伦那样的废墟，豺狼也会在杂草中筑窝，然而，英肯特达群岛甚至容不得野兽中的弃儿。人和狼一样，都嫌弃这些岛。这里的生命只有爬行动物：龟、蜥蜴、蛇以及最为稀奇古怪的鬣蜥。听不到任何声音，无论是低鸣还是长号，这里的生命发出的主要声音就是嘶嘶声。

即使是群岛上有植物的地方，大多也是比不毛的阿卡拉马更为强横霸道。盘根错节的、坚韧的灌木丛，没有果实，没有名字，从熔岩的深缝里窜出，狡猾地把石缝或者干枯扭曲的仙人掌树丛掩盖起来。

---

① 以东（Idumea），《旧约》——以赛亚书（34：5）：因为我的刀在天上已经喝足。这刀必临到以东，和我所咒诅的民，要施行审判。——译注

② 拉撒路（Lazarus），《新约》——路加福音（16：20）：又有一个讨饭的，名叫拉撒路，浑身生疮，被人放在财主门口。——译注

在很多地方，海岸是岩石的，更确切地说，是火山灰渣铺就的。一团团乱七八糟的黑黢黢或绿森森的炼铁炉废渣一样的东西，形成了一个个黑色的裂缝和洞穴，永不停息的大海把汹涌的白沫灌进去，在上面垂挂飞旋的灰色水雾，水雾中盘旋着不停尖叫的丑陋鸟儿，让这恐怖的地方格外阴郁。无论下面的海多么平静，这里的浪涛和岩石片刻不得安宁——浪涛不停地抽打着岩石，即使远处的大海波平浪静。

遇到赤道这片海域常见的闷热多云的天气时，在荒凉和危险的海岸外，一个个漩涡和汹涌的浪涛中，耸立着一座座黑黢黢、玻璃化的巨石，呈现出地狱般最可怖的惨景。只有阴曹地府才能有这样的岩石。

在没有火烧痕迹的海岸上，伸展着一个个宽阔的、布满各种贝壳的海滩，到处可见一堆堆腐烂的甘蔗、竹子和椰子，它们是从迷人的棕榈小岛朝西、朝南冲到这个黑暗的地狱的，历经从天堂到地府的旅程，在这片来自远方的美丽的尸骸中，你时常会看见烧焦的木头和沉船上朽坏的船板。看见这些东西，谁也不会吃惊，你只要观察一下那推来挤去的海流在整个群岛几乎所有岛屿之间宽阔的海面旋转。反复无常的气流和海流声气相通。唯有英肯特达群岛，即使风平浪静也让人捉摸不透，风是那样地轻、那样地不可理解、那样地不可靠。海船从一个岛到另一个岛将近要花一个月的时间，尽管路程只有区区九十英里；即使大船有拖船拖曳，也仅能避免大船撞上断崖，而对加速航行无济于事。有时，远方来的船只根本不可能到达群岛，除非看到它之后，就为了应对逆风准备充分的给养。然而，有时候神秘的气流又把路过的船只无情地吹向群岛，不管你愿意不愿意。

的确，有一段时间，有点儿像今天这样的日子，大队的捕鲸船为了获取鲸脑油会光顾被海员们称之为“魔法之地”的地方。但是，此地——我将在适当的时候详述——是在外围的较大的阿尔伯马尔岛附近，远离错综复杂的小岛。那里海域宽阔，以上的描述不尽适合那附近的海域，但即使在那里，有时候海流也异常凶猛，而且异常任性，随时改变方向。

的确，在有些季节，整个群岛周围很大一片海域全是神秘莫测的海流，力量强大，毫无规律可言，即使你以四五英里的时速航行，也常常被迫改变航向，随波逐流。这些原因，加上虽然轻微却变幻不定的风，经常造成与预定的航向的偏差，长期以来使得海员们相信还有与英肯特达群岛平行的两组截然不同的群岛，其间的距离大约三百海里。这就是早期来到此地的西印度海盗的看法；至迟在一七五〇年，太平洋这片海域的海图仍与这奇怪的想法相一致。这些群岛的位置不确切、行踪不定，难怪西班牙人把它们称为英肯特达群岛或者魔法岛，这可能是其主要原因。

但是，由于群岛公然的、毫不掩饰的怪癖，深受其影响的现代航海家倾向于想象，魔法岛这个名字很可能得自于它们那中了魔咒似的荒芜样貌。只有这个名字真切地表明那曾经鲜活的生命被残忍地摧毁、化为灰烬的惨景。这些岛屿似乎就是碰过之后的索多姆苹果[1]。

然而，尽管由于海流的原因，群岛的位置看起来变幻不定，但至少在岸上的人看来，它们却显得一成不变：固定、浇注、黏合在那黑色的尸骸之上。

即使在另一个意义上，“魔法”这本称号也没有用错。由于这些荒岛上特有的爬行动物——由于它们群岛有了第二个西班牙名字“加拉帕戈斯”（大龟群岛）——由于在岛上发现了乌龟，许多海员很久以来就相信一个可怕又古怪的迷信。他们真诚地认为，所有邪恶的高级船员，特别是舰队司令和船长都会在死后（有些还在生前）变成乌龟，从此就居住在这滚烫的荒漠上，这孤寂的沥青王国里。

毫无疑问，如此离奇而感伤的想法最初来自于这凄凉的地貌本身，但更有可能来自于这里的乌龟。除了它们的外形，这种动物的样子就有一种奇怪的自责神情。没有哪种动物像乌龟这样可怜兮兮地生就一副罪孽深重之人那无尽的悔恨和无助的神情；而且，它们不可思议的长寿又总是加强了这种印象。

即使冒着荒唐地相信魔法而受到指责的风险，我还是不得不承认，有时候，甚至在现在，在七八月，我离开拥挤的城市，漫游在阿第伦达克山脉，远离城市的影响，走近自然界的神秘之处。在这样的时候，我坐在林木茂密幽深的峡谷边上，四周是倒

---

① 索多姆苹果，传说死海附近索多姆产一种苹果，外观美丽，一摘就冒烟成灰，喻虚有其表的事物、华而不实的东西。——译注

伏松树的腐朽树干，就像做梦一样，我往往回想起我在另一个遥远的地方漫游的经历——它发生在受了魔咒的群岛那烤焦的中心地带。我会回忆起，我突然看到黑黢黢的龟壳，从光秃秃的灌木中伸出的无精打采的长长脖子；同时，我也会看到玻璃质的内陆岩石上一道道深深的印痕，那是乌龟们世世代代寻找可怜的水潭时缓慢地拖出的印痕；我不由感觉到，我的确在受过魔咒的土地上睡过觉。

唉，我的记忆，或者说是我的幻觉是如此鲜明，每当想到加拉帕戈斯群岛，我不知道自己是否患上了间歇性幻视症。在社交聚会时，尤其是在旧式公馆烛光下的宴会上，每当阴影投射到宽敞的大厅远处的角落，那里看起来就像孤寂树林中闹鬼的树丛。这时，我往往会吸引朋友们的注意，我目光呆滞，神色大变，仿佛看见了一只巨龟的鬼魂从那想象中的荒原上爬出，它笨拙地爬过地板，背上燃烧着醒目的大字“纪念……”。

第二篇　乌龟的两面

“最丑恶的形状，最狰狞的神情，
自然之母也不敢直视，
甚至羞惭，如此肮脏的残次品，
竟然逃过了自己灵巧的指尖。
那是所有恐怖畸形的躯体的堆积。
难怪人们无不畏惧；
我们在家里看到的害怕的东西，
和囚禁在群岛上的怪物相比，
只是虫子这样吓唬小孩的把戏。

不要怕，朝圣者接着开言，
这些怪物并不真的存在，
只是样子长得这般恐怖难看。

他高举起手中圣洁的权杖，

所有可怕的怪物纷纷逃窜
钻进泰西斯的怀抱，
在那里把自己掩藏。”

看了以上的描述，你在英肯特达群岛上还会快乐吗？是的，只要你发现快乐的东西，你就会快乐。诚然，群岛就是一张张裹尸布、一堆堆灰烬，但是也许它们还不是那么绝对地阴暗不堪。所有去过的人都不否认，群岛是一个非常阴沉而使人迷信的地方，而我无论决心多么坚定，也忍不住观看幽灵龟从幽暗的栖息处爬出来。即使是乌龟，背壳乌黑而忧郁，仍然拥有明亮的一面，它的肚腹或胸甲有时也是淡淡的黄色或金色。还有，大家都知道龟和鳖的身体构造，只要你把它们翻过来肚子朝天，它们就露出明亮的一面，绝不可能翻身露出另一面。做了这件事之后，就因为你做了这件事，你再也不应该发誓说乌龟仅有黑暗的一面。欣赏那明亮的一面吧，只要可能，就让它永远仰面朝天躺着吧，但是要诚实，不要否认黑色的那一面。如果你不能把乌龟从其自然姿势翻过来，以掩盖其深色的一面并暴露其鲜亮的一面，犹如十月的阳光下的大南瓜，也请不要否认乌龟黑色的一面。乌龟既乌黑又明亮。不过，我们还是来看细节吧。

就在我首次踏上群岛几个月之前，我乘坐的船正在它附近航行。一天中午，我们来到阿尔伯马尔岛的南端，离陆地不太远。一是出于好奇，二是出于想考察一下这个奇怪的地方。一小船人被派到岛上，给他们的命令是，什么都看，如果方便的话，把看到的乌龟都带回来。

日落之后，探险者们回来了。我在高高的船舷上俯身看下去，就像趴在井栏上看下去一样，我依稀看到海面上湿漉漉的小船装着某种怪模怪样的东西。绳索放了下去，很快，费了好大力气之后，三只巨大而古老的乌龟给吊上了甲板。它们简直不像是地球上的生命。我们已经在浩瀚的海上航行了漫长的五个月之久，对于充满幻想的心灵，这样漫长的时间足以让一切陆地上的东西蒙上一层传奇般的色彩。倘若是三个西班牙海关官员登上我们的船，我完全可能上前好奇地凝视他们，摸一摸、拍一拍，就像野蛮人款待文明的客人一样。但是来者不是三个海关官员。看一看这几只真正奇妙的乌龟吧——那可不是学童用泥巴捏的乌龟，它们黑如鳏夫的丧服，重如木板箱，宽大的龟壳像盾牌一样雕刻着一个个圆形图案，像经历过战斗的盾牌一样坑坑洼洼、凹凹凸凸，上面一片片的绒毛，还有深绿色的青苔，浑身给海水淋得湿漉漉的。这些神奇的动物，傍晚时分一下子从孤寂的荒漠被带到了到处是人的甲板，让我无可言表地感动。它们仿佛刚才还在这个世界的地基之下爬行。是啊，它们就是印度教中托着整个地球的那些乌龟。我提着灯，更仔细地观察。多么值得尊敬膜拜的样子啊！毛皮一样的深绿像斗篷一样覆盖在结实的铠甲上，填满了甲片间一道道裂纹。我看到的不再是三只乌龟。它们膨大了、变形了。我看到的仿佛是三座辉煌而颓败的罗马大剧院。

这座岛和其他岛最老的居民啊，我说，请允许我进入你们那三面高墙围绕的城堡吧。

这些生灵激发的最强烈的感受是岁月的沧桑：亘古、永恒。事实上，我很难相信还有任何别的动物能活得和英肯特达群岛的乌龟一样长久。不用提它们一整年不吃不喝还能活下去的能力，这个大家都知道，想一想它们那坚不可摧、有生命的甲胄吧。还有什么别的动物拥有的堡垒，能够抵御岁月的侵袭？

拿着灯，我刮开了龟甲上的青苔，看到了古老的疤痕，那是在堆积着灰烬的山上许多次跌倒造成的——这些伤痕奇怪地加宽了、肿胀了、磨蚀了，又像有时在很老的树皮上看到的裂纹那样扭曲。我仿佛成了一个地质考古学者，正在研究出土的石板上鸟的印痕和符号，那是其生命早已消失的不可思议的动物所留下的。

晚上，我躺在吊床上，我听到那三只沉重的动物在到处是障碍的甲板上缓慢而疲惫地拖动身子的声音。它们也许很愚蠢，也许很坚决，遇到障碍也绝不绕道而行。其中一只在半夜停止了活动。太阳升起的时候，我看见它就像一只格斗的公羊一样，死死顶住前桅的根部，它还在竭尽全力，决心要在不可能通过的地方冲开一条路来。传说中，这些乌龟是罪犯、恶人、恶魔，甚至妖孽，其主要根据很可能就是它们经常狂热地迷恋徒劳无益的劳作。我曾经看见它们在行进途中顽强地抵住岩石，又是推、又是挤、又是扭动，一心要将其取而代之，绝不改变路线。它们受到的毒咒就是，在这个肮脏的世界上，它们必须要有苦工那样的勇往直前的本能。

其他的伙伴们没有遇到这样的障碍，它们只遇到了小小的、绊脚的障碍——木桶、木板，还有一圈圈绳索——有时它们在爬过去的时候会失足，在甲板上砸出砰砰的巨响。倾听着这些拖行和碰撞的声音，我想到了它们原来出没的地方——那个小岛，到处是金属般的沟壑，直插进无底的、支离破碎的群山的心脏，其上覆盖着密不透风的灌木。接着，我心中构想出这三个直行怪物的画面：一个世纪又一个世纪，它们在阴暗的地方蠕动，像铁匠一样坚韧不拔；它们爬得如此缓慢、如此笨拙，脚上竟然长出了菌菇，背上竟然生出了黑乎乎的苔藓。和它们一道，我迷失在火山的迷宫里，拨开无穷无尽的腐朽灌木，到后来，我做起了梦，梦中，我盘腿坐在前面，两边各坐一个婆罗门，三个头构成一个三脚架，支撑着宇宙的穹顶。

这就是英肯特达群岛的乌龟给我的第一印象所产生的噩梦。但是，说来也怪，第二天傍晚，我和船上的同伴们一道分享乌龟肉和乌龟汤的盛宴。晚餐结束后，我们一道用刀子把三只巨大的背壳改制成了三个美妙的汤盆，把三个平坦的、淡黄色的肚甲打磨成了三只华丽的盘子。

第三篇　罗丹度石柱

“这就叫作耻辱之岩，
只因它可怕而危险，
鱼和鸟都不敢靠近，
只有嘎嘎叫的灰海鸥
还有贪吃的鸬鹚
坐等在可怕的峰巅。”

“翻滚的大海轻柔地回响，
那是海底给它们的回应，
浪涛冲击高高的岩石，
向它们表达庄严的致敬。”

“那划船人轻轻地划着桨，
让他听到那绝妙的乐音。”

“突然飞来无数凶恶的鸟儿
在它们周围高叫扑腾，
锋利的翅膀打在它们身上，
饱受其扰，在可怕的黑夜探寻。”

“所有凄惨、凶恶的鸟儿，
都聚集在它们周围。”

登上高高的石塔不仅本身是一件赏心之事，而且是观赏周围全景的最佳方式。倘若是纽波特塔那样偏远而神秘的塔，或者废弃的城堡中仅存的塔，那就最好不过了。

在魔法群岛，我们有幸在一块奇异的巨石上发现了这样一个绝佳的观赏地点，由于它独特的形状，自古以来西班牙人就把它叫作罗丹度石柱，也叫圆形石柱。岩石高达大约二百五十英尺，矗立在离陆地十英里的海上，面对着东面和南面的群山，罗丹度石柱的位置完全可以和超然地耸立在一大群乱糟糟的楼房中间的圣马可大教堂钟楼媲美。

在攀登之前，眺望英肯特达群岛，这座海上石塔本身就引人注目。在三十海里之外，它就清晰可见，完全和群岛的魔力融为一体，远远看去，总是误以为它是一张船帆。十二英里开外，在一个金色朦胧的中午，它就像一艘西班牙海军上将的军舰，三根桅杆上挂着闪亮的船帆。来到近处，它立刻化作一座巍峨的城堡。

我第一次去那个地方是在一个灰蒙蒙的清晨。由于计划去钓鱼，我们放下了三只小船，向前划了大约两英里，结果在拂晓之前来到了罗丹度的月影之中。在此刻美妙的黎明前后的两种微光的映照下，它显得很高，也很柔和。巨大的满月在西方的天际像一堆烧了一半的篝火那样燃烧着，把柔和的色彩照射到海上，就像渐渐熄灭的炉火映照着午夜的炉台。还未露脸的太阳把整个东方染成白色，宣告自己即将到来。风很轻，波浪很静；星星闪烁着微光；整个大自然经过漫长的值夜，显得疲惫不堪，懒懒地期待太阳的到来。这是观赏罗丹度最佳状态的关键时刻。晨光刚好足以揭开每一个美妙之处，而又不至于扯掉它朦胧的神奇衣裳。

海浪冲刷着阶梯一样起伏不平的地基，就像水晶宫前的阶梯，地基上矗立着一层层岩石堆叠而成的石柱，直达光秃秃的顶峰。那构成石柱的形状相同的岩层就是它最奇特的特征。岩层的交接处平缓地凸出，形成一个个环绕石柱的搁板状凸起，从底到顶，由大到小，逐层堆叠。就像旧谷仓或修道院的屋檐往往有燕子筑巢一样，石柱上所有的岩架上也栖息着无数的海鸟。一道又一道屋檐，一层又一层鸟巢。一道道鸟粪堆积而成的惨白色长带从海面一直涂到顶峰，所以远处看来它就像一张船帆。如果没有海鸟疯狂的吵闹，一切本来会是令人神往的静谧。它们不但聚集在檐口上聒噪，而且铺天盖地般在头顶上飞来飞去，形成一个由翅膀组成的、变幻不定的华盖。石柱是方圆数百英里鸟儿的家园，东、西、北三面就是一望无际的海洋。所以，从北美海岸、波利尼西亚或秘鲁过来的战舰鹰都把罗丹度石柱作为歇脚的第一站。然而，罗丹度石柱虽是坚实的陆地，但陆生鸟都不喜欢这个地方。想想看，红色知更鸟或者金丝雀，它们会来吗？倘若这些可怜的歌手来到此地，无异于落入了野蛮的腓力斯人的魔掌，四周全是蝗虫一样铺天盖地的强盗鸟儿，它们的长嘴就像匕首一样残忍无情。

若要研究奇特海鸟的自然史，我不知道还有哪个地方比罗丹度更适合的了。这是一个鸟的海洋。是鸟儿照亮了这个地方，它们从未碰过桅杆和树木；它们是鸟中的隐士，从来独来独往；它们是生活在云中的鸟儿，对一层层大气了如指掌。

我们先来看一看最低的一层搁板，这也是最宽的一层，也离最高的水线最近。这是多么奇异的生命啊！它们像人一样直立，虽然不是那么匀称，它们站在岩石上，就像一排排女像柱一样支撑着上一层屋檐。它们的身体奇形怪状，嘴很短，脚以上好像没有腿；身体两侧的肢体不是鳍，不是翅膀，也不是胳膊。的确，企鹅不是鱼，不是肉类动物，也不是鸟。作为一种食物，既不适合嘉年华，也不适合四旬斋，这肯定是人类发现的最难以归类又最不可爱的动物了。虽然企鹅和以上三种动物都沾边，也具有它们的基本特征，但本质上不属于它们任何一类。在陆地上，它一瘸一瘸；在水上，它划水的桨很短；在空中，它只能笨拙地扑腾。造物主似乎为自己的败笔而羞惭，所以把自己丑陋的孩子藏到地球的尽头麦哲伦海峡，藏到罗丹度这流放之地。

但是，看呐，站在上面一层那愁眉苦脸的队伍是什么东西啊？那一队奇怪的大鸟是什么啊？它们是海上的灰衣托钵僧吗？那是鹈鹕。它们长长的嘴，下面吊着沉重的囊袋，使它们显出一副忧伤的样子。它们是悲伤的物种，一连几个小时一动不动。它们一身暗灰的羽毛，就像身上撒了煤灰一样。这是一种好似在赎罪的鸟儿，常常被发配到烈火历练过的英肯特达群岛的海岸上，自我折磨的约伯可能曾经坐在那里，用瓦片刮削自己的身体。

再往上，是格尼鸟，也叫灰信天翁，名字好听，却是一种难看、没有诗意的鸟儿，根本不像它那传说中的亲戚信天翁，那是受到诅咒的好望角和合恩角的雪白精灵。

再一层层往上，我们发现石柱上的住户是以身材的大小排序的：塘鹅、黑色和黑斑海燕、松鸡、大贼鸥、抹香鲸鸟，还有各种海鸥——国王、诸侯、大臣，按照议会的秩序等级森严。然而，密密麻麻的海燕，也叫佳丽妈妈的小鸟，就像一张巨大的刺绣上无数重复的飞鸟图案一样，在不停地叫唤，发出警告和威胁的声音。这神秘的海洋蜂鸟，轻盈而活泼，倘若它颜色鲜艳，几乎可以称为海洋蝴蝶；然而，它在船尾下面的鸣叫，在海员看来则是不祥之兆，就像烟囱后面舞蝇的嗡嗡声对农民一样，也是凶兆。这种鸟儿特别喜欢在英肯特达群岛出没，很可能就因为它们，海员心里才觉得英肯特达群岛具有可怕的魔咒。

随着时间的推移，那刺耳的吵闹越来越大。疯狂的鸟儿们以震耳欲聋的喧闹庆祝它们的黎明。每时每刻，石柱上挤下的鸟儿加入空中盘旋的大合唱，它们的位置被无数飞驰而来的鸟儿占据。但是，在这片刺耳的嘈杂声深处，我听到了银铃般清晰、号角一样的乐音不断地传来，就像倾盆而下的阵雨中倾斜着坠落的雨声。我抬头凝视，看到一只身后拖着长尾巴的雪白天使。它是光明、振奋人心的“雄鸡先生”，这美丽的鸟儿，由于它那激越、迷人的哨音，真不愧是“水手长的大副”。

罗丹度石柱上有云间飞翔的生命，下有在石基的水域安家的鱼类。水线以下，岩石就像一个布满洞穴的蜂窝，为鲜艳的鱼群提供一个迷宫般的潜水之地。所有的鱼都很奇特，许多都格外美丽，完全配得上供展示金鱼用的最昂贵的玻璃缸。令人最感惊奇的是，这个群体中有很多绝无仅有的珍稀品种。这里看到的色彩画家没有用过，这里看到的形体雕塑家从未构想过。

为了展示这个群体是多么庞大，鱼儿是多么贪食、多么勇敢、多么温顺，我讲一件经常发生的事情。在鱼儿集体跃出水面的时候，会暂时出现一块块清澈的水域。透过这些水域，你会看到体形较大也更谨慎的精灵，我们的钓鱼人小心翼翼地朝它们放下渔线，但是，用不着这么小心，渔线根本来不及通过最上层的水面。鱼钩刚挨到海面，成百的傻家伙争相夺取这被抓住的荣耀。可怜的罗丹度鱼啊！以你们甘做牺牲品的信任，你们毫不理解，竟然轻率地相信了人性。

天已大亮。一队又一队海鸟飞走，去深海寻找食物。空余下孤零零的石柱，还有那基础上密密麻麻的鱼洞。那一道道白色条纹在金色阳光中发着光，就像高高的灯塔的白墙，抑或巡洋舰高耸的船帆。在这个时刻，我们知道它是一块死寂荒芜的岩石，而远处别的航海者正在赌咒发誓，说它是一条快乐的、满载乘客的船。

话说回来，现在取绳子吧，我们要攀登了。绳子很软，登上去却并不容易。

第四篇　石柱上的沉思

“那之后，他把他领到最高的山上，

在那里，让他看遥远的地方……”

如果你想攀登罗丹度石柱，你得先做到以下几件事：在世界上最大的炮舰上当主顶桅帆的水手，环游世界三次；给带游客攀登特纳利夫峰的导游干一到两年学徒；你还得跟走钢丝的人、印度杂技艺人和羚羊学习更长时间。

办到这些事之后，你就会得到回报，可以观赏柱顶的风光了。我们怎么上去的，只有我们知道。如果告诉别人，要是他们更有见识那怎么好？干脆说我和你现在已经爬上顶峰好了。乘热气球的人、在月球上观察的人能有如此广阔的视野吗？是啊，想象一下，这就如同在弥尔顿笔下的天宫的城垛上观看宇宙。那是肯塔基州一样辽阔的水域，丹尼尔·布恩[①]也会满意地在这里定居的。

现在暂时不要看魔法群岛吧。让我们从群岛旁边看着南方。你什么也没看见，就让我指一下几个有趣的东西的方向吧——亲吻着这根石柱底部的这片大海，正在对南极展开自己的画卷。

我们站在离赤道十英里的地方。这根石柱往东六百英里就是大陆，和基多平行。

再观察另一件东西。那是三个无人居住的群岛之一，它们和主岛的距离几乎相等，相互之间距离很远，构成南美洲的屏障。很奇怪的是它们完全没有南美的特色。在波利尼西亚岛链以西的无数岛屿中，任何一个岛屿的特点都不同于英肯特达或者加拉帕戈斯群岛、圣费力斯和圣安博群岛、胡安·费尔南德斯[②]群岛和马萨费罗群岛。第一个群岛就不必赘述了。第二个群岛有一小部分在南回归线上，那是一群巍峨、冷峻、不适合居住的石岛，其中一个是两个圆丘，中间有一条低低的暗礁相连，极像一个双头的铅球。第三个群岛在南纬三十三度线上，高耸、荒凉、险峻。胡安·费尔南德斯够有名了，无须多说。马萨费罗是西班牙名，表明它更远，也就是比近邻胡安岛更远离主岛。从八到十英里远处

---

① 丹尼尔·布恩（Daniel Boone，1734—1820），肯塔基州垦荒先驱，也是美国历史上最著名的拓荒者之一。他对边疆的探险使他成为美国最早的民间英雄人物之一。——译注

② 胡安·费尔南德斯（Juan Fernández，1536—1604），西班牙探险家、航海家。以发现秘鲁至智利快捷航线而闻名于世。他也是智利海岸胡安·费尔南德斯群岛的发现者。——译注

看过去，马萨费罗岛非常雄伟。在阴天从某个方向靠近，那巍峨的巉岩，特别是宽阔的峰顶上很是奇特的斜坡，样子很像一座巨大的冰山在极度的静谧中漂流。四面有幽深的裂缝，就像一座四角建有阴沉塔楼的古老教堂。经过漫长的航行靠近其中一个峡谷，会仿佛看到一个衣服褴褛的逃犯，手拄棍子，踏着陡峭的岩石向你走下来，这对一个喜欢刺激的人来说，无疑是非常奇特的感觉。

多次跟随船上的人出去钓鱼，所以我去过这里的每一座岛屿。初来乍到的人驾着小船靠近这些岛屿，来到威严的峭壁之下，他的印象是，自己肯定是它们的第一个发现者，大多数岛屿是那样原始——安静、与世隔绝。顺便说说，这些岛屿被欧洲人发现的经过也值得一提，尤其是以下将要讲到的事情还与英肯特达群岛最早的发现有关。

一五六三年以前，西班牙船从秘鲁到智利的航行非常艰难。沿着海岸线的风主要是南风，而当时一成不变的惯例是沿着海岸航行，因为西班牙人有一个迷信，要是看不到陆地，就会被永恒的季风刮到海角，再也不能从那里回来。在蜿蜒的海岸线上，有许多浅滩和暗礁，还有没完没了的逆风，常常很轻，有时几天甚至几个星期完全无风，所以在很多情况下外来的船只在航行中要经历极大的艰难，在今天看来是极为漫长的航程。在一些海难事故的记载中有这样一条，有一条船预计的航程是十天，却走了四个月，而且再也没有到达海港，因为它被冲走了。说来也怪，这条船没有遇到风暴，只不过受到了凶恶的无风天气和海流的戏弄。由于缺少食物，它曾三次返回中途港补充食物，又重新出发，但每次都只好退回去。大雾经常笼罩着它，所以它没法确定自己的位置。有一次，全船欢呼起来，以为看到了目的地，嗨！水汽散开之后，显现出一座座山，那是他们第一次出发的地方。由于狡猾的水汽的欺骗，它最终撞上了暗礁，那里曾发生过许许多多的灾难，这里就不再细讲了，太惨了。

该岛以胡安·费尔南德斯命名，胡安·费尔南德斯因此而名垂青史。就是他勇敢无畏的冒险实验，结束了这沿岸航行的灾难——正如之前达·伽马之于欧洲——他的实验就是远离海岸。他发现风有利于向南航行，而朝偏西方向则可以躲过贸易风的影响，这样可以轻易地回到海岸，虽然这条路线非常迂回，但比通常的直线快捷许多。就是由于这条新的航线，大约在一六七〇年，魔法群岛，以及其他可以称之为大陆屏障的群岛得以发现。我不知道其中的群岛是否有人居住的记载，但我有理由断定它们自古以来就与世隔绝。不过，我们还是接着谈罗丹度吧。

离石柱数百英里的西南方向，就是波利尼西亚群岛。在与之平行的正西面，没有陆地，要到金斯米尔斯群岛，你的船得航行一小段里程，也就五千英里吧。

列出了这一个个遥远的距离的数据——只能用罗丹度作为比较确切的参照——我们就确定了在海上的相对位置，现在我们来考虑不那么遥远的东西。看一看阴郁而黑乎乎的魔法岛群岛。这火山口形状的地岬是阿尔伯马尔岛，群岛中最大的一个，长达六十多英里，宽十五英里。你曾经见过真正的赤道吗？你曾经在最宽泛的意义上踩过这条线吗？那条和火山口一模一样的地岬，全是黄色的熔岩，就是赤道切开的，简直就像用刀子从南瓜派中央直线切开一样。如果你这能看这么远，那就把视线转向同一个地岬的一边，越过那片垂直高度较低的地方，你会看到纳伯勒岛，群岛中最高的一座。上面寸土皆无，从上到下就是一个皱巴巴的、烧结的大石块，上面布满了铁匠铺一样的黑色洞穴，走在那铁质的海岸上，就像走在铁板上一样，脚下铿锵直响，中央一座座火山就像一堆巨型烟囱一般。

纳伯勒和阿尔伯马尔岛是邻居，两个岛的位置相当特殊。画一张简图便可清楚地表达这种关系：

E

在以上字母的竖画和中间横画的交接处从上往下开凿一条海峡，中间的横画就是纳伯勒岛，其余部分就是阿尔伯马尔岛。纳伯勒火山就位于阿尔伯马尔的黑色大嘴里，就像张开的狼嘴里的红舌头一样。

如果你想了解阿尔伯马尔岛的居民数据，我给你好了。以下是根据现场所做的最可靠估计得出的整数统计数据：

男人	无
食蚁兽	未知
讨厌男人的女人	未知
蜥蜴	500,000
蛇	500,000

蜘蛛	10,000,000
火怪	未知
魔鬼	有
合计	11,000,000

以上数据不包括不好统计的魔鬼、食蚁兽、讨厌男人的女人和火怪。

阿尔伯马尔张开的大嘴朝向落日。它膨大的上下颌形成一个巨大的海湾，它的舌头纳伯勒岛将其分成两半，一个叫作暴风湾，另一个叫作背风湾。海湾沿岸的火山海角成为南头和北头。我之所以了解这些是因为这两个海湾在抹香鲸捕猎年鉴上很是有名。鲸在一定的季节到此处产仔。我听说，在大海船第一次开到这一带时，它们常常把背风湾的入口封锁住，用小船绕道进入暴风湾，经过纳伯勒海峡，就这样干干净净地把这些庞然大物纳入囊中。

我们在圆形石柱钓鱼的那天之后，风很平稳，快速绕过北海岬的时候，突然看到一队三十条帆船，像一支舰队一样排成一列顺风而行。这是多么壮观的景象啊。这是飞快移动的船最和谐的行动，三十条龙骨像三十架竖琴的琴弦一样吟唱，即使偏离相互平行的航线仍然保持一条直线。但是，这些猎手们实在太多了。船队四散开来，各自离去，留下我们这条船和伦敦来的两条绅士般规规矩矩的船。而发现没什么机会之后，英国船也消失了，把背风湾整片海域全部留给了我们，没有一个竞争者。

在这片海湾里航行，情况是这样的。你常常在海湾的口子上徘徊，时而逆风而行，时而又被吹出口子。但是，有时候——群岛的其他地方也是这样——海流像赛马一样径直射进口子。所以，你只好降下所有船帆，小心翼翼地保持航向。有多少次，我们不屈不挠的船头指向岛屿之间的方向时，我在太阳升起之际站在前桅顶，瞭望着陆地，那可不是蛋糕，而是烧结的石块，那不是波光粼粼的流水，而是一条条流动的、地狱般的熔岩。

船由外海驶入后，纳伯勒岛呈现出嵯峨暗黑的一面，直冲云霄达五六千英尺之高，山顶笼罩在浓云之中，最低的云层清晰地映衬出山石的轮廓，就像安第斯山脉的雪线。在上面的黑暗中，正发生着可怕的恶作剧。在那里，火精灵正在辛苦劳作，间歇性地射出幽光，把周围数英里的夜空照亮，时而悄无声息，而突然间又山摇地动，火山猛烈喷发，宣告自己的存在。白天的云越黑，夜晚的火光越强。捕鲸船经常发现这样的事，当四周像舞厅一样昏暗时，突然发现燃烧的山近在咫尺。这座玻璃质的纳伯勒岛，上面烟囱林立，你也可以称之为玻璃工厂。

站在罗丹度上，我们不能看见其他群岛，但是，这是一个判断其他群岛位置的好地方。在东北东方向，我注意到一个遥远的、朦胧的隆起。那是阿宾顿岛，群岛中最北边的一座，非常孤寂、遥远、荒凉，就像在我国北岸看到的“无人之地”。我不相信有人到过此处。阿宾顿岛，这个亚当及其亿万子孙还没有造化出来的地方。

在阿宾顿以南，阿尔伯马尔长长的背脊之后，就是詹姆斯岛，这是早期的海盗根据倒霉的约克公爵斯图亚特给这个岛取的名字。说到这里，顺便提一下，相对较晚产生详细记载的岛屿大多是以著名海军将领名字命名的，英肯特达群岛最早是西班牙人命名的；但后来，十七世纪中叶，海盗把海图上的西班牙名抹掉了，代之以英国贵族和国王的名字。关于这些忠诚的海盗和他们与英肯特达群岛的事迹，我们以后再提。这里只提一件小事，在詹姆斯岛和阿尔伯马尔岛之间有一个很奇异的岛屿，名字很怪，叫"考利的魔法岛"。但是，由于整个群岛都中了魔法，因此这个岛肯定是魔法中的魔法岛。这个名字是那个了不起的海盗第一次来到此处时亲自取的。在他公开的关于这个岛的日志上，他写道："我的本能驱使我把它叫作'考利的魔法岛'，这是因为，我们从好几个不同的角度观察这个岛，它的样子实在变化多端。有时像一个废弃的要塞，有时像一个巨大的城市。"所以，在英肯特达群岛中，有各种视觉的幻影和幻象，这并不奇怪。

考利以自己的名字来称呼这个变化多端且爱开玩笑的岛屿，很可能是由于这个岛很像自己沉思冥想的性格，也完全可能他就是温和、善思、自省的诗人考利的某个亲戚，因为诗人也是同时代人，所以这个想法也不是全无道理。给岛屿命名这件事来自于流淌在血液中的东西，那是海盗和诗人身上皆有的东西。

再往詹姆斯岛以南，是杰维斯岛、邓肯岛、克罗斯曼岛、布拉特岛、伍兹岛、查塔姆岛，还有许多较小的岛，大多荒芜不毛，没有人烟，没有历史，也永远没有希望。但是，离群岛不远处，是著名的群岛——巴林顿岛、查尔斯岛、胡德岛。以下的几节将讲述它们的一些细节。

第五篇 驱逐舰，起航吧

“眺望一望无际的海洋，
我看到豪华船上的彩带，
还有上桅飘扬的旗帜，
开始了漂洋过海的远航。”

告别罗丹度之前，还不能不提起另外一件事。一八一三年，大卫·波特船长指挥的“埃塞克斯号”驱逐舰差点儿就在此留下了尸骨。一天早晨，汹涌的海流把帆船死死地抵在岩石上，船动弹不得，这时，人们看见了一张奇怪的船帆——倒不是由于这一代流传的魔法——那船帆似乎在狂风中摇摆，而同时驱逐舰像中了邪一样一动不动。但是，这时吹来一阵轻风，驱逐舰立刻全速追赶敌人——以为那是一条英国捕鲸船——但是，海流实在太急，不久之后，那敌船就消失得无影无踪。正午时分，尽管“埃塞克斯号”极力挣扎，还是被冲到了罗丹度泡沫飞卷的悬崖下面，一时间，所有的人都放弃了。然而，一阵劲风最终使它摆脱困境，而逃脱的时机是如此之巧，简直可称为奇迹。

逃过一劫之后，驱逐舰立刻利用这一机会，企图消灭另一条船。朝那条船消失的方向追去，第二天早晨看到了它，此时，它悬挂的是美国旗，离“埃塞克斯号”还有一段距离。随后风停了，波特船长仍然相信那是一条英国船，于是下令派出一艘快船，不是要登上敌船，而是将敌船的几艘小拖船截住。快船成功了。于是波特又派出一艘快船去截获敌船。此时敌船挂出了英国旗。但是，就在驱逐舰派出的快船距离眼看就要到手的猎物很近时，突然又刮起一阵风，敌船升起所有船帆，朝西驶去，在夜幕降临之前，就只能看见桅杆，把“埃塞克斯号”远远甩在后面，而“埃塞克斯号”此时却完全动弹不得了。

那艘神秘的船——早晨是美国船，傍晚是英国船，一丝风都没有的时候船帆却鼓满了风——就再也没有出现了。无疑，那是一条中了魔法的船。至少，海员们赌咒发誓如是说。

“埃塞克斯号”在太平洋上的巡航是在一八一二年的战争期间，这是美国海军史上最离奇、最令人称奇的航行。它在很遥远的地方俘获过流浪的船只，去过最远的海洋和海岛；它长时间在魔法岛的附近巡游，最后，在瓦尔帕莱索湾，它英勇地和两艘英国驱逐舰作战。这里提到“埃塞克斯号”，其理由与海盗日志的理由相同：它就像海盗船一样，长期在群岛中巡游，在海岸上捕捉乌龟，对岛屿做过全面考察，由于这些和其他原因，“埃塞克斯号”和英肯特达群岛特别有缘。

这里必须指出，亲临过魔法群岛的只有三位值得一提的权威的目击证人：考利，加勒比海盗（一六八四）；科尔尼特，捕鲸场探险家（一七八九）；波特，军舰舰长（一八一三）。其他人的说法无非是一些路过的航海家或作家的道听途说。

第六篇　巴林顿岛与加勒比海盗

“我们是广袤地球的子孙，
我们鄙视卑躬屈膝的奴性，
让我们继承先辈的遗产，
有些人暗自吞并了祖先的遗产，
让我们对此发起挑战。”

“世界的主宰，自由的意志，
无论身处何地，没有任何人的奴役。”

“我们过得多么快乐、多么愉快，
没有恐惧，无忧无虑！”

大约两个世纪之前，巴灵顿岛是大名鼎鼎的西印度海盗的巢穴，在被逐出古巴海域之后，他们穿过达利恩地峡[1]，劫掠西班牙在太平洋的殖民地，他们就像现代邮政一般守时，定期伏击往返于马尼拉和阿卡普尔科的皇家运送珍宝的船只。历经艰苦的掠夺之战后，他们来到这里，祈祷、享受自由和闲适，清点大桶里的弹药、小桶里的金币，用长剑当尺子丈量亚洲的丝绸。

这是一个安全的巢穴，一个不可能被发现的藏身之地，在当时，这是最好不过的地方了。地处广阔而非常安静的海洋的中央，人迹罕至，周边险恶的岛屿足以吓退偶尔经过的船只，而仅需经过数天的航程即可到达富庶的掠劫地。所以，由于这里的安宁，自由自在的海盗绝对不去那片海域任何一个文明的海湾。所以，在经历恶劣的天气之后，或者和仇敌短暂的交手之后，这些古老的掠夺者满载金银珠宝等战利品来到此地，舒舒服服又高枕无忧。此地不仅是安全的海湾，还是一个安乐窝，绝对理想的巢穴，只是其他方面不够方便而已。

在许多方面，巴灵顿岛尤其适合船只修理、改装、整修以及其他与航海有关的目的。它不仅水好，适合停泊，完全受不到阿尔伯马尔高地过来的风的侵扰，而且是整个群岛中物产最丰富的岛。这里有供食用的乌龟，有作为燃料的树木，有茂密的草可供睡觉，有四通八达的自然通道，还有好几处美景可供欣赏。虽然在区位上属于魔法岛，巴灵顿岛与大多数邻居差异太大，简直不

---

① 达利恩地峡（The Isthmus of Darien），即现今巴拿马地峡（The Isthmus of Panama）、加勒比海和太平洋之间海峡，连接南北美洲。——译注

像是其中一员。

“我曾经上过岛的西端，”很久以前，一位热情的航海家写道，“它面对阿尔伯马尔黑色的峭壁。我曾在茂密的树林中漫步——树不高，当然也没有棕榈树，没有橘子树，没有桃树——但是，经历漫长的航行之后，那些树林非常适合漫步，尽管没有果子享用。”这里，在一块块林中空地的道口和俯瞰最安静的旷野那阴凉的坡顶——你猜猜我看见了什么？完全配得上婆罗门与和平社团的首领的宝座。曾经是石头和草皮砌成的卧床的精美遗迹，它们既有人力的匠心，又有年代的印记，无疑，这是海盗们的作品。有一个曾是带靠背和扶手的长沙发，就连手捧《克雷比伦》的诗人托马·斯格雷也会欣然躺下的。

“虽然有时他们在此逗留长达数月之久，在这里储藏备用的桅杆、船帆和火药，但是海盗们不大可能在岛上建造房屋。只要船在，他们不会上岛，而且很可能是在船上睡觉。我提到这些浪漫的宝座，除了对自然纯粹的和平和亲近之心，我实在想不出还能有什么别的动机。海盗们恶贯满盈，这是真的，有些海盗杀人不眨眼，也不可否认；但是，我们知道在这个群体中，也有丹皮尔，也有韦弗尔，也有科利等人，他们最大的耻辱就是其走投无路的命运——由于迫害、苦难，或者秘密和不可洗刷的冤屈把他们赶出主流社会，亡命天涯，干起海上的犯罪勾当。总之，巴灵顿岛上的这些宝座废墟由来已久，这些独特的纪念碑说明了一个事实：海盗们不一定都是纯粹的怪物。

"但是，就在我在岛上漫步时，不久后，我就发现了与这些遗迹相关的其他物品，一般而言，而且毫无疑问，这些物品肯定曾经属于海盗。只要我捡起一块旧帆布和生锈的铁圈，我只能联想到船上的木匠和桶匠。我也发现了锈成一张皮的短刀和匕首，这些东西一定插进过西班牙人的胸膛。海滩高处的贝壳上面，不时可见瓦缸的碎片。这些瓦缸和现在西班牙沿岸用来装葡萄酒和皮斯科的酒瓦缸一模一样。

"一只手拿着生锈的匕首，一只手拿着酒缸碎片，我坐在前面讲过的那张绿色的沙发遗迹上，久久地深思着那些海盗。我想，昨天，他们杀人越货；今天，他们豪饮狂欢；明天，他们又成了冥想的哲人、乡村诗人和打造宝座的匠人，这可能吗？说实话，这不是完全不可能。想一想人性的多重性吧。看起来似乎有些奇怪，我还是要坚持更加厚道的观点，在这些亡命徒之中，也有一些彬彬有礼、和蔼可亲的人，他们性情平和、多才多艺。"

第七篇　查尔斯岛与狗王

——从附近的岩石上和山洞里，

一千个蜂拥而出的恶棍，

狂叫着，把他围在中心；

恶心的家伙，衣衫褴褛，野蛮，畸形；

都威胁要杀了他，都持奇怪的武器；

有的拿着笨重的棍子，有的拿着长矛，

有的是生锈的刀子，还有燃烧的木棍。

我们将无须劳作，

让这些生来下贱的恶仆，

在世上苟延残喘，

只有苦役，别无生计。

巴灵顿岛的西南连接着查尔斯岛。这个岛有一段历史，是我很久以前从一位熟知外国奇闻轶事的水手那里得知的。

在南美的西班牙殖民地反抗西班牙的成功暴动中，有一位来自古巴的克里奥尔冒险家，为秘鲁而战，由于勇敢和好运气，他最后在爱国军中身居高位。战争结束后，秘鲁发现，国家就像许多英勇的绅士们一样，自由了，独立了，却身无分文。换句话说，秘鲁没有钱来犒赏自己的部队。

但是，这个克里奥尔人——我忘了他的名字——自愿提出以土地作为报酬。于是，他们告诉他，他可以把魔法群岛拿去，当时，直到现在，魔法群岛是秘鲁名义上的附属地。这位斗士立刻驾船去了那里，考察了群岛，回到卡亚俄，他说，他愿意接受查尔斯岛的地契。还有，这份地契必须约定，此后查尔斯岛不仅是这位克里奥尔人的专有财产，而且永远独立于秘鲁，正如秘鲁之于西班牙一样。总之，这位冒险家要做这个岛屿至高无上的君主，世上最有权势的国王之一[①]。

于是，他发布通告，邀请臣民去他这个尚无人居住的王国定居。大约有八十个人响应，有男人也有女人，这些人得到了自己的领袖分发的生活必需品和各种工具，还有几只牛羊，乘船去这块赐予的土地。最后上船但领头升帆的是克里奥尔人本人，很奇

① 美裔西班牙人很久以来就有把岛屿赠送给功臣的习惯。船长胡安·费尔南德斯获得了以自己的名字命名的岛屿，并且在塞尔扣克到来之前在那里住过几年。不过，据说在自己这个独立王国里，他郁郁寡欢，所以后来他回到大陆，据说在利马市成了一个喋喋不休的理发匠。——原注

怪，跟随他的，是一群训练有素、威猛高大的狗。在航行途中，这些狗拒绝和船上的移民交流，一直在高高的后甲板上围在主人的周围，轻蔑地看着前方这些下等的乌合之众，就像征服城市之后，征服者的士兵受命在高高的城楼上，俯瞰着无家可归的难民。

现在，查尔斯岛不仅像巴灵顿岛一样比群岛的其他地方更适合居住，而且面积是巴灵顿的两倍，周长有四五十英里。

安全登陆之后，在自己的领主和庇护人的指挥下，这群人着手建造自己的都城。他们的进展很快，用渣石块砌成墙壁，把熔岩凿平做成地板，再铺上细细的灰渣。他们把牛放在水草最丰茂的地方，羊天生喜欢冒险，所以给放出去探索内陆深处，在茂密的草中过一种勉强果腹的生活。丰富的鱼和乌龟弥补了生活中的其他需求。

随后发生了混乱，这是在所有原始地区定居后都会发生的，由于没有料到的许多移民的劣根性，混乱越来越严重。最后，国王被迫动用军法，亲手追杀了几个反叛的臣民，这些叛臣出于不可告人的目的，悄悄地在内陆扎营，晚上赤脚溜到熔岩宫殿的附近。据说，在采取这些严厉的措施之前，国王仔细地挑出了一支贴身卫队，其地位低于狗卫队。从这个情况，可以想象这个不幸的国家的政治状况，除了这支卫队，其他所有人都是彻头彻尾的阴谋家和凶恶的叛徒。最终，死刑还是不声不响地废除了，因为这个猎手国王及时地想到，要是在那些臣民中严格施行猎场上的规则，那用不了多久，就没多少或完全没有猎物了。卫队中由人组成的那个分队给解散了，被派去开垦土地、种植土豆，这一来正规部队就只剩下那只狗军团了。我听说，虽然经过严格训练，它们对主人温顺，但都特别凶猛。现在，武装到牙齿的克里奥尔人在自己的王国逡巡时，四周是自己的狗近卫军，它们恐怖的吠叫跟扑灭叛乱浪潮的刺刀一样有效。

然而，由于实施法律，岛上的人口可悲地减少了，又没有通过婚姻得到实质上的补充，这使他忧心忡忡。无论如何，人口必须增加。现在，由于岛上有些水，条件也相对比较宜人，所以在这个时期，查尔斯岛常常有外国捕鲸船前来。国王总是向这些船只收取港口费用，以增加财政收入。但是，他又有了其他计划。通过狡猾的伎俩，他诱使一些水手逃离自己的船只而投靠到他旗下。船员一旦失踪，船长们就得请求上岸搜查。这时，国王先把他们藏好，然后任其搜索。结果，叛逃者当然找不到，而他们的船只好悻悻而去。

于是，这位国王通过巧妙的双刃策略，外国的臣民减少了，而他自己的臣民却成倍增加。他特别宠爱这些外来的叛逃者。但是，唉，野心勃勃的王子们的计谋是多么阴险，胜利的荣光是多么可悲！就如当年的古罗马，不明智地引入外人当了执政官，又深得皇帝宠爱，而就是这些人凌辱、推翻了皇帝；而现在，这些无法无天的水手，纠集一部分卫队护卫和所有的居民，向自己的主人发起了挑战。他带领所有的狗向他们挺进。在海滩上展开殊死搏斗。鏖战持续了三小时，狗们英勇顽强，水手们奋不顾身，只求胜利。三个人、十三只狗死在战场上，双方都有伤员，国王被迫带领剩余的狗卫兵逃走。敌人乘胜追击，投掷石头把狗和它们的主人赶进内陆的荒野。停止追击之后，胜利者回到岸边的村子，打开了酒桶，宣布新国家的诞生。战死的人得到体面的埋葬，而死狗则扔进海里了事。最后，迫于生存的艰辛，逃亡的克里奥尔人下山求和。但叛乱者开出的唯一条件就是无条件放逐。因此，随后的一条船把前国王送回了秘鲁。

查尔斯岛王的历史再次说明了，用反复无常的移民在荒岛殖民是件多么困难的事。

很长一段时间，这位流亡的君主，在秘鲁的乡野郁郁寡欢，这里是他落难时的避难所，毫无疑问，他眼看着每一艘来自英肯特达群岛的船，以期听到那个国家垮台、那些叛乱者最后的忏悔，以及对他的辉煌的回忆。毫无疑问，他认为那个国家是一个可悲的实验品，不久就会四分五裂。不过，他错了，那些叛乱者并没有结成一个民主政体，既不是古希腊式的，也不是古罗马式的，也不是美国式的。都不是，那根本不是一个民主政体，而是无休止的混乱体制，它崇尚的是无法之法。这里给予叛逃者极大的诱惑，他们的队伍随着每一艘接近海岸的船的叛逃者的到达而不断壮大。查尔斯岛被誉为所有海军的受压迫者的避难所。在这里每一个逃亡的水兵都作为追随自由的英雄而受到欢迎，立刻成为这个大同国家的公民。一旦船员叛逃，船长想要找回，那简直是白日做梦。这些新来的同胞自然是毫不吝惜自己对此地的赞美之词。他们没有大炮，但他们的拳头可不容小觑。所以，到后来，凡是了解这片水域的船只都不敢在这里停留，不管多么缺乏给养。它成了一个诅咒—— 一个海上避难所——各种亡命徒潜藏的安全之地，他们以自由的名义为所欲为。他们的数量不断膨胀。从别的岛逃离了自己的船的水手，还有在附近海域的小船上的水手，纷纷转向查尔斯岛，寻求安全的庇护。而同时，也有过腻了岛上生活的人，时不时跨海到邻近的岛屿，在那里向船长自称是失事船只的水手，最后成功地登上开往西班牙海岸的船，上岸后又得到可观的抚恤。

我第一次来到群岛时，是一个温暖的夜晚，我们的船在宁静的海上徐徐前进，这时，船首楼有人叫道："有火光！"我们看到一边的朦胧岸滩上燃烧着一堆篝火。我们的三副对这一带不熟，他找到船长说："先生，我放下小船好吗？那肯定是失事船只上的人。"

船长冷冷地一笑，朝着那堆篝火挥了挥拳头，他厉声咒骂了一句，说道："办不到，办不到，你们这些臭流氓，在这平安的夜晚，你们休想把我的小船骗上岸。你们好自为之吧，你们这些贼人——你们在这片险滩上升起篝火想引人上当。没有哪个明白人会开过去想看个究竟，只会让他们小心翼翼，远离岸边——那是查尔斯岛。打起精神，三副先生，把灯光转向后方。"

第八篇　诺福克岛和混血寡妇

“他们终于看到一个岛屿，
还有一个女人坐在岸上，
仿佛遭遇了巨大的不幸，
向他们高声呼救，
满脸忧愁和哀伤。”

“他的眼睛黑如午夜的天空，
脖颈洁白如飞舞的雪花，
脸颊粉红如清晨的阳光——
他冰冷地躺在地上。
我的爱人已经死去，
在那仙人掌树下。”

“你丢下我孤苦伶仃，

我为你眼泪流干，

直到世上再无怜悯，

直到此生再无念眷。”

诺福克岛在离查尔斯岛东北方很远的地方，远离其他岛屿。尽管在大多数航海家眼里，这是个不起眼的岛屿，但通过类比，我觉得这个孤零零的岛屿是一个考验人性的神圣地域。

那是我第一次来到英肯特达群岛。在岸上已经花了两天抓捕乌龟。由于没有时间抓更多的乌龟，所以第三天下午，我们解开了船帆。正要起航，拔起的铁锚还在水下晃荡，大船慢慢转身即将离开小岛，这时，和我一起摇动绞盘的水手突然停下，让我注意岸上移动的东西，不是沙滩上，而是更往后的高处，有一个东西在晃动。

在讲这个小故事之前，我得提一下，为什么那么小的东西，船上其他人都没看到，竟会引起和我一起推绞盘的同伴注意。其他水手，包括我自己，都站在绞盘前用力推，每当笨重的绞盘转一圈，我这位异常兴奋的伙伴都要跳上绞盘使劲向下拉动绞盘索，他欢快地跳动时，看到了慢慢后退的海岸。由于比别人都站得高，所以他看到了那个东西，否则那是看不见的；他跳得那么高，是因为他高涨的兴致，而他高涨的兴致——说实话——缘自他喝了一点儿秘鲁皮斯科酒，那是我们船上混血厨子为了报答他的恩惠在当天早上悄悄给他的。不用说，皮斯科酒给世上带来很多危害；而在这一次，虽然是间接地，皮斯科酒却成了救人于水火的契机。难道我们不应该承认皮斯科酒有时也有好处吗？

顺着他指的方向越过水面看过去，我看到了一个白色的东西挂在陆上的岩石上，离海岸约有半英里远。

“那是一只鸟，一只白色翅膀的鸟，一只——不对，那是——那是一张手帕！”

“对呀，一张手帕！”我的伙伴叫道，然后更响亮地向船长报告。

霎时——就像飞快地瞄准的长枪一样——从高高的船尾楼后桅索中立刻伸出一把长长的望远镜，在内陆的岩石上清楚地看到一个人形，拼命地向我们挥舞一块手帕样子的东西。

我们的船长非常敏捷，这好心人。放下望远镜，他飞跑向前，命令马上下锚，船员做好准备，放下小船。

半小时之后，快船回来了。去的是六个人，回来的是七个——一个是女人。

要不是艺术上毫无天分，我真心希望能用蜡笔作画，这个女人的模样非常感人，而蜡笔画以柔和而忧伤的笔触，最适合勾勒出这个黑红色混血寡妇那悲痛的形象。

很快就听到了她的故事，虽然她的语言有些奇怪，但是很快就理解了，因为我们船长长期在智利沿岸做生意，而且精通西班牙语。这是一个混血儿，或者说半混血的印第安女人，名叫汉尼拉，来自秘鲁佩塔。三年前，她和年轻的新婚丈夫菲利普，纯正的西班牙人，还有她唯一的印第安弟弟特鲁希尔，在南美洲北岸上了一艘法国捕鲸船。船长是一个快活的人，这艘船计划前往英肯特达群岛以远的鲸鱼巡游地，也按照汉尼拉的请求途经群岛的附近。这三人的目的是获取龟油，这种油液以其纯正味美而深受人们喜爱，闻名于太平洋沿岸一带。带着一箱衣服，工具，厨房用品，一个简单的提炼龟油的设备，几箱饼干，其他物品，当然还少不了两只爱犬——这是所有混血印第安人非常喜爱的忠实的动物，汉尼拉一行在其指定的地点安全上了岸。根据离开前的约定，法国船长答应去西部海域作业，四个月后回来接他们，这三个冒险家认为四个月足以完成自己的工作。

在岛上荒凉的海滩上，他们用银币付清了船长这一程的船资，这是船长答应让他们搭船的先决条件，虽然也同意尽一切努力履行自己的诺言。菲利普也曾力争待船回来接他们后再付这笔钱，但是船长坚决不同意。虽然如此，菲利普他们以为，从另一方面看，自己也有足够的保障，可以相信船长的承诺。双方约定，回程的费用不以银币支付，而以乌龟为代价——在船长返回时把一百只乌龟交到他手上。混血儿们以为，在自己的作业完成之后，这些乌龟可以保证法国船长按时回来，因为，他们已经预先想到，这一百只乌龟——现在只有内陆才有了——就是一百个人质。够了，船起帆了。岸上的三人目送着喧闹地高歌着离去的船员们，傍晚时分，法国船驶向远方，三只桅杆像三道细线在汉尼拉的眼中飞快地退去。

法国船长痛痛快快地做了承诺，又赌咒发誓把承诺板上钉了钉，但是誓言和承诺就像铁锚一样也可以松脱啊；在这个反复无常的地球上，有的只是没有兑现的、痛痛快快的承诺，变化多端的天空的逆风，多变的性格和一时的情绪，船只遇难，还有偏远地方波涛中的横死，等等——不管是什么原因吧，那快活的法国船长再也没有回来。

然而，不管未来有多大风险，在发生之前，混血印第安人没有闲工夫考虑这些问题。他们一门心思劳作，这就是他们来这里的目的。可悲啊，厄运来得之快，就像晚上的贼，不到七个星期，三人中就有两个永远解除了陆上和海上的烦恼。他们再也不会以极大的恐惧，或更大的期望眺望地平线的那一边，他们的灵魂已经到了更远的地方游荡。菲利普和特鲁希尔在火辣辣的阳光下辛勤地劳作，把几十只乌龟带回了小茅屋，熬出了龟油，他们为自己的成果而欣慰，也想犒赏自己艰苦的劳作，于是他们匆匆忙忙地扎了一只长筏，也叫印第安木筏，就是南美西班牙沿岸常见的那种木筏，便兴冲冲地出海钓鱼。那是一道有许多锯齿一样豁口的长礁石，与岛岸平行，大约离岸半英里。由于险恶的海潮，或者意外，也可能是兴奋造成的疏忽大意（因为虽然听不见他们的声音，但从他们的动作上看，他们似乎一直唱着歌），他们被暗流卷向铁一样锋利的礁石，匆匆扎成的木筏翻了，散架了，汹涌的巨浪把他们在破碎的圆木和锋利的礁石上挤来挤去，汉尼拉眼睁睁地看见两个冒险家消失了。

汉尼拉眼睁睁地看见他们沉入海底。这真实的惨剧就在她眼前上演，就像舞台上虚构的悲剧。当时，她就坐在枯萎灌木中的简陋茅屋里，那是在离岸不远高耸的悬崖下。灌木丛不是很浓密，她可以从灌木枝叶的缝隙之间看到大海，就像在高高的阳台上透过窗格看过去一样。但在出事的那天，为了更清楚地看见自己心爱的两个人的历险，汉尼拉特意拨开枝叶，而且一直没有松手。枝条形成一个椭圆的窗口，通过这窗口，无边无际的蓝色海洋像画作一样翻滚。看不见的画家为她描绘着浪涛抛起又肢解的木筏，曾经水平的圆木像倾斜的桅杆一样翘起，其中混杂着四根面目全非的横木，然后，一切都沉入平缓地流动的奶油般的水中，慢慢地推动着四分五裂的残骸，而自始至终，没有听到一点儿声音。沉静的图画中的死亡、眼中的梦、活生生的人就像幻影一样消失了。

那一幕发生得如此之快，就像画面中柔和的影像一样恍惚，离那简陋的茅屋如此之远，和她对世界的常识又如此大相径庭，汉尼拉傻傻地凝视着，凝视着，没有抬起一根手指头，没有一声哀哭。她哑巴一样地坐着，茫然地盯着那哑剧，她还能做什么呢？半英里之遥，她那着了魔的两只胳膊又怎能帮助那四只命数已定的胳膊呢？空间之大，而时间就是一粒沙。看到闪电之后，哪个傻瓜又能止住雷声呢？菲利普的尸体冲到了岸边，特鲁希尔没有，冲过来的，只有他那顶漂亮的镶着金黄草边的帽子——那太阳花一样的东西，他被冲向礁石的时候，还拿着它向她挥舞——而现在，它还过来向她致意，那是弟弟最后的爱意。菲利普的尸体还是漂到了岸边，一只胳膊蜷曲着伸出，牙关紧闭，这眷念的丈夫轻轻地勾住自己的新娘，即使在死亡的梦中也对她恋恋不舍。啊，老天，人是如此忠实，你创造出忠实的人，而你自己也会忠实吗？然而，那些从不山盟海誓的人才会忠实啊。

不用说，那孤零零的寡妇此时深陷在何等难以言表的凄凉之中。在讲自己的经历时，她几乎不提这个，只是直接回忆那件事情。看她的表情，只听她的叙述，你完全不能判断出，汉尼拉本人就是这个故事的当事人。但是，她这样做绝不是为了骗取我们的眼泪。那悲哀是如此巨大，任何心灵都会为之流血。

她只是展现了自己心灵的盖子，那里面铭刻着难解的密码；以新娘的羞怯，她把一切都深深地藏在里面。只有一个例外。她在船长面前伸出橄榄色的手，轻轻地，用最慢的西班牙语说："先生，我把他埋了。"停了一下，就像挣扎着和盘成一圈蠕动着的蛇搏斗一样，她突然向后退缩，接着加快速度，在巨大的伤痛中，她重复道："我把他埋了，我的命，我的魂！"

毫无疑问，就是这个心已破碎的人，以她双手机械的动作，亲手为菲利普尽了最后一次义务，把枯萎的树枝——再也没有绿色的树枝——编成的十字架插在了那孤寂的坟头，在这个永远平和宁静的港湾，安息着不安宁的海浪淹没的人。

现在，沉痛的汉尼拉心里装的，是要埋葬另一具尸体，要把十字架献给另一座坟墓——虽然还没有堆成——外加没有找到弟弟那种麻木的担忧和痛苦。双手还沾着埋葬爱人的泥土，她便慢慢回到海滩，在那里茫然徘徊，她迷茫的眼睛望着不停翻滚的海浪。在她心里，海浪带来的只是一首挽歌，想到这谋杀犯还会唱挽歌，简直令她发狂。随着时间的流逝，这些事情在她的心里不再那么迷茫，她天主教的信仰强烈地说服她从梦游中清醒过来，认真地开始寻找。日复一日，一周又一周，她踏遍了火山灰渣的海岸，到后来，她热切的目光背后有了双重的动机。现在，她同样迫切地寻找着死的与活的，弟弟和船长，都消失了，再也没有回来。心情这样愁苦，汉尼拉再也没有准确的时间概念，她身边也没有日历，没有钟表。就像面对同样大海的可怜克鲁索，没有神圣的钟声报告岁月的流逝；每一天默默地过去了，没有雄鸡宣告闷热的黎明到来，没有牛群的叫声报告着可怕的夜晚降临。只有狗的叫声搅动着使人昏昏沉沉的酷热，这是唯一熟悉的声音，经常听到的、人的声音，或者说因为与人的亲密关系而和人同样亲切的声音。除此之外，只有滚滚大海单调的声音，没完没了，这是寡妇最不愿听到的声音。

所以，她的渴望转向一直未回来的船，得到的结果是一次次的失望，她内心是希望与希望的一次次搏斗，到后来，她绝望地说："时间还没到，时间还没到，我傻乎乎的心转得太快了。"于是，她强迫自己又耐心等了几星期。但是，对于那些为世上必然的诱惑所吸引的人，忍耐和渴望是一回事。

现在，汉尼拉极力想准确判断，船已经离开了多久，还有多久才会回来。但这不可能。她已经说不清今天是何日何月。时间是一个迷宫，汉尼拉已经在里面迷路了。

接下来——

虽然有违我本意，我还是得暂停一下。我们不知道自然是否和有些事情的知情者有某种密约。但是可以说，公开这些事情是好还是坏，这倒值得怀疑。如果认为有些书非常有害而必须禁售，那么，为什么不去禁止那些以更可怕的实情使人昏聩的梦呢？书所伤害的人和事件无关。应该禁止的不是书，而是事件。在任何情况下，人在风中播下种子，风就把种子吹到有人听的地方；无论好坏，人皆不知。往往坏事变好事，好事变坏事。

在汉尼拉——

看见一个油光水滑的动物久久地玩弄一条金色的蜥蜴然后将其一口吞下，这是一桩可怕的事。而看见残忍的命运之神有时玩弄人的灵魂，利用无可抗拒的魔力使人的灵魂拒绝接受明摆着的绝望而相信疯狂的希望，则是更可怕的事情。无意之间，我也在做这种猫才做的事情，我是在玩弄读者的心，因为要是他读书时不去感受，那就徒劳无益。

“船今天就到了，就在今天，”汉尼拉最终对自己说，“这给了确切的信念，使我站起来。如果没有确切的信念，我会发疯的。我曾经懵懵懂懂地盼了又盼，现在我坚定地清醒过来，我要等下去。现在我活着，再也不会在迷茫中死去。圣女啊，帮帮我！你会把船吹送回来。哦，过去漫长而疲惫的一个个礼拜——

慢慢熬了过来——为了换来今天的坚定，我把时间给了你，虽然我不情愿！”

就像经历狂风大浪后流落到荒岛的船员，用自己大船的残骸拼凑了一只小船，划着小船又穿过同样的狂风大浪，看看这位汉尼拉啊，这个失事的船上仅存的人，她从背叛中激发了信念。人性啊，你这坚强的东西，我赞美你，不是在桂冠胜者的身上，而是在这个失败者的身上。

真的，汉尼拉依仗的就是一根芦竹，真的芦竹——不是比喻，一根真的东方芦竹。一根空心的杆子，从未知的岛屿飘过来，在海滩上发现，曾经有锯齿的两端被打磨平了，就像用砂纸打磨过一样，金色的光泽已经消退。经过大海和陆地之间，上下石头之间长期磨砺，粗糙的木质部分已经磨平，又经过另一次磨砺，一次是自身的磨砺，一次是痛苦的磨砺。它的表面刻满了一道道圆环的线条，把它分成了长短不等的六段。第一段上刻的是日期，每一个第十天的刻痕稍长、稍深；第二段上刻的是作为食物的鸟蛋的数目，那是从岩石上的鸟巢中捡来的；第三段上记的是从岸边抓的鱼的数目；第四段，是内陆上捡到的小乌龟的数量；第五段，是有阳光的日子；第六段，是阴天的天数。漫漫长夜中的计数，悲惨的数学，为的是使那难以入眠的灵魂疲惫而睡去，然而正因为计数而难以入睡。

刻画日期的那一段磨损很大——那些表示第十天的长划痕已经磨去一半，就像盲文的字母一样。望眼欲穿的寡妇的手指成千上万遍划过竹竿——哑的笛子，吹起来，没有声音——仿佛清点空中飞过的鸟儿就会使地上的乌龟加快爬过树林。

在第一百八十天那道刻痕之后，就再没有记号。最后一道最浅，第一道最深。

“还有许多天哪，”我们船长说，“许多许多天哪，为什么没有继续刻下去啊，汉尼拉？”

“先生，别问了。”

“这期间，没有别的船经过吗？”

“没有，先生——不过——”

“你没有说啊，不过什么啊，汉尼拉？”

“别问了，先生。”

“你看见有船经过，很远；你对它们挥手，它们走了——是不是这样啊，汉尼拉？”

强忍悲痛，汉尼拉不愿意、也不敢信任自己舌头的软弱。接着，我们船长问是不是有捕鲸船曾经——

不行，我不愿完全透露这件事情，以免让嘲笑的人引用，并当作有利于自己的有力证据。在这里，事情只讲一半。在这个岛上发生在汉尼拉身上的两件事情，还是留给汉尼拉和她的上帝。在生活中，在法律上，讲出真相可能带来伤害。

还有，虽然我们的船在这个岛附近停了三天才起锚出发，而且以后再也不会回到这个孤寂遥远的地方，那么这之前这个岛上唯一的人为何没有发现我们。在我继续讲下去之前，有必要对这件事加以说明。

法国船长把这三个人送到岸上的地方离这里很远，在岛的另一头，也是在那里他们后来搭起了茅屋。这个孤独的寡妇不愿意离开那个曾经和两个亲爱的人住过的地方，她最亲爱的爱人、最忠实的丈夫在那里长眠，她的哭诉再也不能把他唤醒。

而且，岛屿的两端之间有一些断断续续的山坡。从一端看不见在另一端下锚的船。岛子也不是很小，一群人在一端的荒野里游荡几天，而站在另一端高处的人也看不见他们，听不见他们的呼喊。因此，汉尼拉自然会在她那边等待可能到达的船，我们的船员们都相信，要不是这个岛那魔力般的空气带给汉尼拉一种神秘的预感，她可能一直不知道我们这条船的存在。寡妇的回答没有否认我们的看法。

“那么，汉尼拉，今天早晨你又为什么穿过岛子到这一头来了呢？”

“先生，有一种东西从我身边吹过，触动了我的脸颊，我的心，先生。”

“你说什么呀，汉尼拉？”

“我是说，先生，有一种东西通过空气传过来。”

这是一个稍纵即逝的机会。在穿过岛中部的时候，汉尼拉到了中部的高地，一定是在那时她第一次看到了我们的桅杆，注意到帆已经升起，甚至可能听到了推绞盘机的号子。船快要开走了，而自己就在后面。这时她以最快的速度爬向最高处，但被山脚下的灌木挡住了视线。她挣扎着穿过枯萎的灌木，每一步都磕磕碰碰，最后她到了那块孤立的岩石，离海边还有一定的距离。她爬上岩石。船还清晰可见。此时，汉尼拉已精疲力竭，但尽量保持清醒。她担心从那令人炫目的高处滑下去。她只能停下来，在那里，她取下头巾，那是她唯一可用的东西，解开它，越过丛林向我们挥舞。

在她讲自己的经历时，船员们在汉尼拉和船长周围围成了一个无声的圆圈。最后，船长下令派一条最快的小船到岛的那一边，去取回汉尼拉的箱子和龟油，这时，全场响起前所未有的、悲喜交集的应答声。没有任何怨言。铁锚重新放回海底，船静静地停下来。

但是汉尼拉坚持要充当向导带我们去她隐蔽的小屋。于是，在吃了我们的厨师所能做出的最好的食物之后，她随我们出发了。在这艘小船上，船员们对她表示的敬意，就连最有名的海军上将的妻子在自己丈夫的船上也没有得到过。

绕过了许多玻璃质的海角和峭壁，两小时之后，我们开进了这致命的岛屿的一个隐秘的海湾，在绿色的、崎岖不平的熔岩崖壁上，我们看到了岛上那孤独的茅屋。

它背靠悬崖下面，两边是茂密的灌木，前面半遮挡着，有一条粗糙的梯子从海边通向悬崖。茅屋由藤条扎成，中间塞着长长的、朽烂的草，看起来就像一个废弃的干草垛，而堆草垛的人早已离世。屋顶朝一边倾斜，屋檐离地仅两英尺。有一个简单的设施来收集露水，或者是一次次蒸发飘下的极细的雨水，那实际上是夜空出于怜悯，或者玩笑，不时降落在英肯特达群岛上的。沿着屋檐边上，挂着一张饱经风吹雨打而斑斑点点的毯子，张挂在竖直插在浅浅的沙地里的杆子上。一小块烧结的石头压在布的中间，就这样把潮气引向放在布下面的葫芦。这个容器就是这几个混血儿饮用的每一滴水的水源。汉尼拉告诉我们，葫芦有时候一夜之间可以收集半葫芦水，虽然这种情形不多见。葫芦的容量大约六夸脱。“但是，”她说，“我们习惯了口渴。在佩塔，就是我们来的那片沙漠，从来不下雨。所有的水都是用骡子从内陆的山谷里运来。”

灌木中拴着大约二十只呻吟着的乌龟，那就是汉尼拉的食物，附近还散落着数百个巨大的黑色盾形物体，就像倾倒的黑色墓碑，那就是菲利普和特鲁希尔提炼宝贵的龟油后遗留下来的巨大乌龟的骨架。好几个大葫芦和两只精致的木桶装满了龟油。旁边的一口锅里还有准备提炼、已经结成硬皮的龟油。“他们准备第二天炼油。”汉尼拉说，她的头扭向一边。

我忘了提最难得一见的事情，虽然这是我们上岸后最先看到的一幕。

我们上岸时，大约十只毛茸茸的矮小鬈毛狗，那是秘鲁特有的漂亮品种，一起发出欢乐的叫声表示欢迎，汉尼拉也回应了它们的问候。有几只是汉尼拉成了寡妇后在岛上出生的，是从佩塔带来的两只狗的后代。

由于内陆遍布各种危险，陡坡、陷阱、荆棘、灌木、沟壑，失去了最宠爱的一只狗之后，汉尼拉在偶尔外出攀爬悬崖寻找鸟蛋或做其他事情时，再也不让这些脆弱的东西跟着自己。所以，习惯成自然，那天早上汉尼拉穿过岛子时，它们也没有跟出来，汉尼拉自己也满腹心事，没有心情让它们跟在后面。然而，她心里一直惦记着它们，除了清晨它们在附近的岩石缝里舔到的水分，汉尼拉也把葫芦里的露水分给了它们，哪怕在经常折磨这些岛屿漫长的干旱恶劣的季节。

按我们的要求，她告诉了我们需要搬上船的东西——她的箱子、龟油，还有那些活龟，她打算把它们送给船长，作为报答的礼物——我们立刻动起手来，把这些东西沿着岩石上那道常常不见阳光的石梯搬上小船。在我的伙伴们干活儿时，我发现汉尼拉不见了。

不仅仅是出于好奇，其中还掺杂着某种别的东西促使我放下手中的乌龟，再一次慢慢地注视四周。我想起了汉尼拉亲手埋葬的丈夫。一条狭窄的小径通往灌木深处。沿着这条小路，经过许多迷宫，我来到了一片小小的圆形空地。

空地中央隆起一个土堆，全是极细的沙子，就像漏光了的沙漏下层堆积的沙丘。顶上插着枯枝的十字架，早已干透、剥落的树皮还掉在上面，绳子绑着的横杆在寂静的空气中悲凉地低垂着。

汉尼拉身体俯伏在坟头，头低垂着，掩藏在长长的、松散的印第安头发里，她双手握着一个小小的铜十字架——一个磨损得平淡无奇的十字架，就像一只长期没有使用的古老门环——双手前伸到十字架脚下。她没看见我，我走到一边，悄然离去。

不久之后，一切准备就绪，她又出现在我们中间。我看了看她的眼睛，没有看到泪水。脸上有一种奇怪、高傲的神情，然而那是悲伤的神情。一种西班牙和印第安的悲伤，那是不形于色的哀悼。骄傲被迫屈尊于拷问，自然的骄傲却征服了自然的折磨。

娇小、光滑的小狗围着她，她慢慢朝海滩走去。她抱起两只最亲热的小狗："米·提塔！米·托莫提塔！"抚摸这小狗，她问可以带多少只上船。

大副给船员下了命令——他不是一个狠心的人，但他的生活方式就是，在大多数情况下，哪怕在最小的问题上，他的指导原则就是务实。

"我们不能把它们都带走，汉尼拉。我们的给养不足，风向很难说，我们还要许多天才能到达托姆比兹。所以，只能带上你手上抱着的，汉尼拉，不能再多了。"

她上了小船，划桨手也都就位，只有一个人没上船，他站在船边准备推船，然后自己跳上来。此时，聪明的狗似乎明白了，它们这就要被遗弃在荒凉的海滩上了。船舷很高，朝向陆地的船头高高翘起，狗们本能地躲开海水，也没有能力跳进小船。但是，它们的爪子拼命扒着船头，就好像这是关上的门，农夫把它们留在冬天风雪中一样。一阵痛苦的恐慌。它们没有狂吠，没有哀号，它们只是说不出话来。

“走开！让开！”大副喊道。小船向后一拖，一扭，随即飞快离开海岸，然后转弯加速。狗一边沿着水边奔跑，一边号叫着，接着停下脚步，凝视着飞快离去的小船，仿佛要跳起来追赶的样子，但又不可思议地停下，接着又沿着岸边追赶号叫。倘若它们是人，它们绝不会使人产生如此强烈的凄凉感觉。船桨划动着，就像两只翅膀串起来的羽毛。没人说话。我回头看着海滩，然后看着汉尼拉，她的脸色忧郁而平静。两只小狗蜷缩在她的膝上，默默地舔着她坚定的手。她没有朝后看，只是一动不动地坐着，直到我们转过一个海岬，再也看不见后面的岛屿，听不到声音。她仿佛经历了最深切的、道德折磨的痛苦，所以无所谓把一般的伤心事一个个抛弃，对于汉尼拉，虽然自己的痛苦由情和爱所生，但痛苦是必然的，他人的痛苦也只能毫无怨言地忍受。一颗热切的心裹进了钢铁的桎梏。一颗充满人间情感的心被天上降下的冰霜所冻结。

后来，经历多天的航行，熬过了无风和逆风的天气，我们到达了秘鲁小港托姆比兹，在那里补充给养。佩塔离这里不是很远。我们船长把龟油卖给了一个托姆比兹商人，把得到的银币和全体船员们凑的钱一起给了我们沉默的乘客，她不知道我们也凑了钱。

最后一次看到汉尼拉时，她骑着一只灰色的小毛驴经过佩塔城，眼睛看着身前毛驴脖子上那盾形的十字架一颠一颠地起伏。

第九篇　胡德岛和欧博鲁斯

“他们走进黑暗的幽谷，
见那受诅咒的人低身坐在地上，
愁苦的心里满是忧伤；
又长又乱的灰色卷发，
乱糟糟地披在肩上，
遮住的脸上，露出空洞的双眼
死一样的呆滞，惊恐万状；
瘦骨嶙峋的双颊，
深陷颌骨，好像从未饮食。
身上穿的，只有片片破布，
还有枝条和茅草，
就是他裹身的衣衫。”

克洛斯曼岛的东南，就是胡德岛，又名“麦凯恩的黑暗岛”。

岛的南端有一个玻璃般绿莹莹的海湾，有一大片布满黑色熔岩碎片的海滩，叫作“黑滩”，也叫“欧博鲁斯码头”。其实称为“冥府渡神码头”倒更为贴切。

岛屿得名于一个在此地度过许多年的疯狂白种人，名义上他是一个欧洲人，他给这个蛮荒的地方带来的恶名，比周围任何食人岛更为恐怖。

大约半个世纪以前，欧博鲁斯离开了这个岛，所以如今此岛是个无人岛。距码头大约半英里处，他用熔岩和渣块造了一个魔窟，此后这里以他而得名。这是道沟壑，也算一条山谷，遍布的岩石之间，大约有两英亩土地，适合原始的耕作。在这里，他成功地种出了一种退化的土豆和南瓜，有时候，他用这些东西和路过的缺乏食物的捕鲸船交换酒或者美元。

他的外表，无论从哪方面看，都是一个邪恶歹毒的巫婆的牺牲品，他似乎喝了喀耳刻①的毒酒：野兽一样丑陋；衣不蔽体；浑身烈日暴晒出的水泡；塌鼻子；五官扭曲、粗笨、肮脏；头发和胡须从来没有修剪，蓬乱，火红的颜色。第一次见到他的人往

---

① 喀耳刻（Circe），又称瑟茜，希腊神话中住在艾尤岛上的女巫。她是太阳神赫利乌斯和海神女儿珀耳塞所生的孩子，在古希腊文学作品中，她善于用药，并经常以此使她的敌人以及反对她的人变成怪物。在《奥德赛》中，特洛伊战争结束之后，奥德修斯一行人在返回国土的途中来到了喀耳刻所在的艾尤岛，喀耳刻盛情地邀请他的船员到岛上大餐一顿，并且不怀好心地在食物中放入了药水，使那些船员们吃下食物后全都变成了一只只猪仔。——译注

往惊恐万状，仿佛他是岛上火山喷发冲到天上的怪物，常年一身破布片蜷缩在山里那孤寂的熔岩石堆砌的巢穴里。人们说，他就像秋天的一堆枯叶，那是晚间猛烈的旋风把落叶扫到那个隐蔽的角落，然后又到别处肆意劫掠。还有人称看见过一个最奇怪的场面，在一个闷热、阴沉的早上，就是这个欧博鲁斯戴着一顶恶心的黑油布旧雨帽，在熔岩石之间挖土豆。他那样子实在扭曲得不成人形，他手中那把锄头给他捏成了一根奇形怪状的棍子，扭曲得不像文明人的锄头把，倒更像野人打仗用的弯刀。他还有一个不可思议的习惯，第一次遇到陌生人，他总是背对着别人，大概是因为背部相对好看一点儿，而且身体暴露得最少。如果有人看到他在园子里，有时会有这种情况——刚上岛的陌生人从海边直接穿过山谷来到这里，就是想看看这个奇怪的农夫如何干活儿——在这种情况下，欧博鲁斯拄着锄头，根本没有打招呼的表示，没有欢喜，也无所谓冷淡。如果好奇的陌生人想要面对着他，这位手拿锄头的隐士就拼命扭过去，低着头，恼怒地在土豆地里转圈，这是锄地的情况。而在他播种时，他的整个模样和动作显得非常莫名其妙地邪恶和神秘，仿佛他埋进地里的不是土豆而是毒药。有关这个欧博鲁斯，人们知道得较少也不那么恐怖的传说中，是说他有一个看法，来这里的人不仅是来交换土豆或者看看蛮荒的岛上有无人居住，而是想观看这个与世隔绝的王国里他这位鼎鼎大名的隐士。很难相信这样一个人竟然有如此虚荣之心，一个厌世之人居然如此自负。不过，他的确有这种想法，而因为这想法，他常常给船长们种种有趣的印象。但是，这不过是有些罪犯那种广为人知的怪癖，扬扬得意于自己因遭人痛恨而臭名远扬。在其他时候，他又莫名其妙地突发奇想，久久地躲在石头角落里，对前来的陌生人避而不见；有时候，他就像一头偷偷摸摸的熊一样，藏在山上枯萎的灌木丛中，拒绝见任何人。

除了偶尔从海上过来的访客，很长一段时间，欧博鲁斯的唯一伴侣是爬来爬去的乌龟，但他似乎和它们一样低级，也只有和它们一样的欲望，除了一点，他会醉得不省人事。但是，尽管他看起来那样下贱，他还有一个欲望，期待着偶尔有人发现他，这也是他的一个高级嗜好。的确，欧博鲁斯比乌龟唯一高级之处就是他堕落的空间更大，所以堕落的意志更坚决。接下来将要讲述的事情也许可以表明，自私的野心，或者对于统治的绝对热衷远不只是高贵心灵的专有弱点，而是为没有脑子的人所共享。要论自私的专制，没人比得上有些畜生，观察过牧场上动物的人偶尔一定看到过这种情况。

“这个岛子是我母亲西考拉克斯[1]留给我的。”欧博鲁斯环顾着这片荒野，心里想。那时候，过往船只不时会到他这个码头靠岸，通过某种方式，不知是交换还是盗窃，他搞到了一只旧滑膛枪，还有一些火药和弹丸。有了武器，他便有了冒险的劲头，就

① 西考拉克斯（Sycorax），莎士比亚《暴风雨》中恶毒女巫，卡利班（Caliban）之母，领导着岛上的原住民，后来被流落到此岛的主人公米兰公爵普洛斯彼罗（Prospero）取代。——译注

像老虎第一次长成了利爪。长期以来，他习惯了统治身边的一切，这片不毛的荒野。他要保证自己的离群索居不受侵扰，除非偶尔有利可图的商业交换，他从来不和人打交道——这一切都在他心中滋生出狂妄自大的感觉，还有纯粹动物性的、对整个宇宙的蔑视。

在查尔斯岛上，那不幸的克里奥尔人曾享受过短暂的王权，这也许在一定程度上出自高尚的动机，而正是这样的动机促使其他冒险家把殖民者带领到边远地区，在政治上对他们实施铁腕统治。他对许多秘鲁人采取的果断处置也是很值得原谅的，要知道他对付的是一帮亡命之徒，在当时的情况下，他带领他的狗进行战斗似乎也是完全正当的。但是，对这个欧博鲁斯大王和不久之后的后继者，就没有任何掩饰的借口了。他的行为纯粹出于对暴虐和残忍的热衷，出自他从母亲西考拉克斯继承的劣根性。有了这把粗笨的霰弹枪，加之自己就是这个蛮荒小岛的山大王的坚强信念，他迫不及待地等待机会，一旦有人不幸落入自己手中，就要证明自己对此人的权力。

很快这机会就来了。一天，他发现海滩上有一条小船，有一个人—— 一个黑人站在旁边。更远处还有一条大船，欧博鲁斯立刻明白是怎么回事了。那小船是来打柴的，船上的其他人都进树林了。他找了个方便的地方，一直观察着小船，不久后，一队稀稀拉拉的人扛着柴火出现了，他们把柴火扔在海滩上，又返回树林，那个黑人把柴火装进小船。

欧博鲁斯急忙跑过去，向黑人打招呼，黑人看见这样荒凉的地方竟然有人，而且是这么可怕的人，立刻惊慌失措，而令他同样惊慌的是，这个人竟然主动恳求帮他搬柴火。

黑人肩上扛着几根木柴，正要往肩上拿木柴，欧博鲁斯怀里藏着一根短绳子，殷勤地上去帮他把柴火扛上肩。做这事时，他始终躲在黑人背后，黑人警觉起来，一个劲儿躲闪，要面朝欧博鲁斯。欧博鲁斯也躲闪避开，到后来，自己也厌倦了这样没有意义的欺骗，还担心引起树林里的人的注意，欧博鲁斯跑到几步开外的灌木从中，操起霰弹枪，凶狠地命令黑人放下柴火跟他走。黑人拒绝了。这时，欧博鲁斯朝他开枪了。幸好，霰弹枪哑了火，但是，此时黑人已经吓得六神无主，所以在听到第二声喝令时，顺从地跟他走了。沿着一条熟悉的狭路，欧博鲁斯很快到了海边看不见的地方。

在上山的路上，他得意地告诉黑人，从此以后他就得为他干活儿，是他的奴隶，而今后他的待遇取决于他的表现。但是，由于黑人最初本能的、胆怯的样子，欧博鲁斯掉以轻心，在一个关键的时刻放松了警惕。经过一条狭窄的山路时，黑人，他是个强壮的家伙，感觉到走在前面的人放松了警惕，突然抱住了他，将他摔倒在地，夺走了他手中的枪，用这个怪物自己的绳子把他的双手捆起来，扛着他回到了小船。其他船员回来之后，欧博鲁斯被弄到了船上。这是一艘英国船，一只走私船，这种船是不会太仁慈的。欧博鲁斯给结结实实地抽了一顿，然后戴上手铐，拖到岸上，被迫招供了自己的住处，交出了自己的财产。他的土豆、南瓜、乌龟，还有通过交换积攒下来的美元，统统给劫掠一空。但是，在这些报复性的走私者忙着毁掉他的小屋和园子时，欧博鲁斯逃到了山里，藏在一个谁也找不到的地方，直到大船开走后，他才大着胆子回来，用一把以前扎在树上的锉刀，撬开了手铐。

在小屋的废墟上，在荒芜的熔岩石中，在这荒无人烟的死火山中，他沉思着，这个受了奇耻大辱的厌世者此时酝酿出一个向人类复仇的计划，但是他深藏不露。

过往船只依然常常在码头靠岸，经过逐步的努力，欧博鲁斯能够向船只提供一些蔬菜了。

由于上一次绑架陌生人没有成功，现在他采取了大不一样的策略。船员们上岸之后，他装出一副随和的样子，邀请他们到自己的小屋，那张红头发的丑脸尽可能做出殷勤好客的样子，请他们喝酒、作乐。不过，这些客人也用不着多劝，不久就不省人事，手脚给捆得结结实实，给扔进了沥青里，直到自己的船开走，醒来发现完全无依无靠，加之翻脸的欧博鲁斯凶狠的威胁，尤其是那把硕大的霰弹枪的逼迫，他们只好归顺了他，成了他低贱的奴隶，欧博鲁斯成了他们最残忍的暴君。刚开始的时候，两三个人给折磨死了。他驱使剩下的人—— 一共四个——去挖掘板结的土地，去山中潮湿的崖壁上铲下肥土，背回地里；他给他们吃的是最粗劣的食物，一旦有一丝反抗的表示，他立刻端起枪来；他把他们彻底改造成了脚下的爬虫——这条巨蟒之王统治下的下贱带蛇。

后来，欧博鲁斯设法搞到了四把生锈的短刀，还给那把霰弹枪补充了火药和弹丸。有了奴隶为自己干活儿，欧博鲁斯成了一个能力极大的人，或者魔鬼，他哄骗或者强迫别人屈从于他那险恶的控制，不管开始时这些人是多么痛恨。这些人曾经是海上的牛仔，无法无天，随时准备做任何坏事，仁义道德早已丧失殆尽，所以也就欣然接受这种下贱的生活，在岛上绝望的苦难中丧失了人性，习惯了在大王这个最坏的奴隶面前卑躬屈膝，现在，这些可怜虫在他手中彻底堕落了。他把他们当作下贱的动物驱使，他抓住这四个动物，把他们从懦夫培养成了凶狠的亡命徒。

这一来，有了刀与剑，人的四肢倒成了爪子和毒牙，就像距铁一样绑在斗鸡的腿上。我们再说一遍，欧博鲁斯，岛上的沙皇，掌握了四个臣民；也就是说，他以荣耀之名，把四把生锈的短刀交到他们手里。如其他独裁者一样，他有了自己的军队。

也许有人想接下来肯定会发生叛乱。贱奴手中有了武器？欧博鲁斯陛下竟然如此轻率！不会的，他们只有短刀——充其量是可怜的旧镰刀而已——而他有霰弹枪，只要开火，没有准头到处乱飞的石子、岩渣就会歼灭四个叛徒，就像一枪打死四只鸽子一样。还有，起初有一段时间，他不在平时那个小屋里睡觉，每到红日落山时分，他会走进沟壑纵横的山里，去一个凶险的陷阱里藏起来直到天明，这是那伙人找不到的地方；后来发现这太麻烦，于是每天傍晚就把奴隶们的手脚捆起来，把刀藏起来，把他们塞进自己的营盘，关上门，在门前新添的窝棚下躺下来，抱着枪睡觉。

据说欧博鲁斯并不满足于每天带着自己的精兵在这片满是火山灰渣的荒野巡视，他在精心策划一个最有力的行动，他的目标可能是伏击一艘在自己的领地靠岸的船，把船员杀光，然后乘船去谁也不知道的地方。正当这些计划在脑袋里逐渐成熟的时候，两艘船一道在岛的另一端靠了岸，这时，他的计划突然改变了。

来船需要蔬菜，欧博鲁斯承诺可以大量提供，只需大船派几条小船开到他的码头，在那里，船员可以到他的菜园搬运蔬菜，他还告诉两位船长说，最近他那几个浑蛋——奴隶兼士兵——懒到极点，什么也干不了，普通的劝导无法使他们干活儿，而自己也懒得强迫他们。

双方谈好了条件，小船派了出去，在海滩上靠了岸。船员们到了那座熔岩石砌成的小屋里，很惊讶地发现那里什么人也没有。他们等了很久，实在没有耐心了，只好回到岸边，哎哟！仿佛刚才有陌生人来过此地——不过肯定不是好心的撒玛利亚人。三条小船被炸成了碎片，另一条无影无踪。部分船员历尽艰辛翻过一座座山坡，穿过一片片熔岩石堆，好不容易回到了大船停泊的那边，随后又派出几条小船前去解救那些不幸的船员。

然而，尽管两位船长震惊于欧博鲁斯背信弃义的暴行，但又担心发生更多的惨剧——而且，他们也将信将疑地把这些怪事归咎于这些岛子传说中的妖术——所以，他们觉得不安全，只有立刻离开，拱手让欧博鲁斯和他的喽啰占有了那条偷去的小船。

在离开之前，为了让太平洋上经过的船只知道这件事的详细经过，他们把一封信装进一只木桶，把木桶固定在海湾里。后来，一位船长碰巧在这里下锚，他打开了这只木桶，但这是在他派出一条小船去欧博鲁斯码头之后。完全可以料到，看了这封信后他内心是多么忐忑不安，幸好小船平安归来，给他带回另一封信，这封信是有关那次事件的欧博鲁斯的版本。这份珍贵的文件给钉在那废弃的、丑陋的小屋霉迹斑斑的熔岩石墙上。这封信表明，欧博鲁斯至少文笔相当不错，他并不纯粹是个乡下佬，而且，他擅长最为悲情的雄辩。

“先生，我是受到虐待的、最不幸的绅士。我是一个爱国者，遭到本国的暴君放逐而离开了我的祖国。

“流放到魔法岛之后，我一次又一次地恳求船长们卖给我一条小船，虽然我开出了高价，而且以墨西哥钱币支付，但屡屡遭拒。最终我获得了一个拥有自己的小船的机会，我没有放过机会。

“在极大的孤独痛苦中，我成年累月不辞辛劳，为的是稍有积蓄而安享洁身自好然而不幸的老年；无奈，我数次遭受抢劫和毒打，那些人自称是基督徒。

“今天，我乘坐我的‘博爱号’离开魔法岛前往斐济群岛。

“孤儿欧博鲁斯。

“又及——在岩石堆后面，炉子旁边，您会找到一只老母鸡。别宰了它，耐心点，我让它留下孵蛋。如果有了小鸡，我将它们赠送给您，不管您是何人。但是，鸡蛋未孵出，先别数小鸡。”

结果发现那鸟儿是一只饿得半死的公鸡，虚弱得坐着一动不动。

欧博鲁斯声称要去斐济群岛，但这不过是他迷惑追踪者的障眼法。这是因为，经过漫长的航行之后，欧博鲁斯只身到达了瓜亚基尔。因为在胡德岛上再也没有他那几个帮凶的踪影，人们猜测要么是在去往瓜亚基尔途中他们死于缺水，要么是欧博鲁斯发现缺水的时候，把他们扔下了船，这相当可能。

从瓜亚基尔，欧博鲁斯又去了佩塔，在那里，他施展最丑陋的动物独有的无耻妖术，获得了一个黄褐皮肤女子的感情，蛊惑她跟自己回魔法岛。毫无疑问，他把那里吹嘘成了鲜花盛开的天堂，而不是遍布熔岩的地狱。

但不巧的是，由于胡德岛的殖民者们只接受经过挑选的、精力旺盛的人，所以，欧博鲁斯那魔鬼般奇丑的样子在佩塔引起了人们的怀疑。所以，一天晚上，当他躲在一艘即将起航的小船的舱底，口袋里还有火柴，人们发现并抓住了他，把他扔进监狱。

南美城镇的监狱大多条件非常恶劣。监舍由晒干的土坯砌成，只有一间，没有窗户，没有院子，唯一的门装上密密实实的栅栏，其样子无论内外都非常丑陋。作为公共建筑，监狱往往很醒目地建在炎热、尘土飞扬的广场上，这样，过往行人可以透过栅栏，观赏那些邪恶无助的囚徒蜷缩在无比肮脏、凄惨的洞穴里。就在这里，有很长一段时间，人们看得见欧博鲁斯，这帮杂种和凶手的中心人物，他是人性所憎恶的动物，正如人道憎恶反人道。

注：质疑上述人物真实性的读者可以参看《波特太平洋远航记》第二卷，从中可以看到本文为了惊险刺激之目的从中引用的原封不动的句子。除了本文的思考部分，该书和本文的主要差异是，在波特叙述的事实基础上，本文作者添加了来源可靠的太平洋有关记载的细节，在与波特的记载有冲突的情况下，本文作者自然优先采用自己的来源。

例如，根据本人的资料，欧博鲁斯是在胡德岛上；而根据波特的，他是在查尔斯岛。茅屋里发现的那封信的内容也有所不同，本文作者得知，那封信不仅文笔不错，而且充满奇怪的、厚颜无耻的讥讽之言，这一点在波特的版本里没有充分体现。因此我做了相应修改，以和这封信作者的总体性格相吻合。

第十篇　逃亡者、海难余生者、隐居者、墓碑等等

“老树残桩四周，

没有果子，没有树叶，

曾有多少不幸的人们，

悬挂在结疤累累的枝丫上。”

在遍布熔岩石的山谷的一端，欧博鲁斯的小屋的一部分残迹至今犹存。在英肯特达群岛的其他岛屿上漫游的访客，也偶尔会看到其他孤寂的人迹，这些曾经的住所早已废弃，留给了乌龟和蜥蜴。在现代社会，也许世界上鲜有地方，曾经庇护过如此多与世隔绝之人。

究其原因，这些岛屿地处遥远的海上，过往船只多半为捕鲸船，或者经历了漫长而疲惫的航行，所以在很大程度上免除了法律的监管和羁绊。在这样艰难的情况下，由于一些船长和水手的性格，发生这样那样不愉快、不和谐的事情，倒是在所难免。

一个痛恨船上暴政的水手，会欣然从船上逃走，亡命于这些海岛，虽然这里有没完没了的干风和炙烤的热风的折磨，但岛上迷宫一样的地势，使这里成了没有被抓获之虞的避难所。在秘鲁或智力哪怕最小、最破烂的港口，从船上出逃，都有被抓获的巨大风险，更何况还有美洲豹呢。只需五个比索的悬赏，就足以驱使五十个怯弱的西班牙人进入丛林，他们带着长刀，夜以继日地搜索，热切地希望捉住那些猎物。一般而言，在波利尼西亚群岛，要逃脱追捕也不是一件很轻松的事情。对于在秘鲁港口逃走的人来说，那些受到文明影响的人也是同样的麻烦，这些开化的土著人和堕落的西班牙人一样热衷于为几个小钱而干起追捕的勾当。再有，由于所有欧洲人在原生的野蛮人心中的恶名，要想从船上逃走和混进原始的波利尼西亚人中间，在大多数情况下，也是希望渺茫的事情。因此，英肯特达群岛就自然而然地成了各种难民的藏身之地。其中一些人不无惨痛地认识到，逃离暴政本身并不能保证得到一个安全的避难所，遑论幸福的家园。

此外，到岛上捕捉乌龟发生意外而流落岛上，这样的事情也时有发生。大多数岛屿的深处地形复杂，通行是无以言表地艰难；空气闷热得令人窒息，干渴难耐，而岛上又没有小河可以解人于危难。不出几个小时，赤道烈日的炙烤，还有上述诸多原因，使人完全衰竭，于是，在英肯特达群岛迷路的人就大难临头了！由于这样的条件，除非有数周的时间，否则彻底搜救是不可能的。没有耐心的船只会等一两天，如果失踪的人还没找到，人们就在海滩上插一根木桩，留下一封致歉信，还有一小桶饼干，上面捆着一小桶水，然后扬帆离开。

也不乏这样的事例，有一些船长丧尽天良，倘若有船员对自己的反复无常或自尊有所冒犯，便施以淫威。惨遭报复的船员被扔在岸上滚烫的灰土中等死，除非他们历尽艰辛，在岩石上找到宝贵的水滴或在山上的土坑里找到污浊的水。

我认识这样一个人，他流落到纳伯勒岛，干渴到了极点，最后通过夺取另一条生命而救了自己的命。一头硕大的粗毛海豹来到海滩上。他扑了上去，在海豹脖子上戳了一刀，然后趴在那仍在喘气的身体上，从那鲜活的伤口中大口大口地喝血；那垂死动物颤动的心脏把生命注入喝血的人。

还有一个船员，坐小船流落到一个小岛，因为岛上格外荒凉，四周暗礁密布，完全孤立于其他岛屿，所以这个岛从来没有大船靠岸——他意识到待在岛上只有死路一条，而逃走也充其量就是一死而已，他杀了两头海豹，用海豹皮做了一个浮筒，抓着它转到了查尔斯岛，加入了那个王国。

但是，那些没有足够勇气做出如此不要命的尝试的人，只得刻不容缓地寻找活命的水源，不管那水源是多么稀少珍贵，然后堆起小屋，捕捉乌龟和鸟儿，为一种与世隔绝的生活而准备，直到运气来临，或者过往的船只把他们带走。

在许多岛屿的悬崖脚下，往往可在乱石中看到小小的石坑，里面有腐烂的垃圾、蔬菜的残渣，抑或灌木丛生，有时也会看到少许脏水。仔细察看，可以看到使用人造工具挖坑的明显痕迹，这就是一些可怜的被遗弃者或更为悲惨的逃亡者留下的痕迹。这些石坑的位置就在岩石缝隙的下方，为的是接住石缝里可能掉下的水滴。

这些岛上早已消亡的人迹还不止于隐士们的小屋和石坑。很奇怪，在其他有人居住的地方，它们往往生机勃勃，而在英肯特达群岛，它们最为凄凉。在这样的不毛之地说起邮政，听起来似乎很是荒唐，然而在这里偶尔也会发现邮政局。这里的邮政局就是一根木桩、一个瓶子。信件不仅密封起来，而且塞上瓶塞。信件通常是来自南塔克特岛的船长为了方便过往渔船而放置的，讲述捕鲸和乌龟的收获。然而，往往是漫长的一月又一月，一年又一年过去了，始终没有人来收信。木桩朽烂，倒掉，留下难看的残迹。

有些岛屿上还发现了墓碑，或者准确地说是坟头上插的木板，故事也就完整了。

在詹姆斯岛的海滩上，有很多年可以看到一根制作粗糙的指路牌，指向岛内。在这与世隔绝的地方，它可以看成一种好客的标识——一位善良的隐居者带着自己的枫木盘子在这里住过——来客可以顺着指示的小路走去，最后来到一个寂静的角落，发现唯一迎接自己的人，一个去世的人——他唯一的欢迎辞刻在坟墓上。一八一三年的一个黎明，美国护卫舰“埃塞克斯号”一个上尉，年仅二十一岁，就在这里，在一场决斗中倒下——以死亡达到了自己的成年。

就像欧洲那些古老的修道院一样，里面的人死了，不会送出墙外，而是就在里面埋葬，英肯特达群岛也同样处置在这里死去的人们，就像世上一般的大修道院一样。

我们知道，海葬纯粹出于海上条件不得已的情况，而且还要在船尾远离陆地、船头也不能清楚地看到陆地的情况下才能进行。因此，在英肯特达群岛海域航行的船只，这些岛屿就成了方便的葬地。葬礼结束后，水手中某个好心的诗人兼画家会拿起画笔，涂抹一首打油诗作为墓志。很久以后，别的好心的水手来到此地，他们通常会做一块墓碑，然后举杯友好地祝可怜的灵魂安息。

以下墓志就是其中一例，摘自查塔姆岛一个荒凉的山谷里：

“哦，杰克老弟，你路过此地，
你是那么快活、那么倔强，
就像当年的我一个样，
呜呼，他们再也不给我薪饷。
如今我困在这灰渣里，
再也不用带上眼罩出去晃荡。”

钟楼

在欧洲南部，一个曾经到处是壁画、繁盛一时的首府，如今却是一片萧索，潮湿的霉菌侵蚀着它逝去的年华。在这首府附近，平原的中央，耸立着一个废墟，从远处看上去，仿佛是一个黑黢黢、满身苔藓的松树桩，那粗大无比的松树早已倒下，那还是在人们早已遗忘的年代，亚衲和泰坦[1]的时代。

沿着松树倒下的方向一路过去，腐树留下一道长满苔藓的山岗——那是腐烂树干留下的永恒阴影；永不增长，永不缩短；绝不随着瞬息万变的阳光而变迁；那是永恒不变的阴影，就像一把放倒在地的规尺一样——所以，从树桩一样的废墟往西，那山岗仿佛一根盖满地衣的长矛，插进平原的中央。

就在树梢的部位——那里曾经回荡着银铃般嗓子的鸟儿的歌唱。那是一个石头砌成的松树，在树冠，曾有一个金属的鸟

① 亚衲（Anak），《圣经》中人物；泰坦（Titan），希腊神话人物。——译注

巢——钟楼，由一位伟大的技师建造，一个命运多舛的弃儿，名字叫班纳多纳。

就像巴别塔一样，钟楼根植于世界更新的大好时光，在第二次大洪水之后，中世纪黑暗时代的浊流枯竭，大地又一次转绿。毫不奇怪，经历漫长的水底黑暗之后，欢欣鼓舞的人类，就像诺亚的子孙一样，欣然拥抱士拿①的热望。

若论意志之坚定，当时的欧洲无人能与班纳多纳相比。他所在的城邦经过与黎凡特地区②的贸易而繁荣昌盛，投票决定要建一座意大利最雄伟的钟楼。由于班纳多纳的盛名，他被任命为钟楼建筑师。

一块又一块石头，一月又一月的时间，钟楼升起来了。越来越高，越来越高，蜗牛般的进展，但火炬、火箭般的骄傲。

每天傍晚，石工散尽，建筑师独自站在不断升高的塔顶，他要超越更高的墙、更高的树。在那里，他要逗留到很晚，凝神谋划着其他更为雄伟的石柱。虔诚的人们成群结队地赶来此地——在粗糙的脚手架上攀爬，就像帆桁上的水手、树枝上的蜜蜂，根本不顾石灰和尘土，以及飞下的碎石——他们的热忱极大地激发了他的自尊。

终于，钟楼的圣日来到了。在六弦提琴的乐曲声中，压顶石

---

① 士拿（Shinar），《圣经》中地名，指巴比伦（Babylonia）。——译注

② 黎凡特地区（The Levant），模糊的历史地理名称，狭义指叙利亚，广义指地中海东部及其诸岛。——译注

缓缓升到空中，在礼炮的轰鸣声中，班纳多纳亲手把它安放到顶楼上。随后，他登上压顶石，独自兀立，抱着双手，凝视着内陆方向蓝色的阿尔卑斯山雪白的群峰，还有海岸方向更蓝的阿尔卑斯山更白的山峰——这是平原上看不到的美景。他垂眼朝下，只听见人们大炮轰鸣般的欢呼声，下面的人们看不到的，还有他那双眼睛。

人们如此激动，是因为看见建筑师站在三百英尺高的塔顶，没有围栏，他竟然如此从容。只有他敢这样做。不过，在钟楼上升的每一阶段，他习惯了站在顶端——长期的训练有了最后的结果。

剩下的工作就是把钟装上去。这些钟，无论哪个方面，都必须配得上这座楼。

小钟都顺利地铸好了。接下来是一座非常豪华的钟，工艺独特，悬挂的方法尚不得而知。关于这座钟的目的、转动机构以及和计时钟的连接，我们以后将要提到。

钟楼和计时钟楼连在一起，在同一座楼里，在这之前，这两种建筑一般是截然分开的，例如，今日犹存的圣马可大教堂的钟楼和黄金塔计时钟楼。

但是，就在这座宏大的钟身上，铸造者肆意发挥了自己冒险的技巧。虽然较为稳重的地方执政官们曾经告诫他说，钟楼固然非常巨大，但它承载的那些摇摆的庞然大物的总重量也得有个限制，然而这些告诫都不起作用。铸造者毫无顾忌，他用神奇的工具打造了一个庞大的铸模，升起了香气四溢的杉木柴火，熔化了。

锡和铜，投入了贵族们慷慨捐献的大量金杯银盘，倒出了滚滚的熔流。

倾泻而下的金属熔液像一群猎狗一样嗞嗞作响。工匠们躲开了。由于他们的畏缩，大钟面临毁于一旦的危险。班纳多纳像沙得拉[①]一样毫不畏惧，冲进熊熊火光，用沉重的铸杓击打带头退缩的匠人，从被打的匠人身上，一块碎片飞进了沸腾的熔液，立刻化为无形。

次日，铸件的一角被小心翼翼地打开了。看来一切正常。第三天早上，同样小心翼翼地一点点打开，最后，完全冷却的铸件就像底比斯国王的躯体一样完全暴露出来。除了一个奇怪的地方，一切完好无损。但是，由于他的坚持，查验时没有人陪着他，于是他用一种无人知晓的方法掩盖了瑕疵。

铸造这样一个庞然大物被看成铸造者的巨大成就，这也是公国乐得与其分享的。杀人的事情却没人注意。在仁慈的人看来，这无非是审美的激情导致突然的欣喜若狂，而不是公然为非作歹。阿拉伯战马撅了撅腿而已，没有罪恶，流了血而已。

法官赦免了他的重罪，教会饶恕了他的罪行，饱受折磨的良心所能指望的，也莫过于此了。

---

① 沙得拉（Shadrach），《圣经·但以理书》第三章中人物。犹太人沙得拉、米煞、亚伯尼歌拒绝向巴比伦国王所立金像敬拜，被国王下令投入烈火的窑中，三人毫发无损，“王说，看哪，我见有四个人，并没有捆绑，在火中游行，也没有受伤。那第四个的相貌好像神子”。——译注

为了庆贺钟楼的落成并向建筑师致意，举行了另一场圣日盛会，公众目睹了盛大的仪式中一个个钟和计时钟吊上钟楼，在吊装钟的时候典礼更为隆重。

随后的几个月中班纳多纳格外地离群索居。大家也知道他在为钟楼而操劳，他要完成扫尾的工作，让钟楼前无古人。人们大多以为他的谋划可能和铸造钟这样的事情有关。但也有自以为看得更深远的人却摇头，其言外之意是说，技师如此神神秘秘，恐怕事情没那么简单。同时，由于他深居简出，人们不能不觉得，他做的事情可能见不得人，所以才如此神秘。

不久，他把一件沉重的东西吊上了钟楼，它裹在黑色的布袋或披风里——在人们的印象中，这就像有时候在新建筑物前面安装精美的浮雕或者塑像的过程，安装到位之前，建筑师不肯将其暴露在挑剔的公众面前。但是，那个东西上升时，在场的一位雕塑家注意到，或者说以为自己注意到，它并不完全坚硬，而是有些柔软。最后，那遮盖着的东西吊到最高位置、从下面不大看得清楚时，它仿佛并没有依靠吊车，而是自己走进钟楼一样。在场一位眼尖的老铁匠竟大胆地说那是一个活人。人们认为这猜测很傻，但大家的兴致却由此而生。

不顾班纳多纳反对，执政官和一个随员——两人都上了年纪——跟着那个不明的东西上了钟楼。但是，上去之后，却无人理睬。技师坚决地捍卫着自己艺术的神秘，决不肯做任何解释。执政官们看了看那个裹起来的东西，很惊讶地发现，此时它似乎改变了样子，要不就是此前塔外呼呼的狂风使人看不清它的原样。此时，那裹在化装舞衣里的东西仿佛坐在一个架子上或者一张椅子上。他们注意到，在其顶端，有一块网状的四方形布，不知是偶然还是故意为之，有一个角掀开了一点儿，里面塞有一些十字交叉的棉线，形成一种编织成的网格一样的东西。不知是由于从石头窗格吹进的微风，还是他们自己的想象，他们觉得看到了那化装舞衣裹着的东西有一种规则的、弹簧般的动作。他们不安的眼睛没有放过哪怕是一丝偶然的、最不起眼的东西。在一个角落，他们看到了一个陶制水杯，严重磨蚀而表皮剥落，一个人对另一个悄声说，开个玩笑，这杯子可能是给某个青铜雕像喝水用的，说不定更糟。

但是，被问及此事时，技师答道，这杯子只是用于铸造而已，它的用途——简言之，无非是用于察看熔化的金属的状况。他还说，这东西只是偶然带进钟楼的。

他们一再凝视那件化装舞衣，好像凝视威尼斯化装舞会上一个可疑的舞者。他们心里暗暗翻腾着各种忧虑。他们甚至担心，他们下楼以后，这里留下的可能不止一个人，虽然这技师只是孑然一身。

看他们如此担忧，他不禁觉得好笑，为了使他们放松一点儿，他把一张画有女子的粗糙画布隔在他们和那个东西之间。

同时，他尽力把他们的兴趣转向自己其他的工作。此时，由于那个化装舞衣样的东西已经不在眼前，很快，他们就对四周随处可见的艺术珍品产生了浓厚的兴趣——这些都是尚未完成的艺术珍品第一次示人，因为把钟装进去之后，除了铸造者，没有任何人进过钟楼。按照他的性格，在不太浪费时间的情况下，即使是细节方面，他也不愿让他人插手，宁可自己亲手完成。因此，在过去的几个星期里，除了谋划那个神秘的东西，其余时间都花在完善钟楼的雕刻作品上了。

那个计时钟尤为引人注目。经过耐心的精雕细琢，它那含而不露的装饰之美，它那最为含蓄的优雅，由于之前浇铸事故而蒙上阴影，此时展露无遗。钟面上，十二个欢乐的姑娘，头戴花环，手拉着手，整齐地跳着舞，在十二个时刻上围成一圈，首尾相连。

“班纳多纳，”执政官说，“这个钟举世无双。再无润色之空间。听！”他听到有个声音，“是风声吗？”

“是风，大人，”他轻轻答道，“不过这些雕像仍有瑕疵，还需要润色。完成之后，还有——那边那一件作品，”他指着画布，“在那边的哈曼，我欣然称他为哈曼——他？我是说它——把哈曼安装在这座钟楼里，我主的参天大树上之后，我会非常高兴地恭请您再次光临。”

他含糊其词地提到那个东西，使来客再次感到隐隐不安。但是，他们克制着没有重提此事，也许是不愿意让这个弃儿发现他那平民的艺术可以轻易地扰动贵族宁静的尊严。

“好吧，班纳多纳，”执政官说，“计时钟还有多久才能装好开始报时？我们对你的兴趣，无非是对你的作品的兴趣，所以我们迫切需要你成功的保证。那些人也一样——嗯，他们在呼喊。告诉我你完工的确切时间。”

“明天，大人，要是您听——您不听也一样——您会听到从未听过的音乐。那边那座计时钟会首次敲响一点，”他手指着雕饰着头戴花环的姑娘的计时钟，“钟锤会掉在这里，就是一点尤娜和两点杜娃牵手的地方，然后断开手拉手的咬合的钩子。明天，一点，敲在这里，精确地敲在这里，”他上前把手指放在钩子上，“本匠人将非常愉快地恭请大人再次光临这简陋的作坊。明天见吧，尊贵的大人，请听奴仆奉上的声音。”

他镇定、锻造之神般的脸像熔炉一样遮住了内心熊熊燃烧的光芒。他夸张地躬身向小门示意，仿佛立刻就要送客人出门的样子。但是，助理执政官是个心地善良的人，他不安地注意到，这个弃儿谦卑的态度似乎流露出一种讥讽的轻蔑，以基督的同情之心，他担心的不是自己，而是这个弃儿。他隐隐约约地推测到这玩世不恭的态度会给这个离群索居的人带来什么后果。再有，周围这些东西总给他一种奇怪的感觉，于是这位好心的助理执政官悲哀地把目光从他身上移开，再把颇有预感的目光移到一点尤娜那一动不动的脸上。

“这是怎么回事，班纳多纳，”他低声问道，“尤娜不像她的姐妹啊。”

“以基督之名，班纳多纳，”执政官脱口而出，由于属下的提问，他第一次注意到那个雕像，“尤娜的脸就像底波拉，佛罗伦萨画家德·封卡笔下的女先知啊。”

“真是啊，班纳多纳，”温和的助理执政官接着说道，“你本意是想让十二个女子都有同样纵情欢乐的表情。但是，你看啊，尤娜的笑容似乎死气沉沉。不一样啊。”

温和的下属说话时，执政官好奇的目光从他身上转移到浇铸师身上，好像迫切想知道他对这差异做何解释。他正往外走，脚已经跨到小门的阶石了。

班纳多纳说：

“大人，随着您敏锐的目光，我看到了尤娜的脸，我的确发现了细微的差异。不过，请看钟的整个表面，您会发现没有两张脸完全相同。因为艺术有一条法则——又吹冷风了，这些窗子挡不住风啊。大人，请允许我至少送您一程。那些人的福祉还需要您操心呐。”

“提到尤娜的表情，班纳多纳，你说艺术有一条法则，”执政官说，此时三人走下梯子，“那么，请告诉我——”

“请原谅，下次吧，大人——楼里湿气很重。”

“不行，我必须停下来，现在就听你说。这里——这楼梯平台很宽，也背风，光线充足。把你的法则告诉我们吧，随便说。”

“大人，既然您坚持，那好吧。艺术有一条法则，禁止可能的复制。几年之前，您也许还记得，我为您的公国刻了一方小小的玺，上面的主要图案是您的祖先，公国杰出的缔造者。为了海关向无数货物征收关税的需要，我得批量刻出大量的印章，我刻了整整一块雕版，上面有一百个印章。虽然我的目标是让那一百个头像相同，我也斗胆相信人们都以为它们完全一样，但是，仔细察看雕版上未经修饰的头像，会发现那一百张脸中没有任何两张是一样的。所有脸的表情都很严肃，但都有所不同。有些脸的表情，慈爱；有些，模棱两可。仔细审视两三张，除了没有哪怕是一丝一毫的邪恶，可以说什么表情都有，嘴唇线条暗影的一根头发丝的差异就足以产生这么大的差别。大人，现在请您把严肃的表情换成欢乐，再把它移植到这十二个有差异的形象上，请告诉我，难道您不会得到我表达时刻的、像尤娜这样的雕像吗？不过，我想——”

“听！那是——上面的脚步声吗？”

“是灰泥，大人。有时圆顶裸露的地方会有灰泥掉到钟楼的地板上。我肯定见过。刚才我说，总之，我喜欢这条禁止复制的法则。这会产生美妙的个性。是的，大人，尤娜那微妙的——大人您觉得有点儿奇怪的笑容，还有那双看着前方的眼睛，倒很符合班纳多纳的趣味的。”

“听呐！——肯定上面没有人吗？”

“没人，大人，放心，没有人。——又是灰泥。”

“我们在上面的时候可没掉灰泥啊。”

“啊，有您在场，灰泥也知趣的，大人。”班纳多纳温顺地鞠躬。

“不过那个尤娜，”温和的助理执政官说，“她似乎很专注地凝视着你呢。我敢肯定，我们三个人中，她就只看着你。”

“如果是那样，也许她的头脑更敏捷些，大人。”

“你说什么，班纳多纳？我不明白你的意思。”

“没什么意思，没什么意思，大人——风转向了，从缝隙里吹进来了。请允许我送您出去，然后，对不起，我是干活儿的人，又得拿起工具了。”

“说起来很傻，先生，”温和的助理执政官说，从第三个楼梯平台，两人独自往下走，“但是，我们那位大技师真使我有一种怪怪的感觉。就在刚才，他那样傲慢地回答问题的时候，他的样子就像德·封卡笔下的上帝之敌西西拉。还有那个年轻的底波拉雕像。对了，还有——”

“呸，呸，先生！”执政官答道，“偶然的机巧罢了。底波拉？——那么雅亿[1]呢，请问？”

“是啊，”助理执政官说，这时他们来到了地面的草地上，“是啊，先生，我见您把恐惧留在了冰冷而凄凉的钟楼里，而来到了阳光灿烂的空地，我的恐惧依然挥之不去。听呐！”

声音是从他们刚出来的钟楼门那边发出的。转过身，他们看见门关上了。

“他溜下来把我们关在外面了，”执政官笑道，“不过，他就

① 雅亿（Jael），是希伯来圣经士师记中的一个人物，杀死迦南王耶宾的军长西西拉（Sisera）的女英雄。她是基尼人希百之妻。——译注

是这习惯。”

当天发布了通告，第二天中午一点，大钟将会敲响，还有——由于技师非凡的技艺——将有格外精彩的展示。至于展示的是什么，暂时无可奉告。市民们收到通告，欢呼雀跃。

据通宵在钟楼周围露营的闲汉们说，塔顶窗棂透出了灯光，直到太阳升起才消失。还听到了奇怪的声音，那些由于紧张的观察而情绪受到影响的人们甚至认为，不仅有工具敲打的叮当声，他们说，还有压抑着的尖叫声和痛苦的呻吟，就像某种负荷过重的神秘机器发出的声音。

第二天慢腾腾地走来，广场上的人们载歌载舞打发着无聊的时光，终于，巨大、曚昽的太阳像足球一样，从平原边上滚了过来。

中午，贵族和头面人物的车队从城里开来，还有一队士兵奏着乐曲，更为这盛大的日子添彩。

仅有一个多小时了。人们越来越沉不住气。急躁的人们手里拿着表，看着表盘，然后脖子朝后仰，似乎尽管计时钟还没有现出表盘，只要朝上看，便可预知只有耳朵才能感觉的声音。

此刻，无数的表盘上的时针距离刻度“1”只剩下一根头发丝的宽度了。寂静，如同人们屏住呼吸翘首期待细罗[①]来到一样，笼罩着挤满人群的平原。突然，一个沉闷、砍砸的声音，没有一

① 细罗（Shiloh），《圣经·创世纪》中人物。雅各（Jacob）为其子犹大（Judah）祈福，说：“圭必不离犹大，杖必不离他两脚之间，直等细罗（就是赐平安者）来到，万民都必归顺。”——译注

丝回响，在人群外围很难听得到——这沉闷的声音重重地从钟楼掉下来。同时，人们茫然地面面相觑。所有表盘都拿在手上。所有的时针都指向——过了——刻度“1”。钟楼的钟声没有敲响。人群躁动起来了。

片刻之后，执政官高喊安静，然后向钟楼喊话，问那里出了什么意外。

没有回应。

他一次又一次地喊话。

依然是寂静。

执政官一声令下，士兵们冲进钟楼，安排了人在门口守卫，防止汹涌的人群捣乱；之后，执政官在先前那位助理执政官的陪同下，爬上了蜿蜒的楼梯。走到一半，他们停下脚步听了听，没有声音。他们加快了脚步，到达了安放大钟的地方。在门口，看到眼前的情景，他们大吃一惊。一条他们没见过的长耳狗一直跟着他们来到这里，它站在那里浑身发抖，就像面前是断头台前一个无名的怪物，也好像它嗅到了通向另一个世界的脚步声。

班纳多纳流着血，倒卧在装饰着戴花环女子的计时钟的基础上。他躺在一点钟尤娜的脚下，头刚好垂直于她的左手，那只两点杜娃牵着的手。那戴面罩的化装舞者，此刻已经没有披风遮盖，呆立在他面前，脸朝下对着他，就像雅亿低头看着钉死在帐篷中的西西拉。

化装舞者有四肢，仿佛包裹在鳞甲中，就像一只灿烂的、硕大的甲虫。舞者戴着手铐，棒状的双手上举，仿佛要用手铐再次打击已经打倒在地的牺牲品。它的一只脚向前伸出，插在尸体身下，好像用脚踢过尸体一样。

接下来发生的事情就扑朔迷离了。

人们自然会以为，两位执政官一看到眼前的景象，马上会退出来。他们至少也会由于惊恐而在片刻之间不知失措。可以肯定的是他们叫人从下面拿来了一支火绳钩枪。还有人说，枪声之后，是尖利的呼啸声，就像主弹簧突然弹开那种声音，混杂着钢铁的击打声，好像一堆剑身砸在路面上的声音。这混在一起的声音乒乒乓乓地传到平原上，吸引着仰面看着钟楼的每一双眼睛，穿过上面的格栅，飘出了一个个细细的烟圈。

有些人断言，枪打中的是那只吓得发了疯的长耳狗。有些人对此予以否认。可以肯定的是那只长耳狗再也无人见过，也许出于某种未知的原因，它随后和那个化装舞者一起被埋葬了。不管这之前发生了什么情况，在第一阵本能的恐慌结束后，或者产生恐惧的所有理由被排除之后，两位执政官迅速用掉在地上的披风重新罩上了化装舞者。当天晚上，这东西被悄悄搬到了地面，然后偷偷运到了海滩，拖到离岸很远的地方，沉到了海底。无论在事后的重要场合，还是宴会的欢乐时光，这两个东西再也不会泄露钟楼的全部秘密了。

由于这件事情诡异的特点，普通人对弃儿的最后结局的猜测难免有些迷信。但是，也有少数不太迷信的人声称要对这件事做其他解释也不难。在这条间接推论的链条中，也或多或少有一些缺失或者站不住脚的环节。但是，在没有更好的解释的情况下，以下将要做出的解释也是传统观念明确接受的唯一解释。但是，若要对这个问题做出推测，必须首先对班纳多纳的神秘计划的整个动机和手段及其根源做出分析，以上人士坚持不但要深刻分析事件本身，还要深入分析他的灵魂。对这些问题的剖析将间接涉及特定的事件，这些事件绝非清清楚楚，也绝非直接相关。

在那个时期，大钟的发声方式和今天的完全相同，要么里面安装摆锤，和绳子相连，由笨重的机械结构拉动绳子发出声音，要么由强壮的更夫用沉重的钟锤从外面击打发出声音，拉绳子的机械安放在钟楼里面，敲钟的更夫则住在楼顶上的更房里，根据大钟摆放在室内还是室外而定。

据说，就是通过观察这些安放在室外的钟和更夫，弃儿得到了方案的灵感。如果把人放在一根巨大桅杆的顶端或者塔尖，从下面看上去，人的表面尺寸将缩小到完全看不到其智力特征的地步。这样的人形没有个性，不能表达意志，它的动作相当类似于电报机上杠杆的机械动作。

因此，观察敲钟人木偶般的机械动作之后，班纳多纳无意间有了个想法，要设计一个金属机械人，它能够用机械手敲钟，而且比活人更准时。另外，钟楼顶上的更夫在指定的时间从更房走出，走到钟前面，然后举锤敲击，与之相同，班纳多纳决定，自己的发明也同样能够走动，而且至少看上去有智力、有意志。

如果那些声称了解班纳多纳的意图的人的上述推测正确无误，那么此人的精神也真够冒险的了。但是这些人的推测还不仅止于此，他们说，虽然在起初他通过观察更夫得到灵感，要设计一个精巧的复制品，然而，往往有这种情况，经过一步又一步难以察觉的变化，设计师相对微不足道的设想往往演变成宏大的计划，所以按照预期的要求做出的最初规划，到后来变得闻所未闻的大胆。他潜心于为钟楼做一个有动力的敲钟人，但要部分具备未来人的一些特点，一个高大魁梧的奴隶，具备难以想象的能力供人类驱使，展现人类的荣光。它要能够取代人们日常的劳动，它是地球上一种新型的奴隶，它比耕牛更有用，比海豚更敏捷，比狮子更强壮，比猿猴更机灵，比蚂蚁更勤奋，比毒蛇更凌厉，比驴子更有耐心。上帝为人类福祉创造的所有动物的所有优点都将得到升华并集于一身。这个无所不能的巨人的名字叫塔鲁斯。通过班纳多纳之手，他的金属奴隶塔鲁斯将成为人类的奴隶。

如果关于这个弃儿的秘密的猜测是正确的话，完全有理由认为他是无可救药地受到了他那个时代最疯狂的、奇谈怪论的影响，可以说比阿尔伯特·马格斯和科尼利厄斯·阿格里帕还要疯狂。但是，也可以有截然相反的解释。尽管他的计划非常不可思议，看上去明显不仅超越了人类发明的界限，而且超过了神创的界限，然而，他提出的实施途径却是清醒的、理性的。即使是持怀疑态度的人也难以否认，班纳多纳并不赞成当时那种狂妄自大的非理性思潮。例如，当时的玄学家异想天开，鼓吹精巧的机械力和原始的动物生命力之间可以发现某种相同的本源，而班纳多纳并不同意。他的计划和当时一些自然哲学家的狂热的理念没任何共通之处，这些哲学家希望通过生理和化学的方法了解生命的本源，进而有能力制造和改良生命。他更不苟同那些炼金术士，这帮人企图以念咒的方式在实验室中创造不可思议的生命形式。他也不像一些自信的通神论者那样，以为只要虔诚地信仰上帝，人就可以获得超凡的力量。班纳多纳是个务实的唯物主义者，为了达到自己的目的，他的用具就是钳工台和榔头，不是逻辑，不是坩埚，不是咒语，也不是祭坛。总之，解释自然、偷窥自然、欺骗自然，借助他人力量把自然掌握在自己手中——这些都不是他的目的，他要不借助任何物质或任何存在的力量，自己和自然对抗，超越她、统治她。他致力于征服。在他心中，常识就是法宝，机械会创造奇迹，普罗米修斯就是机械师的美誉，人类就是真正的上帝。

然而，在为钟楼设计实验性的自动机械人的第一步，他还是别出心裁地做一点儿炫耀的表演，也可以说炫耀的成分无非是他功利的野心的副产品。在外表上，敲钟的那个机器不能和人的形状相同，也不能和动物，甚至古代寓言中荒诞不经的形象相同，无论在外形还是在结构上，这个机器都要做到原创——看起来越可怕越好。

这就是人们对于他最终的计划和意图的猜测。接下来，我们来看看，就在这个计划开始的前夕，一场完全没有料到的灾难如何将这一切毁于一旦，或者说人们对这件事有什么样的猜测。

据说，就在出事的前一天，在客人们离开之后，班纳多纳把那个敲钟人拿出来，做了调整，又放入更房——钟楼一角一个值班室一样的地方。整个夜晚一直到凌晨，他忙于安装化装舞者的每一个部件：它要每六十分钟从更房走出；沿着一条铁轨一样的轨道移动；举起手锈向钟走去；敲击二十四只手连成的十二个交接点当中的一个；然后转身绕过计时钟，回到原来的位置等候六十分钟，然后重复同样的动作；同时，通过一个精巧的装置，计时钟转动纵轴，把另外两个人物牵着的两只手移到钟锤的下方，钟锤下坠，敲下两点、三点，等等。计时钟的金属发音板是铸造者采用秘方炼制的，所以二十四只手每一个两两相连的部位将产生独特的共鸣。

但是，在这魔法发音板上，那个魔法金属人仅仅敲击了一次，仅仅驱动齿轮转动了一格，两只牵着的手仅仅移到了一步，而这一切都是班纳多纳用雄心勃勃的性命换来的。在更房里，他给金属人上好了发条，使其在一点钟之前的这几个小时待着不动，而在一点整必须准确无误地出现，他又熟练地给金属人移动的轨道上好油，据人们猜测，这之后，机械师肯定马上返回到钟那里，给上面的雕塑像做最后的修饰。他是真正的艺术家，他聚精会神地工作起来，而在设法消除尤娜有点儿古怪的表情的时候，他更是心无旁骛了。之前在外人面前，他对此不大在意，而在内心，他其实是耿耿于怀的。

于是，在这段时间里，他忘了金属人的存在，而金属人却没有忘了他，它只知道遵循设计者的意图，只知道按照精心上好的发条的动力做出动作，在设定的时刻，它离开了更房，沿着润滑的轨道，悄无声息地滑行到目标前面，瞄准了一点尤娜的手臂要敲出洪亮的钟声，闷声砸碎了隔在中间的班纳多纳的脑袋，铸在一起的双臂立刻弹成上举的姿势。横在地上的尸体挡住了金属人返回的轨道，于是，它只好停下，俯身立在班纳多纳面前，仿佛在对死人说着恐怖的悄悄话。凿刀从手上滑落，摆在手边，倾覆的油壶横在铁轨上。

命运虽然凄惨，但是，公国景仰机械师的稀世才华，要为他举行隆重的葬礼。政府决定，在他的棺材进入教堂时，要敲响那座大钟——铸造期间，由于倒霉的工匠的畏缩，有所缺损的那座大钟，指定了全国最强壮的人担任敲钟人。

但是，抬棺人进入教堂门廊时，从钟楼传到他们耳朵里的，只是骇人的一声巨响，就像阿尔卑斯山一座山峰滑坡的声音。然后一切归于死寂。

回头望去，他们看到钟楼的拱顶半边垮塌。事后得知，那位受到指派拉钟绳的强壮的农夫希望让钟发出最洪亮的声音，于是用足了力气猛力一拉，钟架承受不了共鸣起来的大钟的重量，奇怪的是大钟的顶部有一处又很脆弱，于是大钟从连接处松脱，把拱顶的半边也扯了下来，径直坠落在三百英尺下的、柔软的草地里，翻身埋进土里，只有半边露在外面。

挖出大钟之后，人们发现主要的裂缝起自钟耳上一个小点，刮去表面之后，暴露出了缺陷，缺陷是铸造时产生的，小到难以察觉，事后显然用一种未知的混合材料修补过。

不久之后，重新浇铸的大钟又安放到了修缮后的钟楼的顶上。随后的一年里，从楼顶精雕细琢的窗格里，传出了莺歌般的金属的和声。但在钟楼落成一周年之际——那天清晨，广场上人们寥寥无几的时候——地震发生了，只听一声巨响，这座石头的松树，连同那一群歌唱的女子，轰然倒在平原上。

就这样，鲁莽的奴仆顺从于更为鲁莽的主子，而正是他的顺从要了自己的命。就这样，制造者被自己制造的东西害死了。就这样，大钟的主要弱点就是人血流经的地方。就这样，随着骄傲的逝去，钟楼也倒塌了。